CION MNÁ

Pádraig Standún

Cló Iar-Chonnachta,
Indreabhán, Conamara, Éire

An Chéad Chló 1993
© Cló Iar-Chonnnachta 1993

ISBN 1 874700 06 0

Clúdach
Pádraig Reaney

Dearadh
Deirdre Ní Thuathail
Micheál Ó Conghaile

Faigheann Cló Iar-Chonnachta Teo., cabhair airgid
ón g**Comhairle Ealaíon**

Clóchur: Cló Iar-Chonnachta, Indreabhán, Conamara
       Fón: 091-93307 Fax: 091-93362
Priondáil: Clódóirí Lurgan Teo., Indreabhán, Conamara
       Fón: 091-93251 / 93157

Do Vera

Leabhair eile leis an údar céanna:
Súil le Breith, Cló Chonamara 1983
A. D. 2016, Cló Chonamara, 1988
Ciocras, Cló Iar-Chonnachta, 1991
Lovers, Poolbeg, 1991
An tAinmhí, Cló Iar-Chonnachta, 1992
Celibates, Poolbeg, 1993
The Anvy, Cló Iar-Chonnachta, 1993

Cruinniú éasca go maith a bhí ann, deontaisí beaga seafóideacha á bplé acu, na baill ainmnithe ag iarraidh airgead an Stáit a chaomhnú, na baill tofa ag iarraidh é a chaitheamh. Bíodh acu. Shásódh sé sin iad. Bheidís ar a taobh nuair a bheadh ceisteanna tábhachtacha polasaí le plé amach anseo.

Níor dhúirt sí mórán ag cruinniú ar bith. D'fhág sí faoi na baill an chaint a dhéanamh. Gníomh a bhí uaithi — bhí an iomarca cainte sa tír cheana. Chruthaigh sí í féin i Sasana i gcúrsaí gnó, agus ó tháinig sí ar ais go Conamara mar phríomhfheidmheannach an Údaráis chruthaigh sí arís gur duine éifeachtach fadbhreathnaíoch a bhí inti. Chuidigh an feabhas a tháinig ar an saol tar éis lag trá eacnamaíochta na n-ochtóidí agus na luath-naochadaí lena hiarrachtaí, ar ndóigh, ach thuig an saol mór gurb í an duine ceart san áit cheart í le breith ar thaoille tuile na heacnamaíochta.

Bhí a fhios aici gur 'Thatch' a thug chuile dhuine uirthi in oifig an Údaráis agus taobh amuigh dhi. Ní raibh sé soiléir an mar gheall ar an gceann tuí de ghruaig ghearr fhionn a tugadh an leasainm sin uirthi, ná mar go mbídís á cur i

7

gcosúlacht le Margaret Thatcher, iar-phríomhaire na Breataine, í nó meascán den dá fháth. Ba chuma léi. D'fheil an t-ainm di, agus thaitin sé léi. Anois is arís shínigh sí 'Thatch' ar mheamraim, leis na hoifigigh a chur ar buile. Shíl siadsan go raibh easpa dínite ag baint lena leithéid, agus go raibh sí i bhfad ró-aerach, agus rómhór agus rólách leis na hoibrithe a bhí faoina cúram. Ba léir gur bhain sí an-taitneamh as cuairt a thabhairt ar laithreán oibre, áit a mbeadh sí i mbun dea-chainteanna leis na fir oibre, cainteanna tráthúla a bhí gáirsiúil go maith uaireanta, innealtóirí agus ailtirí ina seasamh ansin ag fanacht lena barúil nó lena comhairle ar chúrsaí tógála. Ach bhí an fhoireann oibre mar chré potaire ina lámh aici. Dhéanfaidís rud ar bith di, a deiridís. Chuir cuid de na fir in iúl eatarthu féin céard é go díreach ba mhaith leo a dhéanamh léi, ach an deis sin a fháil.

'Sweets do Chaomhán,' an t-aon rud a bhí scríofa aici ar an mbileog pháipéir os a comhair amach. Mac le Bridie, a bean tí, é Caomhán, agus thug sí rud beag abhaile chuige beagnach chuile thráthnóna. Bhí a fhios aici nár thaitin sé lena mháthair an iomarca milseán a thabhairt dó, bhí sé ina pheata chomh mór sin ag Thatch gur thug sí bronntanais bheaga dó i ngan fhios dá mháthair go minic. 'Bíodh an diabhal ag na fiacla,' a deireadh sí le Bridie nuair a scaoileadh Caomhán an rún. 'Nach bhfásfaidh tuilleadh ina n-áit siúd nuair a bheas sé seacht mbliana? Níl mé in ann rud ar bith a eiteachtáil ar mo pheata mór,' a deireadh sí, ag breith barróige air. 'Féach an ceann,' a deireadh Bridie, 'a bhfuil cáil uirthi a

8

bheith chomh crua leis an gcarraig.'

Dhúisigh Thatch óna brionglóid lae nuair a cuireadh ceist uirthi faoi phróiseáil na ndúilicíní a thógtar i gCuan Chaisín. Bhí an t-eolas ar barr a teanga aici, chomh maith le dea-scéal faoi orduithe móra ón nGearmáin ar shloigéisc de chuile chineál.

Ag deireadh an chruinnithe rinne sí cur síos mion ar an bplean a bhí réitithe aici le Teilifís Ghaeltachta sé uair an chloig sa ló a chur ar bun ar bhonn gnaithe, na costaisí measta go cruinn agus go cúramach aici. 'D'airgeadófaí an togradh,'— thaitin léi Gaeilge na státseirbhíseach a úsáid le olc a chur ar na baill tofa — 'le ceadúnais faoi leith, fógraí, agus *bingo* teilifíse,' ar sí. Bheifí ag súil le cláracha den scoth a dhéanamh a d'fhéadfaí a dhíol ar fud an domhain.

Thosaigh argóintí móra idir na baill faoin gceadúnas a bheadh a dhá oiread níos mó ná an gnáth-cheadúnas. Dúirt an fear féasógach aniar go raibh míchothromaíocht i gceist, cén fáth an mbeadh ar mhuintir na Gaeilge agus na Gaeltachta níos mó a íoc ná saoránaigh eile na tíre?

'Mar go bhfuil seirbhís bhreise le cur ar fáil dóibh,' a dúirt an príomhfheidhmeannach. 'Beidh sé neamhspleách ar an tseirbhís náisiúnta, agus neamhspleách i gcúrsaí polaitíochta chomh maith.'

'An gciallaíonn sé sin go mbeidh cead a gcinn ag an IRA?' a d'fhiafraigh Fine Gaelach as Tír Chonaill.

'Beidh cead cainte ag gach duine ...' Thosaigh

an cur agus an cúiteamh a lean leathuair an
chloig agus nár chríochnaigh gur cuireadh an
cruinniú ar athlá mar nach raibh Fianna Fáileach
neamhspleách sásta an 'Blueshirt bradach' a thug
sé ar an bhFine Gaelach a tharraingt siar. Taobh
amuigh den argóint sin bhí an chosúlacht ar an
scéal go raibh na baill sásta go maith leis an
bplean. Bhí sé soiléir go raibh an obair bhaile
déanta ag Thatch. Bhí pobalbhreith déanta a
chruthaigh go mbeadh daoine sásta breis a íoc ar
an gcineál seirbhíse a bhí uathu. D'éireodh léi
arís eile. Midas a bhí inti a dúradh, maidir le
cúrsaí gnó, méaracha órga aici.

Bhí an dinnéar á réiteach ag Bridie, súil aici ó
am go chéile isteach sa seomra suí, féachaint an
raibh Caomhán ag sracadh rud eicínt óna chéile.
Bhí sé suite go ciúin ar an *gcouch* ag breathnú ar
Bhosco ar an teilifís, an Bosco céanna bliain i
ndiaidh bliana, a cheap Bridie, am acu teacht ar
rud éigin nua. Ach lena cheart a thabhairt don
chlár bhí an buachaill beag coinnithe socair aige.
Bhí sé ag an aois sin go dtarraingeodh sé eireaball
an diabhail. Fiosracht na hóige.

'Lig leis,' a déarfadh Therese, nó Thatch, mar a
thug chuile dhuine anois uirthi. 'Is cuid den
oideachas é a bheith ag tarraingt rudaí as cófraí.'
Céard a déarfadh sí dá mbeadh a cuid gloineachaí
Phort Láirge ina gciseach ar an urlár?' Is dóigh go
mba chuma léi. Ní raibh ganntan airgid ag cur as
di ar aon nós. Ag an am céanna ní fhéadfá a rá go
raibh sí gortach.

Rómhaith a bhí sí do Chaomhán, é millte aici.
Shílfeá ar amanta gur léi féin é. Tar éis chomh

maith is a bhí sí i mbun a gnaithe, b'fhéidir gur airigh sí uaithi an máithreachas, a cheap Bridie.

Shuigh sí síos ag an mbord mór péine bháin agus las sí toitín. Bhí an casaról curtha san oigheann aici. Thaitin béile mar sin le Therese nuair a bheadh uirthi dhul amach arís chuig cruinniú oíche fhuar Shamhna. Ach bheadh an oíche anocht saor aici, a dúirt sí ar maidin. Bheadh buidéal fíona dearg aici ag teacht abhaile di, oíche dheas chompoirteach ag an mbeirt acu, na bróga caite díobh ar aghaidh na tine, ag breathnú ar an teilifís agus ag comhrá leo amach go meán oíche.

Tháinig Caomhán isteach sa gcistineach. Tharraing sé é féin suas ar an gcathaoir lena taobh, rug barróg uirthi agus thug póg di. 'Tá Caomhán tuirseach,' a dúirt a mháthair. 'Tá ocras ar Chaomhán. Is gearr go mbeidh an dinnéar réidh anois, a ghrá. Fáigh do theddy agus beidh *cuddle* beag againn go dtí go dtiocfaidh Therese abhaile.'

'Sweetie ag Teetie,' a dúirt Caomhán.

'B'fhéidir go bhfuil *sweetie* ag Teetie, ach níl mórán *titty* aici,' a dúirt Bridie, ag gáire léi féin. Chuaigh Caomhán lena *teddy* beag basctha a fháil agus rinne sé iarracht dul suas ar ghlúin a mháthar.

'Tá boladh bréan uait a Chaomháin.' Chuir Bridie a méaracha ar a polláirí agus thosaigh seisean ag gáire. 'Caithfear Caomhán a athrú roimh am dinnéir nó beidh boladh aisteach ann, boladh níos measa ná mar atá ar an ngoulash atá réitithe agam.' Chuir seisean a chloigeann ar a

11

gualainn, ag ligean air go raibh sé ina chodladh. 'Beidh *cuddle* beag againn i dtosach mar sin.' Chuir Caomhán a ordóg ina bhéal, agus leiceann le leiceann thosaigh sé ag diúl a mhéire. Ba é a domhan uilig é. Céard a dhéanfadh sí dá uireasa? Dá dtarlódh rud ar bith dó go deo, ní mhairfeadh sí uair an chloig ina dhiaidh, a cheap sí.

Ba é Caomhán an rud is fearr a tharla ariamh di, cé go raibh an ghráin aici air agus é ina broinn. Nach iomaí trioblóid a tharraing sé uirthi sular tháinig sé ar an saol ar chor ar bith, pósadh, bualadh, batráil, éigniú ... Cearta pósta a thug sé air. Is ar éigean a thug sí a ainm ariamh ar athair Chaomháin, dhúisigh sé oiread mothúchán inti. 'Meas tú céard tá ar siúl anois aige?' a d'fhiafraigh sí di féin. Bhí an ghráin aici air agus trua aici dó ag an am céanna. Bhí rud eile freisin ann, ar ndóigh, nárbh é athair a mic é? Bá é a phictiúr é. Bhí a cuid mothúchán uilig measctha ina thaobh.. Rud amháin cinnte. Ní theagmhódh sí le fear ar bith go deo arís.

An raibh sí leis an gcuid eile dá saol a chaitheamh ina cailín aimsire? Aire á tabhairt aici do theach duine eile, bean eile ina máistreás uirthi? Ní hé go raibh máistreacht i gceist ag Therese. Ach ina dhiaidh sin, níorbh í a máistreás féin ach an oiread í. Nuair a bheadh Caomhán ar a chosa i gceart ...

Chonaic sí go soiléir ina hintinn an teach a bheadh ag an mbeirt acu sna blianta a bhí rompu. I nGaillimh a bheadh sé, teachín beag dhá sheomra, gar don Ollscoil ionas nach mbeadh aistear rófhada ar Chaomhán. Bheadh sí féin ina rúnaí oifige thíos sa mbaile mór. Dhéanfadh sí cúrsa ríomhaireachta nuair a thosódh sé ar scoil. Faraor nár chríochnaigh sí an scoil nuair a bhí an deis aici, gur lig sí dó siúd a saol a chur amú uirthi. Ach bhí sí óg fós. Dúirt Therese go dtabharfadh sí cúnamh di nuair a thiocfadh an t-am.

Dá mbeadh teach níos mó aici d'fhéadfadh sí lóistóirí a choinneáil, mic léinn nó banaltraí sa ngeimhreadh, lucht na laethanta saoire i rith an tsamhraidh. Cócaire maith a bhí inti agus ní raibh aon drogall uirthi roimh obair thí. Thabharfadh Caomhán cúnamh di agus é ag fás suas. Ach cé as a thiocfadh an t-airgead? Bhí Dia láidir agus máthair mhaith aige. 'Ach ní mórán a rinne ceachtar acu domsa,' ar sí léi féin, sular chuimhnigh sí uirthi féin i gceart. Bhuail aiféala í. Nach maith an ceann í le bheith ag lochtú Dé agus gan aon phaidir ráite aici le fada an lá. Bhí an tAifreann caillte aici faoi dhó le coicís. Ach céard a d'fhéadfadh sí a dhéanamh? Bhíodh oiread torainn ag Caomhán. Bhí sé éasca olc a chur ar an sagart. Ba mhinic leis a bheith drochmhúinte ar maidin.

Bhí a fhios aici gur leithscéal a bhí ansin. Thabharfadh Therese aire dó, Thatch nár thaobhaigh séipéal ná teampall, cé go mbíodh an-spraoi aici leis na sagairt le linn oscailtí oifigiúla na monarchan. Ní raibh maidin Domhnaigh ar bith nach ndeachaigh Caomhán isteach le taobh Therese sa leaba, ag strachailt an nuachtáin as a lámha agus ag cur iachall uirthi aird a thabhairt air. Bhí an-fhoighid aici leis. Chuirfeadh sí

13

dinglis ann agus bheidís ag spraoi ar feadh na maidine, dearmad déanta ar na páipéir Domhnaigh. Chuir sí suas le go leor uaidh i ndáiríre, ach ansin ní raibh uirthi súil a choinneáil air gach lá ó mhaidin go faoithin.

Smaoinigh sí go raibh an t-ádh uirthi nuair a d'fhreagair sí an fógra sin a chonaic sí ar an gCuradh Connachtach thall i Londain. Theastaigh uaithi a bheith i bhfad ón áit sin sula ligfí John amach as an bpríosún. Dhá bhliain a fuair sé as an mbatráil a thug sé di an oíche ar baisteadh an páiste. Cuireadh fios ar na póilíní nuair a fritheadh ag bun staighre an árasáin í, brúite briste tar éis dó í a chaitheamh amach an doras gan cuimhneamh ar bith cén áit a dtitfeadh sí.

Ina chodladh a bhí sé nuair a bhris na póilíní isteach, gan cuimhne ar bith, más fíor, ar céard a bhí déanta aige uirthi. Buíochas le Dia, a cheap Bridie, nár leag sé lámh ariamh ar an bpáiste. Bhí sé fíorlách leis, dáiríre, ach bhíodh faitíos uirthi go bpléascfadh sé nuair a chinneadh uirthi é a stopadh ag caoineadh. Mharódh sé le haon bhuille amháin é, bhí sé chomh láidir sin. Ach mharódh sise eisean dá leagfadh sé lámh ar Chaomhán. Bhrúigh sí a mac isteach lena brollach, mar a bheadh sí dá chosaint. Lig sé scréach as nuair a d'fháisc sí é. 'Gabh i leith, a mhaicín,' ar sí. 'Beidh tú deas glan i gcomhair an dinnéir.' Thug sí isteach sa seomra suí é agus leag sí ar a dhroim é ar an gcairpéad ar aghaidh na tine. Bhí spraoi acu le linn an athraithe, púdar séidte ar fud na háite aige as an mbosca a thug sí dó lena choinneáil ciúin.

Bhí Caomhán ceangailte istigh sa stól ard aici nuair a tháinig Therese isteach. Chiceáil sí na bróga di chomh luath is a bhí sí taobh istigh den doras, mar a rinne sí gach tráthnóna. Ní fhaca Bridie aon duine ariamh chomh míshlachtmhar léi ar an gcaoi sin, bean a raibh an oiread cáile uirthi ag cur rudaí chun críche ar nós cuma liom sa mbaile. Ach nach raibh sé ceart go leor aici, cailín aimsire aici le rudaí a phiocadh suas ina diaidh.

'Cruinnthe, cruinnthe ... Tá an t-ádh ort, a Bhridie, nach mbíonn ort freastal ar cheann ar bith acu. Chuirfidís soir thú. Níl siad in ann breathnú níos faide ná a srónta dearga féin, cuimhne acu ar thada ach vótaí sa gcéad toghchán eile.'

'Nach deise ina dhiaidh sin é ná bheith ag athrú *nappies* ar feadh an lae?' Thug Bridie a bhéile do Chaomhán i dtosach agus thosaigh sé ag iarraidh breith ar na píosaí beaga feola leis an scian agus an forc beag plaisteach a bhí aige.

'Fan go dtabharfaidh Teetie cúnamh duit.' Fuair Therese spúnóg agus thóg sí cuid den dinnéar. 'Te,te,' a dúirt Caomhán. Lean siad ar aghaidh lena gcluiche féin ansin, Therese ag ligean uirthi go raibh sí leis an spúnóg a chur ina béal féin i dtosach. Dhéanfadh sí torann ar nós traenach ansin 'puf, puf,' agus nuair a d'osclódh Caomhán a bhéal mór gealgháireach, chuirfeadh sí an spúnóg isteach, a gháire ag cur píosaí beaga den dinnéar ar fud na háite.

'Fág faoi féin é,' arsa Bridie. 'Beidh do dhinnéar fuar.'

'Ní íosfaidh sé go deo leis na huirlisí beaga sin.'

'Dá mbeadh seans aige ar iad a chleachtadh ...
Is cuma, is dóigh, an fhad is a itheann sé sa
deireadh é.'

'Agus tá rud deas ag Teetie duit nuair a bheas
an dinnéar ite agat.'

'Sweetie.' Bhrúigh sé uaidh a phláta.
'Sweetie.'

'Nuair a bheas an dinnéar ite agat. Fan, tá an
traein ag teacht arís.'

'Tá buidéal fíona i mo mhála. Planc, ach is
planc maith é, a deir siad. Oscail é, maith an
cailín, agus beidh mé réitithe le dhul ag ithe
ansin.'

Bhraith Bridie a rá 'Oscail tú féin é, má tá sé
uait,' ach choinnigh sí srian ar a teanga. B'in é an
rud ba mheasa nuair a bhí tú ag obair do dhuine
eile.

'Buíochas le Dia nach bhfuil cruinniú ar bith
anocht agam. 'Bhfuil mórán ar an teilifís? Tá an
stiú seo go hálainn.' Rug Thatch ar a gloine agus
thóg sí deoch go sciobtha, a béal dóite.

'*Goulash* a thugann muid air sin sa mbaile.'
Labhair Bridie go ciúin.

'Ó, tá brón orm nár aithin mé é, ach céard tá
ann ar aon chaoi ach stiú na hUngáire, go díreach
mar atá stiú dár gcuid féin againn anseo in
Éirinn.'

'Braitheann sé ar céard a chuireann tú ann.'

'Bhuel, sé'n dá mhar a chéile domsa iad. Níl
mé in ann ubh a bhruith. Is breá an rud é go
bhfuair mé cócaire maith.'

'B'fhéidir nach mbeidh sí i bhfad agat.' Is beag
nach raibh díoscán le fiacla Bhridie.

'Ná habair go bhfuil tú ag caint ar imeacht uaim arís.'

'Caithfidh mé cuimhneamh ar mo shaol féin.'

'Nach bhfuil tú ceart go leor anseo, agus Caomhán breá sásta?'

'Tá níos mó i saol an duine ná a bheith ag tabhairt aire do pháiste. Ní bhíonn siad ina bpáistí i gcónaí ar aon chaoi.'

'Níl sé ach dhá bhliain d'aois fós.' Dhoirt Therese tuilleadh fíona dóibh.

'Caithfidh mé breathnú amach dom féin freisin.'

'Níor mhaith liom thú ... sibh a fheiceáil ag imeacht.' Bhreathnaigh Thatch ar Chaomhán agus é ag bualadh a forc agus a scian ar a phláta a bhí iompaithe bun os cionn. 'Bheinn caillte dá uireasa.'

'Nach féidir leat ceannín beag a bheith agat féin?' a dúirt Bridie go haerach.

'Cén chaoi? Giniúint gan smál eile?'

'Ní thugann tú seans d'fhear ar bith. Tá tú mór le chuile dhuine ach ní fhanann tú sách fada le aithne cheart a chur ar aon duine.' Rug Bridie ar lámh Chaomháin, lena glanadh, *goulash* go huillinneacha air. 'Tá neart éisc sa bhfarraige,' ar sí le Therese.

'Tá sé in am ag an seanmhaighdean seo dearmad a dhéanamh ar an gcraic sin.'

'Seanmhaighdean, mo thóin. Níl tú chomh sean sin, agus bheadh amhras orm faoin gcuid eile. Níl mórán acu sin fanta ar an saol, faraor.'

'Tuige an faraor?'

'Faraor nár fhan mise mar dhuine acu,' arsa

17

Bridie. 'Ní bheinn sa riocht ina bhfuil mé inniu. Bhí an saol i bhfad ní b'fhearr ar aon chaoi nuair a bhí caighdeán áirithe den chineál sin ann. Faraor nach bhféadfainn é a fháil ar ais.'

'Cén rud?' D'ardaigh Therese na malaí.

'Mo mhaighdeanas.' Rinne Bridie gáire agus d'éirigh sí leis na soithí a níochán. 'Ach ní bheadh tusa agam.' Chaith sí póg le Caomhán, 'marach gur fhág mé i mo dhiaidh é.'

'Éist leis na soithí go fóill.' Thaitin an comhrá le Therese.

'Is fearr liom fáil réidh leo, le go mbeidh mé in ann suí síos ag breathnú ar an teilifís nuair a bheas sé seo curtha a chodladh agam.'

'Nífidh mise iad.'

'Céard atá ag teacht ort?'

'Nífinn níos minice iad, ach bíonn an oiread deifre orm. Bheadh dó croí ormsa dá n-éireoinn chomh sciobtha sin ón mbord. Is iomaí oíche freisin a mbíonn orm fáil réidh le haghaidh cruinniú. B'fhearr liom ná rud ar bith leanacht leis an gcomhrá a bhí againn. Ach tosaíonn tú ar na soithí i gcónaí nuair a bhíonn an chaint ag éirí spéisiúil.'

'Tá sí in ann éirí róspéisiúil. Ní maith le duine ar bith ligean le rún.'

'Shílfeá go mbeadh aithne sách maith againn ar a chéile le bheith in ann labhairt faoi rudaí go hoscailte.'

'Téann rudaí áirithe ródhomhain ...' Ní raibh na focla ag teacht i gceart chuig Bridie. 'Ní gach rud atá duine sásta a inseacht, go háirithe don duine a bhfuil tú ag obair di.'

18

'Anois, a Bhridie, tá níos mó ann, tá súil agam, ná fostóir agus fostaí.'

'Táimse ag obair agatsa le bliain go leith. Ní hionann sin is cara croí. Ní bhíonn tú anseo ach corruair ar aon chaoi, amuigh ag cruinnithe beagnach gach oíche, agus sa teach ósta ina dhiaidh sin.'

'Sin í mo chuid oibre, ach is fearr liom i bhfad na hoícheanta mar seo a chaitheann muid le chéile. Is maith liom na Domhnachaí a théann muid siar Conamara ar *spin*. Taitníonn do chuideachta go mór liom, agus, ar ndóigh, táim craiceáilte i ndiaidh an dóitín seo.'

'Ní féidir le duine a bheith ina chara ceart agus í fostaithe ag duine eile, nuair atá tú ag brath ar an duine eile fiú le thú a thabhairt amach ar *spin*, nuair nach bhfuil duine neamhspleách.'

'B'fhéidir go bhfuil tú ag iarraidh a bheith róneamhspleách,' arsa Therese. Níor thuig sí fós céard a bhí i gceist ag Bridie.

'Ní bhíonn bean a bhfuil gasúr aici neamhspleách ariamh, ach nílim ag fáil locht air sin. Ní thuigeann tú céard tá mé ag iarraidh a rá. Tá tusa thuas ansin. Tá post maith agat. Ta tú i mbéal an phobail. Tá meas ag an bpobal ort. Tá sásamh le fáil as do chuid oibre agat. Níl tada mar sin agamsa. Ní tada mise.'

'Cén saghas seafóid de chaint í sin? Céard atá ionamsa nach bhfuil i nduine ar bith?'

'Ach tá rud eicínt déanta agat le do shaol.'

'Nach bhfuil rud níos fearr déanta agatsa le do shaol. Nach bhfuil páiste óg álainn agat. Beidh níos mó déanta agatsa nuair a bheas Caomhán tógtha agat, ná an méid monarchana a bheas tógtha agamsa ar fud na Gaeltachta, oscailte agus dúnta arís b'fhéidir. Cé a chuimhneos ormsa mar a chuimhneoidh do mhac ortsa?'

'B'fhéidir gur gráin a bheas aige orm nuair a fhásfas sé suas.'

'B'fhéidir, b'fhéidir ... Sin seans a chaithfidh tú a thógáil.' Bhí na soithí nite acu le linn na cainte. Thug Therese cúnamh ansin le Caomhán a níochán agus a réiteach le cur a chodladh. D'fhág siad tamall ansin é ag dul thart ina chuid éadaí codlata, ag rith ó dhuine go duine acu, ag baint taitnimh as an aird a bhíodar a thabhairt air. Thosaigh sé ag éirí glórach dána tar éis tamall i lár an aonaigh, agus chuir Bridie siar a chodladh ansin é. Shuigh siad ansin ag breathnú ar chlár teilifíse faoi bhleachtairí i ndiaidh lucht drugaí áit eicínt i Stáit Aontaithe Mheiriceá.

'Níl a fhios agam nach bhfuil sé seo feicthe cheana agam' arsa Bridie.

'Mar a chéile ar fad iad.'

'Is iontach an méid airgid a chuireann siad amú, an méid carranna agus heiliceaptar a shéideann siad san aer nó a thiteann le fána.'

'Faigheann siad a gcuid airgid ar ais agus a dhá oiread, nó ní bheidís á dhéanamh, agus amadáin mar muide sásta breathnú orthu.'

'Caitheann siad an oíche.' Bhí Bridie ag cniotáil, ag breathnú anois is arís ar an teilifís.

'Is air sin a bhíomar ag caint ag an gcruinniú tráthnóna.'

'Drugaí? San Údarás?'

'Ní hea, ach teilifís.' Thug Thatch cuntas ar ar

tharla ag an gcruinniú. Chaill Bridie suim sa scéal taobh istigh de nóiméad, ach lig sí leis an mbean eile leanacht uirthi ag míniú na scéime agus ag caint ar an obair a bhí curtha isteach aici féin agus ag feidhmeannaigh an Údaráis á réiteach. Ag cuimhneamh ar John a bhí Bridie, ag déanamh iontais cén uair a bheadh sé amach as an bpríosún. Bliain go leith a dúirt duine éigin léi, dá gcoinneodh sé na rialacha. Choinneodh freisin. Níorbh é an cineál duine é a bheadh ag troid agus ag achrann in áit mar sin. Bhuailfeadh sé bean ceart go leor, ach naomh ó na Flaithis a bheadh ann in áit mar sin. Thosaigh sí ag gáire nuair a dúirt Therese léi 'Níor airigh tú focal ar bith dá ndúirt mé.'

'Bhí m'intinn imithe ar seachrán.'

'Cén áit?'

'Ar m'fhear céile, John, creid é nó ná creid.'

'Níor inis tú mórán ariamh dom faoi, ach, ar ndóigh shíl mé nach raibh tú ag iarraidh é a thabhairt chun cuimhne.'

'Cé dúirt gur tír eile í an aimsir a caitheadh?'

'Ach is é athair do pháiste é.'

'Tabhair athair air,' a dúirt Bridie go searbhasach. 'Céard a chiallaíonn athair? Gurbh é a rinne an jab? Tá níos mó i gceist le hathair ná sin, tá súil agam.'

'Nach iontach an rud é nár tháinig sé ariamh ag breathnú air.'

'Ní raibh an deis aige. Níor inis mé d'aon duine thart anseo é, mar go bhfuil aithne mhór air sa gceantar. I bpríosún i Londain atá sé.'

D'airigh Bridie go raibh sí in ann a rún a ligean le

Therese ar deireadh, mar go raibh leac an doichill eatarthu briste acu an oíche sin.

'An san IRA atá sé nó rud eicínt?'

'IRA. *I ran away.* Sin é a dhéanfadh John óna leithéid. Ní dhéanfadh m'fhear breá dochar ach do bhean.'

'Bhuaileadh sé thú?' Níor fhreagair Bridie. Thug Therese faoi deara na deora ina súile. Shuigh sí in aice léi agus chuir a lámha timpeall uirthi. D'iompaigh Bridie uaithi agus rith sí amach as an seomra. D'fhan Therese ag breathnú ar scáileán na teilifíse, carranna ag dul anseo is ansiúd, urchair á gcaitheamh, ach ní raibh sí ag leanacht an scéil. Ní raibh a fhios aici cé chomh fada is a bhí sí mar sin. Níor thug sí faoi deara go raibh an caoineadh sa gcistineach stoptha go dtí gur chuala sí Bridie ag rá léi i nguth a bhí leathbhriste: 'An ólfaidh tú cupán caife?'

'An ólfaidh tusa rud éigin níos laidre?'

'Ní ólfaidh mé ach caife, go raibh maith agat.'

'An mhaith leat labhairt faoi?'

'Am eicínt eile, b'fhéidir.' Tháinig na deora le súile Bhridie arís.

'Am éigin eile mar sin.' Rug Therese ar lámh uirthi, ach tharraing Bridie a lámh uaithi. Chroith sí a guailne. 'Foc é, ar aon chaoi,' a dúirt sí. Tháinig an gáire a thagann i ndiaidh gol chuici. 'Tá seafóid orm,' a dúirt sí. 'Ní fhaca mé an diabhal le beagnach dhá bhliain, ach tá sé in ann cur isteach orm i gcónaí.'

Ní raibh a fhios ag Therese ar cheart di leanacht leis an gcomhrá nó éirí as. Níor labhair Bridie ar a saol pearsanta ariamh roimhe sin cé is moite dá muintir siar bóthar Chois Fharraige. Ach níor labhair Therese í féin ar chúrsaí pearsanta ach an oiread, ar an saol a bhí aici i Sasana roimh fhilleadh di, nó ar a saol sa mbaile roimhe sin, am dá saol arbh fhearr léi dearmad iomlán a dhéanamh air.

D'airigh siad araon ina gcroíthe istigh go raibh céim thábhachtach tógtha acu an oíche sin, méadú eicínt ar an tuiscint agus ar an meas a bhí acu ar a chéile. 'Teastaíonn oíche mhaith codlata uaim,' arsa Therese, 'ach má bhíonn tú ag iarraidh labhairt air sin aon am, tá cluasa orm.'

'Go raibh maith agat. Oíche mhaith.' Chaith Bridie tamall fada ag breathnú isteach sa tine, an teilifís ag caint léi féin sa gcúinne. Shíl sí go raibh John díbeartha as a hintinn aici, ach bhí sé soiléir ó imeachtaí na hoíche seo nach raibh. Ní mórán a chuimhnigh sí air le fada, fios aici go raibh sí sábháilte uaidh an fhad is a bhí sé faoi ghlas. Anois go raibh an chuid is mó dá théarma curtha isteach aige, bhí imní agus faitíos ag teacht uirthi. Imní gan údar, b'fhéidir, ach ní laghdaíonn sé sin imní oíche.

Ní dheachaigh sí ag breathnú air ar chor ar bith sa bpríosún. Ní fhéadfadh sí. Bhí a dóthain faighte aici uaidh, oíche an bhaiste go háirithe. Bhí a fhios aici ón méid a bhí léite aici ó shin faoina leithéid gur dóigh gurb é Caomhán an chéad duine eile a bhuailfí. Thapaigh sí an chéad deis a bhí aici imeacht as Londain. D'fhreagair sí an fógra a bhí ag Therese ag lorg bean tí. Shíl sí gur beag an seans a bheadh aici, páiste beag ina baclainn. Buntáiste a bhí ansin mar a tharla.

Thit Therese i ngrá le Caomhán ar an toirt agus
bhí an jab aici.

Thaitin sé léi a bheith ar ais in Éirinn. Ní
raibh sí i bhfad óna muintir. D'fhéadfadh sí
fanacht in éineacht leo, ach b'fhearr léi an chaoi a
raibh cúrsaí i láthair na huaire. Thug sí Caomhán
siar ar an mbus uair sa tseachtain agus, ar
ndóigh, bhí Maimeo agus Daideo craiceáilte ina
dhiaidh, agus eisean an-mhór go deo leo.
Chuidigh tacaíocht a muintire léi, ach níor mhaith
léi a bheith faoina gcosa ag an am céanna. Ní
raibh a háit féin fós aici. Ach thiocfadh an lá.
Bheadh sí neamhspleách ceart fós.

Chuimhnigh sí ar an gcéad uair a chonaic sí
John, fear rua dathúil ag imirt sna tosaithe
d'fhoireann Naomh Eoin sa chomórtas idir-bhaile.
Fear ard aclaí a bhí ann, é ar saoire óna chuid
oibre i Sasana. Bhéarfadh sé ar an liathróid go
hard san aer agus nuair a bhíodh sé ag dul i dtreo
an chúil ba dheacair é a stopadh. Scóráil sé cúl
agus trí chúilín an lá sin ón imirt, lánchúlaí a
d'imir do Ghaillimh ag iarraidh é a mharcáil.

Casadh air í ag damhsa na hoíche sin nuair a
bhí an corn le bronnadh. 'An chéad uimhir a
ceathair déag eile a bheas ag Gaillimh,' an chaoi ar
cuireadh in aithne di é. Gháir John, na fiacla
bána ar nós eabhair ann. 'Ná bac le peil,' a dúirt
sí leis. 'Ins na scannáin ba cheart duit a bheith.'
Dhamhsaigh siad le chéile ar feadh na hoíche.
Shíl sí gurb é an duine ba deise ar domhan é. Bhí
beagán amhrais uirthi ina dhiaidh sin nuair a
dúirt sé go bhfágfadh sé abhaile í. 'Ná bíodh imní
ar bith ort,' a dúirt sé. 'Tá comharsa bhéal dorais

in éindí liom. Tá Micilín bocht beagáinín simplí
ach coinneoidh sé súil orm. Téann sé chuile áit in
éindí liom nuair a bhím sa mbaile. Is maith leis go
bhfeicfí sa Mercedes é.

Bhí an oíche go hálainn. Thiomáin sé síos
chun na trá 'leis an ngealach a fheiceáil ag
taitneamh ar bharr uisce,' mar a dúirt John go
rómánsúil. Shiúil siad cosnochta ar an
ngaineamh. Chuir John a lámha timpeall uirthi
agus thug póg di. Ba gheall leis na Flaithis é
bheith dá pógadh i dtosach agus ba ghearr go
raibh an dá theanga ag casadh ar a chéile. Ní
raibh Bridie ag iarraidh rudaí a ligean rófhada,
agus shíl sí é a stopadh mar a rinne sí le
buachaillí eile roimhe sin.

Ní raibh stopadh ar bith ar John. Bhí a lámha
ag dul chuile áit uirthi. Ní raibh radharc ar
Mhicilín in áit ar bith. Tar éis di ligean uirthi go
raibh sí le géilleadh, d'éirigh léi éalú uaidh, agus
rith sí chun an chairr. Isteach léi sa suíochán
deiridh agus chuir sí glas ar an dá dhoras. 'Tá sé
in am baile,' a dúirt sí leis nuair a tháinig sé ar
ais. Shuigh sé go ciúin ar feadh tamaill sa
suíochán tosaigh, ag caitheamh toitín. Chuir sé
an carr ag imeacht ansin agus thiomáin sé
timpeall i gciorcal, arís agus arís eile, é ag casadh
amhrán tíre de chuid Mheiriceá *'Lay the blanket
on the ground.'* Stop sé an carr. 'Ní theastaíonn
pluid ar bith uainne,' a dúirt sé, é ag dul siar thar
na suíocháin tosaigh in aon léim amháin. Thug sé
póg di in aghaidh a tola. Bhí sí ag crith. 'Tá a
fhios agam go maith go bhfuil sé uait,' ar sé, go
bhfuil na *hots* agat dom.' In aghaidh a tola a ghéill

sí, cé nár throid sí ina aghaidh.

Shéid sé buinneán an chairr nuair a bhí sé réidh agus tháinig Micilín. Shuigh na fir sna suíocháin tosaigh, toitíní a gcaitheamh acu, Bridie ina luí ar a taobh sa deireadh, ag caoineadh isteach sa leathar. Ní raibh sí ag súil gur mar sin a bheadh sé nuair a thabharfadh sí í féin d'fhear. Bhreathnaigh Micilín siar tar éis tamaill. 'Seans ar bith agamsa ort?' a d'fhiafraigh sé. Is beag má bhí an focal as a bhéal nuair a bhuail John é le dorn a láimhe clé isteach sa mbéal. *'She's my woman,'* ar sé i mBéarla, ag oscailt an dorais agus Micilín á chaitheamh amach as an gcarr aige. 'Ná habair a leithéid go deo arís,' a d'fhógair sé ina dhiaidh. Thug sé abhaile ansin í gan aon fhocal eile a rá.

B'in é an chéad uair le fada ar lig Bridie eachtraí na hoíche sin agus an bhliain dár gcionn isteach ina cuimhne. Bhí faitíos uirthi anois féin ligean leis an sruth smaointe sin leanacht ar aghaidh, ach ba dheacair cosc a chur leo. Bhí a fhios aici nach gcodlódh sí go dtí go mbeadh an spól sin rite amach go deireadh. Chodlódh sí lá arna mhárach, a gheall sí di féin, nuair a bheadh a shuan tráthnóna ag Caomhán. D'éirígh sí agus réitigh sí caife láidir di féin. Chuir sí tuilleadh móna ar an tine agus chuaigh sí ar ais ar bhóithrín na smaointe arís.

Tháinig John chuig an teach an lá dár gcionn. Domhnach a bhí ann, a hathair ina shuí ar aghaidh na teilifíse mar go raibh a amharc go dona. Cluiche leathcheannais iománaíochta na hÉireann a bhí ann, Gaillimh in aghaidh Phoirt

Láirge. Shiúil John isteach agus bheannaigh sé dá hathair. 'Bhfuil Bridie ag gabháil siar chuig na rástaí ar an gCeathrú Rua?' Céard d'fhéadfadh sí a rá? Insint faoin oíche roimhe? Nach ar an gcailín a bheadh an milleán faoi bheith ansin ar chor ar bith, faoi ligean d'aon rud tarlú. 'Siar leat in éindí leis,' arsa a hathair, a raibh ardmheas aige ar pheileadóirí agus iománaithe. 'B'fhéidir go mbuafaidh an bheirt agaibh an rása fear agus bean.'

Bhí John thar a bheith lách an lá sin, agus de réir a chéile thosaigh sí ag baint taitnimh as an bhféile. Lá álainn gréine a bhí ann agus na sluaite ar an Dóilín. Bhí bród uirthi a bheith ag siúl siar tríd an slua le fear breá slachtmhar lena taobh. Chuir sí ina luí uirthi féin nach raibh sa rud a tharla an oíche roimhe sin ach nádúr na hóige. Nárbh í an óinseach í a bheith ag troid leis faoi agus chuile chailín dá dhéanamh, ach gan fear chomh breá ag aoinneach acu.

Chuaigh siad ó theach ósta go teach ósta ar an mbealach aniar ón Dóilín, ag críochnú ag an damhsa i Halla Éinne. Dúirt John léi an oíche sin go raibh sé i ngrá léi, gurbh 'in é an fáth nach raibh sé in ann srian a choinneáil ar a phaisean an oíche roimhe. Ní raibh srian ar cheachtar acu an oíche sin ná go deireadh na míosa a chaith sé sa mbaile. Bhí craic an Lúnasa ar siúl ar fud Chonamara agus chuadar isteach oícheanta eile chuig na clubanna oíche i mBóthar na Trá. Chaith John an t-uafás airgid. Shíl Bridie go raibh sí i ngrá. Rinne sí dearmad ar an Ardteist nuair a d'iarr sé go Londain in éineacht leis í. Bhí

27

tuairim mhaith aici ag an am go raibh sí ag iompar. Fuair siad a gcuid páipéar ó na sagairt sula ndeachaigh siad go Londain agus phós siad i gCricklewood cúpla mí ina dhiaidh sin. Páirtí sa gCrown a bhí mar bhainis acu. Oíche an phósta agus é ólta mhaígh John go raibh, mar a chuir sé é 'beirt eile curtha suas an *pole*' aige cheana. 'Níor phós mé ceachtar acu,' a dúirt sé. 'Ní raibh aon duine acu chomh maith leatsa.'

Bhí árasán dhá sheomra agus cistin acu i gCricklewood Lane, gar don séipéal. Rinne Bridie a dícheall an áit a dhéanamh chomh deas is a bhí sí in ann. Ach bhí sí uaigneach ansin, John imithe amach ag obair óna seacht ar maidin agus sa teach ósta go dtí taca a haon déag san oíche. Róchrua a d'oibrigh sé agus shíl sé go raibh a chuid óil tuillte aige dá bharr. Bhí Bridie breá sásta obair a fháil di féin, ach ní thabharfadh sé cead di 'ar fhaitíos go dtarlódh tada don pháiste.' Ach ní chuimhneodh sé air sin nuair a bheadh sé dá bualadh sa mbolg. Cén chaoi ar tháinig Caomhán slán ar chor ar bith?

Duine eile ar fad a bheadh ann ar na huaireanta a bhuailfeadh sé í. Níor tharla sé gach lá nó gach seachtain, agus bhí ar a chumas a bheith an-lách agus an-ghrámhar. Bhuailfeadh sé uair sa mí ar a laghad í, go háirithe nuair a bheadh fuisce ólta aige. D'áitigh sí go minic air an t-ól a thabhairt suas agus bheadh saol sona sásta acu. Shíl seisean nach raibh fadhb ar bith aige leis an ól, agus bhí an chosúlacht ar an scéal nach mbíodh a fhios aige céard a bhíodh déanta aige an oíche roimhe sin. Nuair a d'fheicfeadh sé na marcanna gorma uirthi is ar éigean a chreidfeadh sé gurbh é a bhí ciontach astu. Chaoineadh sé ar nós an pháiste. Bheadh aiféala an domhain air. Dhéanfadh sé rud ar bith di. Gheallfadh sé nach dtarlódh a leithéid go deo arís. Agus mhaitheadh sí dó é. Ní ólfadh sé ar feadh seachtaine agus bheadh amanna an-deas acu. Ach mhéadódh an teannas ann de réir a chéile. D'iompódh sé ar an ól arís.

Shiúil sí Londain an uair sin. Ní raibh John gortach le hairgead agus chuaigh sí ar fud na cathrach ar an traein faoi thalamh. Chuaigh sí chuig scannáin agus seónna, músaeim, dánlanna ealaíne. Is minic a chuimhnigh sí gur fearr an t-oideachas a chuir sé sin uirthi ná fanacht ar scoil le haghaidh na hArdteiste. Shiúil sí timpeall Cricklewood laethanta eile agus cheap sí gur deise i bhfad an áit é ná a cháil. Bhí áit amháin trasna ón séipéal Caitliceach ina raibh géabha, lachain agus cearca ag siúl thart mar a d'fheicfeá ag baile. Trí lá roimh an lá a raibh sí ocht mbliana déag rugadh Caomhán gan mórán stró. Dúirt an dochtúir go raibh sí chomh folláin le breac.

Shíl Bridie ar feadh míosa go raibh John athraithe uilig ón nóiméad a thóg sé an páiste ina lámha. Bhí sé thar a bheith go deas léi agus thug sé cúnamh mór leis an bpáiste. Ach d'ól sé arís lá an bhaiste. Nuair a bhí a gcairde imithe thosaigh sé ag maíomh nach leis féin Caomhán, ag tabhairt *bitch* agus striapach uirthi. Nuair nár fhreagair sí é, bhuail sé í. Chiceáil sé amach as an seomra í, síos staighre...

Bhí an t-ádh léi, a cheap sí, go raibh sí fós san

ospidéal nuair a cuireadh cúirt air. Ní fhéadfadh sí fianaise a thabhairt ina aghaidh. 'Is dóigh go gceapann sé,' a dúirt sí léi féin, 'gur sceith mé air.'

Céard a dhéanfadh sé nuair a thiocfadh sé amach? Díoltas? Nó an mbeadh náire air aghaidh a thabhairt ar an mbaile tar éis cúpla bliain a chur isteach sa bpríosún? Drochsheans. Ní mórán tuisceana a bhí aige ar náire. B'fhéidir le Dia nach dtaobhódh sé leo a bheag nó a mhór. Dá dtagadh sé thart an mbeadh sé in ann an seandraíocht a imirt arís? Rud amháin cinnte, a gheall sí di féin, 'ní bhainfear Caomhán díom.'

An Caomhán céanna a dhúisigh i lár na hoíche í, áit a raibh sí tite ina codladh ar an *gcouch*. D'oscail sí na súile agus bhí sé ansin ag breathnú uirthi leis na súile móra gorma, an buidéal crochta as an dide leis na cúpla fiacal a bhí aige. D'athraigh sí *nappy* air agus thug isteach in aice léi sa leaba é, ag súil nach mbeadh sé ina dhúiseacht róluath ar maidin.

Bhí ard-ghiúmar ar Therese ag an mbricfeasta ar maidin lá arna mhárach, Bridie ar éigean in ann a cuid súl a oscailt. Thaithin an Aoine sin le Thatch mar nach mbeadh cruinniú ar bith aici. Chaithfeadh sí an lá ag taisteal ar fud na Gaeltachta ag tabhairt cuairte ar laithreáin oibre an Údaráis. Thabharfadh héileacaptar go Béal Átha an Mhuirthid ar maidin í agus as sin ó thuaidh go hOileán Thoraigh. Dhéanfaidís tuirlingt ar an mbealach aduaidh in Eastát Tionsclaíochta Ghaoth Dobhair agus arís sna Cealla Beaga, áit a raibh sí le castáil le hiascairí de

bhunadh Árainn na Gaillimhe a bhí sí ag iarraidh
a mhealladh go calafort Ros a' Mhíl, agus chun
cónaithe ar na hoileáin arís.

'B'fhéidir gur mhaith leat dul amach le
haghaidh deoch in éindí liom anocht, a Bhridie.'

'Cén chaoi a d'fhéadfainn? Caomhán ...'

'Tá leithéid de rud agus *babysitter* ann.
Íocfaidh mé ...'

'Íocfaidh mé féin é, má táim le dul amach.'

'Ní raibh tú amuigh in áit ar bith le fada.'

'Bhí mé thiar sa mbaile an lá cheana.'

'Ní tada é sin, cailín óg mar thú. Theastódh
uait dul amach i measc na ndaoine. Tá seisiún
maith thiar anocht. Beidh togha an chraic ann.'

'Triailfidh mé duine a fháil le aire a thabhairt
do Chaomhán, mar sin, ach níor mhaith liom a
bheith i bhfad imithe uaidh.'

'Caithfidh tú imeacht uaidh anois is arís. Níl i
gceist ach cúpla uair an chloig. Gabhfaidh sé ar
do chuid néarógaí má bhíonn tú in éindí leis an
t-am ar fad. Téirigh amach anocht, agus beidh tú
i do mháthair i bhfad níos fearr amárach, cuirfidh
mé geall leat.'

'Táim sách dona gan póit a bheith orm.'

'Cibé rud a cheapann tú féin. Ní chuirfidh
mise brú ort. Beimid sách luath ag dul amach ag
a leathuair tar éis a naoi.'

Agus Thatch imithe chuig a cuid oibre
chuimhnigh Bridie go raibh an ceart aici, go raibh
sí féin agus Caomhán i mullach a chéile an t-am
ar fad. Chuirfeadh sí fios ar Shusan, a deirfiúr óg,
teacht aniar ar an mbus agus fanacht an oíche.
Bhí Caomhán an-mhór léi agus bheadh sé ceart go

leor in éindí léi ar feadh cúpla uair an chloig.

Bhí sé chomh fada sin ó bhí Bridie amuigh le haghaidh na hoíche gur chaith sí an lá ag cuimhneamh ar cén saghas éadaí a chaithfeadh sí, céard a dhéanfadh sí lena gruaig. An gcaithfeadh sí na bróga arda leathair nó an péire íseal a thug Therese di an Nollaig roimhe sin? Bheadh sí ina straoill cheart, a cheap sí imeasc an dreama a bheadh ann. Ní raibh sí in acmhainn rud nua ar bith a cheannach le fada an lá. Ar Chaomhán a chaith sí chuile phingin. Céard faoin sciorta *denim* agus an geansaí gorm? Cá raibh siad ag dul ach don ósta? Ní bheadh gúna galánta ar dhuine ar bith.

Ach bheadh chuile dhuine ag breathnú uirthi, a cheap sí. Nach aoibhinn Dia do Therese nach mbíonn scáth ná faitíos uirthi siúl isteach in áit ar bith ná meascadh leis an dream is mó le rá sa tír. Ach nach mbeadh sí féin ceart go leor in éindí léi sin? Choinneodh Thatch an chaint ag imeacht.

'Ag imeacht as mo mheabhair atá mé. Gháir sí léi féin isteach sa scáthán 'Shílfeá gur cailín óg ar a céad *date* atá ionam. Céard a bheas ann ach ól agus ceol agus deatach na dtoitíní?' Is beag nár scanraigh Bridie nuair a chuimhnigh sí ar céard a déarfadh sí dá gcuirfeadh duine de chairde Thatch ceist uirthi. 'Céard faoi an mbíonn daoine ag caint in áiteacha mar sin? Caithfidh mé éisteacht leis an nuacht,' ar sí léi féin. Thosaigh sí ag gáire fúithi féin arís. Céard a bhíonn daoine ag caint faoi sna pubanna ach seafóid? Bheadh sé go deas a bheith amuigh i measc na ndaoine. Cailín *sound* a bhí i Thatch, cibé céard a dúirt aon duine fúithi. Nach í féin a thit ar a cosa i gceart nuair a d'fhreagair sí an fógra sin. Dia a chas ann í.

* * * * *

An lá ar fhág John an príosún bhí a intinn socair aige nach bhfeicfeadh sé an taobh istigh d'áit mar sin arís. D'fhanfadh sé glan ar an ól. Bhí an ceart ar fad ag Bridie, cé nár thug sé aon aird uirthi ag an am. An t-ól ba chúis leis an mbualadh agus an drochíde a thugadh sé di. Bhí fearg air ar feadh tamaill fhada nuair a cuireadh isteach i dtosach é, fearg nár tháinig sí ar cuairt chuige, ach de réir a chéile thuig sé a cás. Ba bhreá leis anois an rud uilig a chúiteamh léi, ach bhí tuairim mhaith aige nach mbeadh baint ná páirt aici leis. Cé a chuirfeadh an milleán uirthi?

Dhéanfadh sé a dhícheall. Ba í a bhean chéile agus máthair a linbh fós í. B'fhéidir le Dia go n-éireodh leo tabhairt faoin saol le chéile arís, foghlaim ó na botúin a bhí déanta acu. B'fhéidir go n-oibreodh rudaí amach dá mbeidís ar ais in Éirinn, ar ais sa mbaile.

Bhí a fhios aige go ndeachaigh Bridie agus an gasúr ar ais, díreach tar éis di theacht amach as an ospidéal i ndiaidh a buailte. Bhí an méid sin cloiste aige. Thagadh a chuid *mate*anna ar cuairt chuig an bpríosún an chéad chúpla mí, ach loic siad ina dhiaidh sin, duine i ndiaidh duine. An t-aon chuairteoir a bhí aige le bliain anuas ná a mháthair. Bhí sí i Londain ag sochraid a deirféar. Ní mórán taitnimh a bhain sé as an gcuairt sin. Bhí sí ag caoineadh ar feadh an achair, ag rá go

mbeidís náirithe os comhair an tsaoil thiar sa
mbaile, dá bhfaigheadh na comharsana amach go
raibh sé san áit a raibh sé. 'Cén fáth ar phós tú
an straip sin an chéad lá ariamh?' a d'fhiafraigh
sí, ag cur an mhilleáin ar fad ar Bhridie. 'Ní raibh
cuma ná caoi ar an dream sin. Nach iomaí buille
a fuair mé ó d'athair, agus ní dheachaigh mé ag
aon gharda.'

Ní raibh an t-am taobh istigh curtha amú aige.
D'fhreastail sé ar ranganna miotalóireachta agus
adhmadóireachta. Chuir sé leis na scileanna a bhí
foghlamta roimhe sin aige ar an gCeardscoil agus
ar na cúrsaí traenála a chuir seirbhís rialtais
eicínt ar fáil. Bhí sé go maith lena lámha ariamh.

D'éirigh leis seomra beag aíochta a fháil i
gCamden Town, áit a raibh post socraithe dó ag
oifigeach promhaidh an phríosúin. 'Is dóigh go
gceapann siad,' ar sé leis féin,'go bhfuil chuile
Phaidí ag iarraidh a bheith sa Town.' Ach ní
bheadh sé i bhfad ann. Ghabadh sé abhaile le
haghaidh na Nollag. Ní bheadh sé éasca aghaidh
a thabhairt ar an mbaile nó ar a mhuintir, a cheap
sé, ach chaithfí an leac oighir a bhriseadh luath
nó mall. A luaithe a ghabhfadh sé abhaile 'sé ab
fhearr é. Thaispeánfadh 'sé nach raibh sé rófhada
istigh. Bheadh sé ina scéal mór ar feadh cúpla lá,
ach is gearr go ndéantar dearmad ar a leithéid.
Téann daoine ar ais chuig a ngnaithe féin nuair a
bhíonn siad tuirseach de bheith ag plé fadbhanna
daoine eile.

Bhí sé i ngrá le Bridie i gcónaí. Bhí sé cinnte
de sin. An raibh lá ar bith ann nár chuimhnigh sé
uirthi sa bpríosún? An chaoi ar shiúil sí, an chaoi

ar chraith sí siar a gruaig, chomh dathúil is a bhí sí. Nár mhaith sí dó go minic, rómhinic, go dtí an oíche sin a ndeachaigh rudaí thar fóir, an oíche ar baisteadh an páiste. Ní raibh a fhios aige céard a tháinig air. Bhuel, bhí a fhios. An t-ól. An fuisce. D'fhéadfadh rudaí a bheith i bhfad níos measa. Bhí an t-ádh air nach tréimhse saoil a bhí á cur isteach aige, mar dhúnmharfóir.

Bhí sé ar intinn aige fanacht thiar sa mbaile tar éis na Nollag. Bhí an saol níos nádúrtha thiar. B'fhearr an dól sa mbaile ná a bheith míshásta i d'intinn i bhfad as láthair. D'imreodh sé peil arís don chlub. D'airigh sé uaidh é sin. Bhíodh sacar á imirt acu i gclós an phríosúin, agus bhí sé go maith chuige freisin, ach níorbh é an rud céanna ar chor ar bith é ná a bheith ag éirí ar nós an éin os cionn chuile dhuine le breith ar an liathróid go hard san aer, ruathar aonair á dhéanamh agus á sá san eangach.

'Meas tú cén chaoi an bhfuil an buachaill beag?' ar sé leis féin os ard. Bheadh sé ag siúl faoin am seo, tosaithe ag caint. Nach mbeadh sé go deas 'Deaide' a chloisteáil? Cibé faoi chónaí in éindí leis, chaithfeadh sí cead a thabhairt dó a mhac a fheiceáil, tamall a chaitheamh leis gach seachtain. Bhí sé sin sa dlí, bhí sé cinnte. Ach thabharfadh Bridie cead gan aon dlí. Bhí Bridie go tuisceanach, munar athraigh sí.

Nach diabhaltaí an rud é go raibh dearmad déanta aige ar an ainm a thug siad ar an bpáiste. Rud eicínt Gaelach. Ainm éigin a bhain le hÁrann, ach níorbh é MacDuach ná MacDara ach an oiread é. Cibé cén t-ainm é bhí deacracht ag an sagart Sasanach é a rá. Céard a bhí ann ar chor ar bith? Narbh uafásach an rud é, athair nach raibh ainm a mhic ar eolas aige?

Chuirfeadh sé airgead chucu le haghaidh na Nollag. Dhíol na leaids an Mercedes dó nuair a cuireadh isteach sa bpríosún é. Bhí an t-airgead sin coinnithe aige i gcuntas bainc go dtí go mbeadh sé ag dul abhaile. Mhairfeadh sé ar airgead sóisialta go dtí sin, dá mba beag féin é. Ach bhainfeadh sé cúpla céad amach le cur siar. Fada an lá ó shin ba cheart dó cuimhneamh air sin, a cheap sé, ach b'fhearr go deireanach ná go brách. Thóg sé tamall fada air a thuiscint gur bean mhaith a bhí inti, gurb air féin agus an t-ól a bhí an milleán ar fad le cur. Ba chuimhneach leis nach dtugadh sé ariamh uirthi ina intinn ach 'an bhitch,' ach d'athraigh sé sin in imeacht ama. Bhí a fhios aige anois gur togha na mban a bhí inti. B'fhada leis go bhfeicfeadh sé iad, Bridie, agus céard sa diabhal ainm a thug sí ar an leaid beag?

* * * * *

Bhí Therese deireanach ag teacht abhaile agus bhí Bridie neirbhíseach ar fhaitíos gur tharla aon cheo don héileacaptar a thug ar fud na Gaeltachta í. Tháinig Susan aniar tar éis na scoile agus thug sí Caomhán amach ag siúl. Bhí an teach sciúrtha glanta ag Bridie faoi dhó ó mhaidin, agus lig sí scréach nuair a tháinig Caomhán ar ais agus puiteach ar a bhróga.

'Céart tá ort ar aon chaoi?' a d'fhiafraigh a deirfiúr di. 'Caithfidh sé go bhfuil faitíos an domhain ort roimh an *seanlady* sin, Thatch, nó cibé cén t-ainm atá uirthi.'

'Níl tada orm ach go bhfuil mé tuirseach ó bheith ag glanadh tí ó mhaidin. Ó, níl a fhios agam, an t-am den mhí, b'fhéidir. Tá a fhios agat féin. *Sorry*, a Chaomhán, gur scréach mé.' Thug sí póg dó. 'Lovey do Chaomhán.' Chuir sé a lámha timpeall a muiníl.

'Nach breá bog an saol atá agat,' arsa Susan, ag breathnú timpeall, 'gan tada le déanamh agat ach aire a thabhairt don teach seo, agus cúpla béile a réiteach, na *mod cons* ar fad agat. Is fada liom go mbeidh mé críochnaithe sa diabhal scoil sin go bhfaighfidh mé jab bog mar seo dom féin.'

'Críochnaigh sa scoil má tá ciall ar bith agat. Is é deireadh an domhain é jab mar seo gan tús ná deireadh leis.'

'Ach níl Thatch chomh dona sin?'

'Níl mé ag rá go bhfuil, ach b'fhearr liomsa a bheith ag obair dom féin ná bheith i mo scíví ag duine ar bith. Tá sé seo ceart go leor faoi láthair. Tugann sé seans dom aire a thabhairt do Chaomhán, ach beidh athrú poirt ann nuair a thosaíonn seisean ar scoil.'

'Tuige nach mbeadh ceannaín beag eile agat? Bheadh teacht isteach maith seachtainiúil agat, agus ní bheadh aon chall duit a bheith ag obair d'aoinneach.'

'Cloisim seafóid mar sin ar an raidió ó am go ham. Cuirtear i leith cailíní go mbíonn páistí acu ar mhaithe leis na liúntais a fhaigheann siad. Dá

mbeadh ar an dream a labhraíonn mar sin
maireachtáil ar an airgead céanna ... Ach bíodh
ciall agatsa. Ná bí chomh seafóideach le do
dheirfiúr.'

'B'fhearr liomsa jab mar seo ná an scoil *stupid*
sin. Tá sé chomh *boring.*'

'Más *boring* atá uait, triail obair tí, a chailín.
Ní bhíonn sí déanta choíche agus níl buíochas ar
bith ar fáil aisti.'

'Nach fiú ar fad é nuair atá an dóitín seo agat?'

'Dóitín a thugann Therese air freisin. Shílfeá
amanta gur léi féin é.' Bhreathnaigh Bridie ar a
huaireadóir. 'Meas tú cá bhfuil an bhitch ar chor
ar bith? Nach in é anois agat é! Nuair atá chuile
shórt réitithe agam agus duine faighte agam le aire
a thabhairt do Chaomhán, ní thagann sí abhaile
ar chor ar bith.'

'B'fhéidir gur coinníodh siar í,' a dúirt Susan.

'B'fhéidir é. An chaoi a mbíonn sí ag flirteáil
leis na fir, ní chuirfinn rud ar bith thairisti.'

'Bridie!'

'Is dóigh gurb in é an fáth a bhfuil sí chomh
maith sin ag mealladh lucht monarchan.'
Rinneadar an-gháire lena chéile, Susan sásta gur
mar bhean agus ní mar ghasúr a bhí a deirfiúr ag
caitheamh léi.

'Tá tú uafásach ar fad,' ar sí, 'ach tá an-chraic
ionat do dhuine a bhí chomh cantalach ar ball
beag.'

'Tógaim an saol ródháiríre an chuid is mó den
am, is dóigh, ach táim ag briseadh amach anocht
don chéad uair le fada. Tá, má thagann sí sin.
Agus táim chomh neirbhíseach.'

'Níl a fhios agam cén fáth, seanchailleach mar thú.' Rith Susan, a deirfiúr ag ligean uirthi go raibh sí len í a bhualadh. 'Réitigh cupán tae dom, maith an bhean,' arsa Bridie.

Bhí sé beagnach a naoi a chlog nuair a tháinig Therese, agus an leithscéal a bhí aici ná go raibh uirthi tiománaí an héileacaptair a thabhairt le haghaidh deoch. 'Ach beidh mé in am,' ar sí ag cur bróg amháin soir de chic, ceann eile siar. 'Beidh mé réitithe i gceann deich nóiméad.' Chuaigh sí tríd an teach ar nós gála gaoithe, éadach á fhágáil aici san áit ar bhain sí di iad.

Thosaigh Susan ag sciotaíl nuair a tháinig Therese amach nocht as an seomra folchta.

'Bíodh múineadh ort.' Thug Bridie droim a láimhe ar an tóin dá deirfiúr. 'Shílfeá nach bhfaca tú bean ariamh.'

'Ní fhaca mé bean ariamh a bhí chomh tanaí,' a dúirt sí i gcogar. 'Shíl mé gur buachaill a bhí inti.'

'Más mar sin é ní fhaca tú buachaill ach an oiread.'

'Cá bhfios duitse?'

'Inis tuilleadh ...'

'Nach bhfuil dearthairín óg againn sa mbaile?'

'Tá tú chomh *hinnocent*.'

'Ní mór do dhuine eicint a bheith.' Lean na deirfiúrachaí ag spraoi agus ag spochadh as a chéile go dtí go raibh sé in am dul chuig an ósta.

Ní raibh Bridie chomh neirbhíseach is a cheap sí go mbeadh sí nuair a chuadar isteach sa teach ósta. Bhí an áit lán go doras agus an aird ar fad ar Therese, 'Hi Thatch,' ag chuile dhuine, ó fhir

39

oibre fós ar an mbealach abhaile ó obair chomh maith le fir ghnó agus feidhmeannaigh an Údaráis faoina gcultacha dea-dhéanta.

Bhí borradh mór tagtha ar an áit le cúig bliana, daoine fillte abhaile ó Shasana agus ó na Stáit Aontaithe mar go raibh obair fairsing. Chuir sé sin go mór leis an spraoi sna tithe ósta, ar nós mar a bheadh na seachtóidí tagtha ar ais.

D'ordaigh Therese dhá *gin* agus *tonic.* Chuir sí ceann acu isteach i lámh Bhridie. 'Beidh mé ar ais,' a dúirt sí agus thosaigh sí ag dul thart ó dhuine go duine. Beach a chuir sí i gcuimhne do Bhridie, í ag dul ó bhláth go bláth ag sú meala. Nó an iad na bláthanna a bhí ag sú ón mbeach sa gcás seo?

Ní raibh Bridie i bhfad ina seasamh léi féin nuair a cuireadh lámh timpeall uirthi, agus bhí póg faighte ar an leiceann aici sula bhfaca sí i gceart cé a bhí ann, Peadar Ó hAllúráin a bhí sa rang céanna léi sa bpobalscoil. 'Fada an lá nach bhfaca mé thusa,' ar sé.

'Ní minic a bhím amuigh. Ní raibh mé ar an *téar* cheana le fada, más féidir *téar* a thabhairt ar do chéad deoch.'

'Bíodh ceann eile agat, uaimse.' Bhí sé imithe tríd an slua i dtreo an chabhantair sula raibh deis aici é a stopadh.

'Shíl mé go mb' ag an gColáiste Réigiúnach a bhí tusa,' arsa Bridie leis, nuair a tháinig sé ar ais, 'nach mbeadh an t-airgead chomh fairsing sin.'

'Chaith mé an Samhradh i Chicago, agus tháinig mo chuid *tax* ar ais inniu. Marach sin ní bheinn ag ceannacht.'

40

'Céard tá ar siúl agat sa gcoláiste?'

'Staidéar gnó, níos mó gnó ná staidéar má thuigeann tú leat mé. Tá súil agam gnó beag a bhunú an chéad bhliain eile, má éiríonn liom cúnamh a fháil ón Údarás.'

'Ar chuir tú isteach ar aon airgead fós?'

'Níor chuir, ach cloisim an-chaint ar an mbean sin a tháinig isteach in éindí leatsa, Thatch, mar a thugann siad uirthi.'

'Tá a fhios agam anois cén fáth ar tháinig tú chun cainte liom.'

'Ní hea, muis. *Fancy*áil mé ariamh thú. Bhíodh an-*time* againn ag an scoil fadó.

'Fadó. Níl sé trí bliana fós.'

'Tá a fhios agat céard atá i gceist agam. An cuimhin leat an t-am sin a chuamar suas ag an díospóireacht i mBaile Átha Cliath? Chuaigh an bheirt againn chuig na pictiúirí le chéile, an *nun* bhocht ag cur a craicinn di ar fud na cathrach dár gcuartú.'

'Baineadh croitheadh asam nuair a chonaic mé í ag teacht suas Sráid Uí Chonaill idir beirt ghardaí.'

'Ní rabhamar imithe dhá uair a chloig ach is beag nach raibh an t-arm glaoite amach aici dár gcuartú.'

'Ní haon iontas é nár tugadh chuig aon díospóireacht eile muid.'

'Tar éis go rabhamar go maith,' arsa Peadar. 'Bhí tú ar an duine is fearr a chuala mé ariamh ag cur di ar ardán.' Chuimhnigh Bridie go raibh a misneach uilig caillte ó shin aici.

'Is deacair a chreidiúint nach bhfuil sé sin ach

41

ceithre bliana ó shin,' ar sí. 'Shílfeá go bhfuil na céadta bliain imithe thart ón uair úd.'

'Bhris tú mo chroí nuair a phós tú é sin.' Bhain an chaint sin geit as Bridie.

'Níl a fhios agam cén chaoi a mbeadh do chroí briste. Ní rabhamar ag dul amach lena chéile ná tada.'

'Ní raibh, b'fhéidir. Ach bhíomar chuile áit in éindí, club na n-óg, na díospóireachtaí sin, ag iomradh curachaí i gcomórtais na n-óg. Is tú a bhí go maith aige sin freisin. Agus tá tú chomh dathúil céanna i gcónaí.'

'Ná bí ag cuimilt meala liom!' Thaitin sé le Bridie mar sin féin rud mar sin a chloisteáil ó fhear óg.

'Is fiú é a thriail ina dhiaidh sin.' Rinne Peadar gáire. 'Is breá an stumpa thú, bail ó Dhia ort. Nár airigh mé na leaids ag rá nuair a tháinig sibh isteach in éindí le Thatch sin, gur dathúla i bhfad tusa ná í.'

'Ná cloiseadh sí thú.'

'Is fíor dom é. Stumpa chomh maith ...'

'Tá an iomarca le déanamh agam ar na saolta seo seachas a bheith ag éisteacht leis an tseafóid sin.' Bhreathnaigh Peadar go géar uirthi, a shúile atá le hól, sular labhair sé arís:

'Is cosúil le bean thú a bhfuil an sprid ar fad nach mór imithe aisti. Bhíodh an t-an-chraic go deo ionat fadó.'

'Nuair a bheas an oiread den saol feicthe agat is atá feicthe agamsa ...'

'Tá tú óg, dathúil. Casfar an fear ceart fós ort.'

'An bhfuil tú ag iarraidh a rá go bhfuil mé

ag breathnú ar an bhfear ceart? Ní bheidh baint agamsa le haon fhear níos mó. Tá sibh uilig mar a chéile.'

Bhí an beár siúlta ag Thatch faoin am seo, í tagtha ar ais le dhá dheoch eile. Bhí Bridie ar buile léi. 'Nach é mo *turnsa* é. Táim in ann deoch a cheannacht chomh maith leis an gcéad duine eile.' Thug Therese le fios di gur duine de na hoibrithe a cheannaigh dóibh é. Masla a bheadh ann é a eiteachtáil.

'Bhuel, níor mhaith liom masla a thabhairt do dhuine ar bith.' Bhí an cuthach imithe de Bhridie chomh sciobtha is a tháinig sé uirthi. Thosaigh an ceol agus an damhsa. Idir sin agus an t-ól ag dul sa gcloigeann uirthi bhain Bridie níos mó sásaimh as an oíche de réir a chéile. Bhí an ceol chomh hard sin nach raibh aon ghá di caint ná éisteacht le duine ar bith. Sheas sí siar uathu ar fad ina hintinn féin, ag ligean do néarógaí agus imní na mblianta titim di ar nós seanchóta.

Chuaigh Thatch amach sna seiteanna ar fad, agus is í a bhí in ann iad a dhéanamh. 'Tuige nach mbeadh?' a dúirt Bridie ina hintinn féin, 'agus í amuigh ag cleachtadh chuile oíche.' Ní fhéadfadh sí ag an am céanna gan meas a bheith aici ar an gcaoi ar chuma léi faoi céard a cheap nó céard a dúirt duine ar bith. Ba í Therese an duine ba scaoilte, saor, neamhspleách dá bhfaca sí ariamh. 'Bíodh an diabhal acu ar fad,' an dearcadh a bhí aici, an fhad is a bhí sí ag déanamh a cuid oibre chomh maith agus a bhí.

'Caithfidh sé go bhfuil an aois tagtha de léim orm,' a chuimhnigh Bridie, ag breathnú ina timpeall. 'Seod é a d'airigh mé uaim agus mé i mo shuí istigh ag breathnú ar an teilifís. Bíodh aige. Ní bhaineann an cineál seo saoil liom.'

Rug an tAllúránach uirthi ansin agus tharraing sé amach sa seit í. Is gearr go raibh na céimeanna ag teacht ar ais chuici. Idir ól agus dhamhsa bhí ríl ina cloigeann nuair a bhí sé thart. As sin go deireadh na hoíche rinne sí dearmad uirthi féin agus bhí aiféala uirthi nuair ab éigean dóibh dul abhaile go maith tar éis an mheán oíche.

'Bhuel, ní raibh sé sin ródhona.' Líon Therese deoch an duine dóibh tar éis dul abhaile, agus shuigh sí ar cheann de na cathaoireacha móra boga ar aghaidh na tine amach.

'Tá mo dhóthain ólta agamsa,' arsa Bridie. 'Tá mé súgach cheana agus beidh Caomhán ina shuí go luath.'

'Nach bhfuil Susan in ann aire a thabhairt di? Sin é arís é. Caithfidh tú *relaxáil* níos mó ná mar a dhéanann. Tá an buachaill sin ina mháistir rómhór ort. Caithfidh tusa maireachtáil chomh maith leis siúd.'

'Is mór is fiú go bhfuil sé bainte den chíoch ar aon chaoi nó bheadh neart alcóil le diúl aige ar maidin.'

'Ní dhéanfadh sé a dhath ariamh dochair dó, ach oiread leat féin.'

'Táim fíorbhuíoch gur thug tú amach leat anocht mé.' Thóg Bridie a deoch agus shuigh síos. 'Tá an ceart agat. Ní théim amach sách minic.'

'Shíl mé go mbeifeá oibrithe liom, an chaoi a raibh mé ag dul ó dhuine go duine acu. Ach caithimse iad a choinneáil liom.'

'Tá a fhios sin agam. Bhí mé ceart go leor liom féin.'

'Leat féin, *howdo*. Cé hé an *fine thing* sin a bhí in éindí leat ar feadh na hoíche?'

'In éindí liomsa? Ó, Peadar atá i gceist agat? Peadar Ó hAllúráin atá air. Bhí sé sa rang céanna liom ar scoil. Dála an scéil, dúirt sé gur gearr go mbeidh sé ag dul chugat ag lorg deontais.'

'Ceapann chuile dhuine gur le haghaidh deontas amháin atá mise ann. Céard len' aghaidh atá deontas uaidh sin?'

'Gnó beag eicínt a bhfuil sé ag cuimhneamh air a thosú. Níl a fhios agam céard é féin. Ach tá cloigeann maith air. Bhí sé ar dhuine de na daoine ab ábalta sa rang s'againne. Ag staidéar gnó san RTC atá sé faoi láthair.'

'Rinne sé an-staidéar ar do ghnó féin anocht. Chaith sé an oíche ag breathnú síos i do bhrollach.'

'Ná habair gur éad atá ort,' arsa Bridie go haerach.

'Dá mbeadh péire mar sin agamsa, ní bheinn fágtha ar an tseilf mar atá mé.'

'Tusa? Ar an tseilf? Baol ort. D'fhéadfása do rogha fir a bheith agat.'

'Ach an oiread leat féin fuair mé mo dhóthain díobh, a Bhridie.'

'Ach ní raibh tusa pósta le duine acu.'

'Bhí mé bréan den chine fireann i bhfad sula raibh mé in aois phósta.'

'Bréan díobh. Is tusa an *flirt* is mó dá bhfaca mise ariamh.'

'Ach mar a dúirt tú an lá cheana, ní ligim duine ar bith acu in aice liom. Agus údar agam.'

'Shíl mé gur ag fanacht leis an duine ceart a bhí tú.' Ach baineadh geit as Bridie leis an gcéad cheist eile a chuir Therese: 'An mbíodh d'athair ag plé leat nuair a bhí tú óg?'

'Ag plé liom?'

'Ag plé leat. Níl tú dall. Tá a fhios agat go maith céard atá i gceist agam. Ag déanamh rudaí gránna ...'

'Ní fhéadfadh sé. D'athair féin?'

'Ó bhí mé cúig bliana go dtí go raibh mé trí déag nó mar sin. Cuireadh ar scoil chónaithe ansin mé. Níor casadh aon duine ariamh liom ar thaitin scoil chónaithe léi chomh mór is a thaitin sí liomsa, ach b'in é an lá ádhúil domsa, nuair a cuireadh ar scoil mé.'

'Agus do mháthair? An raibh a fhios aici?'

'Ní fhéadfadh sí bheith dall air. Ach má bhí a fhios féin ní dhearna sí tada.'

'Nár inis tú di?'

'Níor labhair duine ar bith sa gclann s'againne ar ghnéas, chollaíocht, cibé ainm a thugann sibh air sa lá atá inniu ann. Shílfeá nach raibh a leithéid de rud ar an saol. Ní fhéadfainn rud ar bith a bhain leis an gcuid sin den saol a lua le mo mháthair. Ní raibh a fhios agamsa tada. Bhain sé croitheadh an diabhail asam nuair a fuair mé mo chéad pheriod. Marach na cailíní eile a thuig, shíl mé gurb é m'athair ba chiontach leis, gur gortú a bhain díom.'

'Ní raibh tada den chineál sin sa teach s'againne. Ní dóigh liom go bhféadfadh m'athair cuimhneamh ar a leithéid fiú amháin.' Tháinig racht gáire ar Bhridie nach raibh sí in ann a cheansú. Nuair a d'éirigh léi stopadh dúirt sí 'tá brón orm,' go náireach.

'Céard air a raibh tú ag cuimhneamh?' Bhí meangadh gáire ar Therese.

'Ní údar gáire ar bith é, is dóigh,' arsa Bridie, 'ach is minic a chuir sé iontas orm go raibh a fhios ag m'athair len é a dhéanamh le mo mháthair. Bhí sé i bhfad níos sine ná í.'

'An fear bocht.' Bhí aithne agus meas ag Therese ar athair Bhridie. Ó thosaigh sí ag caint ar an ábhar sin, shíl Therese go raibh sé chomh maith di a scéal a chríochnú: 'Shíl mé i dtosach gur páirt de shaol chuile bhean agus cailín é. Tarlaíonn go leor de, i Sasana chomh maith leis an tír seo, ar ndóigh. Bíonn faitíos ar chailíní é a insint.'

'Chaithfeadh sé go mbeadh fhios ag do mháthair faoi.' Ag cuimhneamh ar a máthair féin a bhí Bridie, bean nach dtarlódh mórán i ngan fhios di.

'Dá mbeadh a fhios féin, céard a d'fhéadfadh sí a dhéanamh? An dlí a chur air? An chlann a scaipeadh? Thabharfaí an bóthar di dá ndéanfadh sí aon chasaoid. Céard a dhéanfadh sí? Céard air a mairfeadh sí? Is ag na fir a bhí, atá an chumhacht ar fad.'

'Ach nach bhfuil dlí sa tír?'

'Cén cailín atá ag iarraidh a hathair a chrochadh? Cé a chreidfeadh í ar chaoi ar bith? Ceaptar go mbíonn cailíní den aois sin róshamhlaíoch. Níl mé ag rá nach n-éistfí sa lá atá inniu ann le gearán mar sin agus an méid mná óga atá sásta labhairt amach faoi. Ach fiche bliain ó shin!'

'Tá an ghráin agat ar na fir mar sin? Ní thaitníonn duine ar bith acu leat?' Chuir Bridie a lámh os cionn a gloine, a raibh Therese ag iarraidh a líonadh arís. 'Ní bheidh, go raibh maith agat. Tá mo dhóthain agus níos mó ná mo dhóthain agam.' Ach ghéill sí nuair a chuimhnigh sí gur theastaigh cluas le héisteacht ó Therese. Thug an bhean eile faoina ceisteanna a fhreagairt.

'An dtaitníonn fear ar bith liom? Taitníonn, cinnte. Taitníonn formhór acu a bhí sa mbeár anocht liom, ar bhealach éadrom, sóisialta. Tuigim go maith istigh anseo.' Leag sí a lámh ar a cloigeann 'nach mar a chéile chuile fhear. Tá a fhios agam ag an am céanna nach bhféadfainn codladh le fear ar ór nó ar airgead. Thabharfadh sé an iomarca ar ais chun cuimhne. Bheinn fuar, faiteach, reoite.'

'Ar thriáil tú ariamh é …? Níor cheart dom ceist mar sin a chur.'

'Baintear triail amháin as chuile rud.' Rinne Therese gáire beag náireach. 'Shíl sé gurb air féin a bhí an locht. Ach bhí a fhios agamsa.'

'An bhfuair tú aon chúnamh riamh? Fear cloiginn, nó bean. Síceolaí, nó cibé céard a thugann siad orthu i nGaeilge.'

'Ní fhéadfainn dul chuig aon *shrink*, fear go háirithe. Creid é nó ná creid, níor inis mé d'aon duine ariamh faoi. B'fhéidir go ndéanfaidh sé an oiread maitheasa dom labhairt leatsa is a dhéanfadh *shrink* ar bith.'

'Níl aon scil agamsa sna cúrsaí sin.'

'Tá tú in ann éisteacht, an scil is fearr ar fad.' Chroith Therese an fuisce timpeall ina gloine. 'An fhad is nach scaoileann tú mo rún.'

'Gheobhainn bás i dtosach.' Bhreathnaigh Therese isteach ina dá shúil:

'Cheapfainn go bhfaighfeá. Tá tú óg, a Bhridie, ach tá fulaingt déanta agat, cuid chrua den saol feicthe agat. Tuigeann tú rudaí nach dtuigeann a lán. Ní scil a theastaíonn sna cúrsaí seo, ach cluasa, cluasa atá tuisceanach cineálta. B'fhéidir go bhfuilim ag leagan ualach rómhór ort. B'fhéidir nach gceapfaidh tú tada díom níos mó, nach meas a bheas agat orm ach drochmheas.' Bhí Therese ar nós duine nach raibh in ann stopadh ó bheith ag caint. 'Níl a fhios agam cén chaoi a mhaireann bean ar bith i gceart.'

'Mar a deir tú, is dóigh nach bhfuil chuile fhear mar a chéile.'

'Ach cá bhfuil na ceanna maithe?'

'Tá siad ann,' arsa Bridie, ag gáire, 'in áit eicínt.'

'Nuair a thiocfas muide i gcumhacht, cuirfimid deireadh go huile agus go hiomlán leis na fir.' Ní raibh a fhios ag Bridie an ag magadh nó i ndáiríre a bhí Therese.

'Theastódh corrdhuine acu leis an gcéad ghlúin eile a chur ar fáil.' D'fhreagair Therese:

'Níl ag teastáil ach a gcuid síolta. Dá gcuirfí a ndóthain dhóibh sin i dtaisce sna bainc, ní theastódh fear ar bith níba mhó.' Gháir sí. 'Feicim na buidéil bheaga bhána ag dul thart ag chuile bhean ina mála.'

'Déanann na fir níos mó ina dhiaidh sin ná gasúir a chur ar an saol. Is beag pléisiúr a chuirfeadh an tsnáthaid ar fáil.'

'Tá na mná iad féin in ann aire a thabhairt dá chéile sách maith ar an gcaoi sin.'

'Tá an diabhal ortsa,' arsa Bridie. 'Ag éirí níos measa atá tú.'

'Déantar é.'

'Ach ar chuimhnigh tú ariamh ar pháiste a bheith agat gan pósadh? Tá tú thar cionn le Caomhán.'

'Muna bhfuil sé millte ar fad agam.'

'Dhéanfá máthair mhaith, tá mise ag rá leat.'

'Ní bheadh aon fhoighid agam. Taitníonn rudaí liom mar atá siad, go bhfuil Caomhán sa teach, go bhfuil mé in ann cibé grá, cibé máithreachas atá ionam a roinnt leis. Ach ní bheinn in ann é a dhéanamh ar feadh an lae chuile lá. Ceapaim go gcaitheann duine mar mise rogha a dhéanamh, idir shaol poiblí agus thógáil clainne. Is fada ó rinne mise an rogha sin.'

'Nach iomaí bean atá ag obair ar feadh an lae, ar feadh na seachtaine, i gcúrsaí gnó, nó mar aturnaetha, nó banaltraí, múinteoirí, jabanna go leor, agus clann á tógáil acu ag an am céanna.'

'An iad féin atá ag tógáil a gcuid gasúr, nó mná atá fostaithe acu? Má tá meas agam ar fhear ar bith, is ar an gcineál duine a fhanann sa mbaile lena bhean a ligean ag obair. Sé sin ...' Stop Therese soicind. 'Muna bhfuil sé ag plé le cailíní beaga, nó buachaillí beaga ach an oiread.'

'D'fhanfá sa mbaile dá mbeadh gasúr agat?'

'Bheinn ag iarraidh mo chuid ama ar fad a

chaitheamh leis nó léi. Táim sách seanaimseartha
ar an mbealach sin. Ach tá mo rogha déanta. Is é
an jab mo pháiste, mo pheata, mo chuid den saol.'
   'Faraor nach bhfuil post ceart agamsa.
Bheimís ar an leibhéal céanna ansin.'
   'Ná tar anuas go dtí mo leibhéalsa, cibé céard
a dhéanann tú. Ceapaimse gur aoibhinn Dia
dhuitse. Nach bhfuil Caomhán agat? Nach 'in é
do dhóthain?'
   Shíl Bridie go raibh an cloigeann ag ardú
uirthi. Cheap sí go raibh an seomra ag dul
timpeall, agus d'airigh sí uisce ag teacht óna
fiacla. Fonn múisce. D'éirigh sí ina seasamh, ach
thit sí. An rud deireanach ba chuimneach léi ná
bheith ag cur amach ar an gcairpéad breá olla.
Nuair a dhúisigh sí i lár na hoíche bhí sí i leaba
Therese, lámh Therese timpeall uirthi. Lig sí í féin
amach as an leaba gan an bhean eile a
dhúiseacht.

* * * * *

   Ní raibh Bridie chomh tinn ariamh. Bhí a
cloigeann ag pléascadh, a bolg trí thine, a
daonnacht uirthi agus í lán de náire faoin múisc
ar an gcairpéad. Bhí sé sin fágtha san áit ar chuir
sí amach. 'An focin bitch,' a dúirt sí faoi Therese.
'Shílfeá go mbeadh sí in ann an méid sin a
ghlanadh, ach fágann sí chuile rud ag an sclábhaí.
Beidh sé doghlanta anois.'
   Réitigh sí caife di féin. Shuigh sí ar an
gcathaoir bhog dá ól, an seomra bréan le boladh
na dtoitíní agus na múisce. D'éirigh Bridie agus

d'oscail sí na fuinneogaí ar fad. Rinne sí iarracht
an cairpéad a ghlanadh, ach thosaigh rachtanna
tinnis á croitheadh nuair a tháinig sí in aice lena
múisc féin. Chaith sí an chuid eile den oíche ag
dul idir an leaba agus an leithreas, a cuimhne
cinn á coinneáil ina dúiseacht.

'Imeoidh mé amárach,' a dúirt sí ina hintinn
féin. Cheartaigh sí í féin nuair a chuimhnigh sí
gur beag nach raibh sé ina mhaidin lá arna
mhárach cheana. 'Imeoidh mé inniu' Ghabhfadh
sí siar chuig a hathair agus a máthair, a cheap sí,
go dtí go bhfaigheadh sí jab eile. D'fhágfadh sí
Caomhán acu go dtí go mbeadh post ceart aici,
agus áit dá gcuid féin acu. Bhí sí óg, ró-óg lena
saol a chur amú ag tógáil gasúr. Ghabhfadh sí go
Sasana arís. D'fhoghlaimeodh sí scil eicínt ansin.
Dhéanfadh sí airgead. Ní bheadh sí ag brath ar
dhuine ar bith nó faoi chomaoin ag duine ar bith.
Bheadh sí neamhspleách. Bhí sí fós ar buile le
Therese. 'An rud is lú a d'fhéadfadh sí a
dhéanamh ná an cairpéad a ghlanadh. *Bloody
bitch.'*

Bhreathnaigh sí isteach ar Chaomhán ina
chliabhán, agus d'airigh sí deora ag teacht lena
súile. Thóg sí suas ina baclainn é agus dhúisigh
sé. Cén chaoi a mairfeadh sí dá uireasa? Ba é an
t-aon rud a bhí aici é, a cuid den saol. Thóg sí
isteach ina leaba in aice léi féin é. Nuair a bhí a
dóthain caointe aici, thit sí ina codladh.

Nuair a d'éirigh Bridie thart ar a haon déag bhí
Therese ag ól caife sa chistineach, Caomhán suite
ar a glúin aici ag cur píosaí isteach i mireanna
mearaí. Rug Bridie as gabháil Therese air agus

thug sí isteach ina seomra leapan é gan rud ar bith a rá.

'Céard tá ortsa ar maidin?' Bhí Therese ina seasamh sa doras.

'Muna bhfuil a fhios agat ...' Dhún Bridie an doras ina héadan. D'oscail Therese an doras arís. 'Muna bhfuil a fhios agam céard?'

'Tá a fhios agat go maith.' Nuair nár imigh Therese d'fhiafraigh Bridie di 'Cá bhfuil Susan?'

'Chuaigh sí siar ar bhus a deich. Tá cluiche cispheile le himirt aici do chlub na n-óg nó rud eicínt. Dúirt mé léi gan tú a dhúiseacht, nach mórán codlata a bhí agat.' Níor dhúirt Bridie rud ar bith, ach tharraing sí amach a mála a bhí fágtha faoina leaba aici.

'Céard sa diabhal atá ortsa inniu, a Bhridie?'

'Tada.'

'In ainm Chríost ...'

'Ná bí ag tabhairt ainm Dé gan fáth. B'fhéidir nach bhfuil creideamh ná moráltacht agatsa, ach bíodh ómós agat do chreideamh daoine eile.'

'Is cuma liomsa sa foc faoi do chreideamh. Céard a rinne mé ort go bhfuil tú i do bhitch chomh mór sin liom? Shíl mise gur ag feabhsú a bhí rudaí eadrainn, gur cairde a bhí ionainn. Sin é an fáth ar dhúirt mé rudaí leat nár dhúirt mé le haon duine. Níor airigh mé chomh gar d'aoinneach ariamh cheana.'

'Más sin an cineál carad atá uait, faigh duine chomh brocach leat féin.'

'Níl neart agamsa ar céard a dhéantaí liom i m'óige. D'airigh mé brocach sách fada mar gheall air.'

'Ní ar sin atá mé ag caint.' Bhí deora i súile Bhridie.

'Céard air a bhfuil tú ag caint mar sin?'

'Tá tú chomh dall, nó an ramhar atá tú?'

'Tabhair dall, ramhar, tabhair do rogha rud air.' Chroith Therese a guaillí. 'Ní thuigim céard tá tú ag iarraidh a rá.'

'Dhúisigh mise i do leaba aréir, do lámh timpeall orm, agus gan faic na ngrást d'éadach ort.' Labhair Bridie trína fiacla lena guth a choinneáil ó bhriseadh. 'B'fhéidir nach dtaitníonn fir leatsa ar chúinsí áirithe, ach ní duine acu sin mise, bíodh a fhios agat.'

Thosaigh Therese ag gáire. Ag scairtíl gáire. Chaith sí í féin siar ar a droim ar an leaba ag gáire. Léim Caomhán isteach sa leaba uirthi. Is gearr go raibh Bridie ag gáire chomh mór le ceachtar acu, ach í ag iarraidh fanacht i ndáiríre ag an am céanna.

'Bhuel, céard a thug isteach i do leaba mé?'

'Bhí an t-ádh ort gur thug mé chomh fada sin thú, tá tú chomh trom. Bhí mé ag brath ar phluid a chaitheamh ort agus tú a fhágáil i do chodladh ar an urlár, ach ní raibh mé ag iarraidh go bhfeicfeadh do dheirfiúr sa múisc thú. Bhí mo leaba níos gaire don seomra suí ná do leabasa. Ní raibh rud ar bith eile i gceist, aréir go háirithe.'

'Céard a chiallaíonn 'aréir go háirithe?'

'Fainic tú féin orm, tá mé contúirteach.' Rinneadar gáire.

'Tá mé chomh haisteach inniu,' arsa Bridie. 'Níl a fhios agam an ag teacht nó ag imeacht atá mé.'

'Bhuel, tá súil agamsa nach ag imeacht atá tú. Cuir do mhála ar ais faoin leaba agus isteach leat i do chodladh. Tabharfaidh mise aire do Chaomhán as seo go tráthnóna.'

'Go raibh míle maith agat.' Rug Bridie ar lámh Therese.

'Seachain thú féin,' ar sise.

'Tá brón orm, ach tá mé chomh... Tá PMT agus PMT ann, ach ní raibh mé ariamh chomh dona.'

'Buíochas le Dia nach mbíonn sé ar an mbeirt againn ag an am céanna. Bheimís inár ndiabhail uilig. Go bhfóire Dia ar Chaomhán bocht.'

'An t-aon rud amháin faoi bheadh sé thart in aon léim amháin.'

'Bheadh, agus muid i ngreim muiníl ina chéile. Caithfidh tú cur suas liomsa fós an mhí seo,' arsa Therese.

'Tóg amach ar lucht an Údaráis é'

'Bainim mo dhóthain deataigh astu sin chuile lá eile. Bhí sé ar intinn agam inniu go ngabhfadh an triúr againn siar Conamara le haghaidh an lae.'

'Ní fhéadfainnse dul in áit ar bith inniu.'

'Amárach mar sin.'

'Bheadh sé sin thar cionn. Nach bhfuil an t-ádh ort nach bhfuil do chloigeann ag pléascadh.'

'Cleachtadh. Nuair a bheas tú chomh sean liomsa beidh tú in ann do dheoch a chaitheamh siar chomh maith céanna.'

'Ní ólfaidh mé aon deoir go deo arís, fuisce go háirithe.'

'Sin é a deireanns muid i gcónaí. Téirigh a chodladh anois. Tabharfaidh mé Caomhán siar chuig an trá.'

'Cuir air a chóta, agus na miotógaí.'

'Cuirfidh, a mhamaí. Ná bíodh imní ort. Níl mé aineolach amach is amach ar pháistí.'

'Tá tú go maith dom i ndáiríre.' Leag sí lámh ar lámh Therese.

'Tóg go réidh é,' ar sise, ag magadh.

'Focáil leat,' arsa Bridie go magúil.

'Foc-áil 'at,' a dúirt Caomhán ina diaidh. Lean sé Therese amach an doras, á rá arís agus arís eile.

Lá fionnuar a bhí ann, tréimhsí gréine idir múráil bháistí. Bhí Caomhán agus Therese réitithe go maith i gcomhair na haimsire, agus níor airigh siad fuacht na Samhna. Bhí buicéad plaisteach agus sluasaid bheag ag Caomhán. Rinne Therese a dícheall múineadh dó caisleán a dhéanamh sa ngaineamh, ach is á leagan anuas a bhí an spraoi aigesean. Rith siad rásaí ar feadh tamaill ansin, Therese ag ligean uirthi nach raibh sí in ann coinneáil suas leis, Caomhán sna trithí ag gáire fúithi. Chuaigh gaineamh ina shúil ansin, agus shíl Therese nach stopfadh sé ag caoineadh go dtí go mbeadh sé tugtha ar ais chuig a mháthair aici. Ach tháinig an gaineamh amach sna deora agus chiúinigh sé tar éis tamaill.

D'fhág siad an trá agus shiúil siad suas bóithrín a raibh crainnte ar ch'aon taobh de, rud is annamh taobh thiar den Choirib. Bhí na duilleogaí ar fad tite, cuma creatlaigh ar na craobhacha. Bhí greim docht daingean ag Caomhán ar mhéaracha a láimhe deise, muinín iomlán an pháiste as an duine fásta. Chuimhnigh sí ar a bheith ag siúl mar sin in éineacht lena hathair fadó nuair nach raibh sí mórán níos sine ná Caomhán, muinín iomlán aici as. Tháinig tocht uirthi.

Bhí a máthair san ospidéal ag breith linbh an chéad uair a thosaigh sé. Bhí sí ina suí ar a ghlúin ag éisteacht le scéal. Ansin thug sé isteach ina seomra codlata í agus nuair a leag sé isteach sa leaba í, thosaigh sé ag cuimilt a coise agus ansin idir an dá chos. D'éirigh sé de léim ansin agus rith sé amach as a seomra agus isteach sa seomra folctha.

An chéad oíche eile rug sí ar lámh air agus chuidigh sí leis an rud a rinne sé an oíche roimhe sin a dhéanamh arís, mar gur thaitin an pléisiúr sin léi. Tar éis tamaill luigh sé isteach sa leaba os a cionn agus thosaigh sé á bhrú féin suas agus anuas taobh amuigh den éadach leapa, agus á pógadh. Scanraigh an obair sin í, mar go raibh sé chomh trom, agus níor thaitin an ghnúsacht a bhí ar bun aige léi. Rinne sé an rud céanna go minic ina dhiaidh sin.

Is é a bhíodh dhá cur a chodladh mar go raibh a máthair cruógach ag tabhairt aire do pháiste. Scaoilfeadh sé síos a bhríste amanta agus é ina luí faoin éadach. Gheobhadh sí steall te nuair a stopadh an ghnúsacht. Chuir sé iachall uirthi gan é a inseacht do mhamaí. B'in rún a bhí ag an mbeirt acu féin. Ní thiocfadh Deaidí na Nollag dá ligfeadh sí an rún sin le Mamaí. Bhí rún ag chuile dhuine dó féin, dúirt sé, nár inis siad do dhuine ar bith. Thaispeáin na rudaí a dhéanfadh sé an cion a bhí aige uirthi, a dúirt sé.

Ba í a pheata í.

De réir mar a bhí sí ag fás suas bhí rudaí ag éirí níos measa. Oíche Dé Ceadaoin ba mheasa ar fad mar go mbíodh Mamaí imithe amach ag an mbingo. Thosaigh sé ag cur an rud sin inti nuair a bhí sí seacht mbliana d'aois. Ba chuimhneach léi fós chomh tinn is a bhí sí ansin ar lá a céad chomaoineach. Bhí sé ar buile léi an chéad uair mar gur lig sí scréach. Thugadh sé an bheilt di dá ndéanfadh sí sin arís, a dúirt sé. Thug sé seacláid di ansin.

Níor thug Therese faoi deara go raibh sí ag caoineadh go dtí go bhfaca sí Caomhán ag breathnú suas uirthi. Chuir sé amach a dhá lámh le go dtógfadh sí suas é. Chuir sé a lámh lena leiceann san áit a raibh na deora. 'Teetie deas,' a dúirt sé.

'Teetie sweeties,' an port a bhí aige nuair a tháinig siad chomh fada leis an siopa. Cheannaigh sí *buttons* dó, cnaipí beaga seacláide. Thug sí isteach sa teach ósta é agus d'ól sí vadca dúbailte an fhad is a bhí sé ag ithe na seacláide. D'airigh sí níos fearr ina dhiaidh sin, ní raibh ól na hoíche roimhe ina mheáchan chomh mór ina cuid fola.

Thiomáin sí isteach go baile mór na Gaillimhe agus cheannaigh sí dhá *kebab* sa siopa ag bun Sráid Dominic. Thug sí léi abhaile iad le nach mbeadh dinnéar le réiteach ag Bridie. Ní róthógtha a bhí Bridie leis an ngairleog ach níor mhaith léi Therese a mhaslú tríd an rud a cheannaigh sí a fhágáil ina diaidh.

Bhí an bricfeasta réitithe ag Therese di nuair a

tháinig Bridie abhaile ón Aifreann ar maidin lá arna mhárach. 'Tusa atá ag obair domsa na laethanta seo,' ar sise, 'in áit mise a bheith ag obair agatsa.'

'Déan dearmad ar an obair seo domsa agus duitse, agus bíodh muid ina gcairde.'

Thiomáin siad siar bóthar Chois Fharraige tar éis dinnéir luath. Chas siad ó thuaidh ag Casla, amach trí Chamas agus Scríb. Ag an Teach Dóite, chas siad siar i dtreo an Chlocháin. Bhreathnaigh na Beanna Beola go hálainn in aer seaca na Samhna. 'Gabh i leith uait go Mám Éan,' arsa Therese.

'Is cuma liom,' a dúirt Bridie, 'má iompraíonn tusa Caomhán leath den bhealach. Ní mórán a shiúlfaidh sé ar chosán mar sin.'

'Siúlfaidh sé beagán de ar aon chaoi. Déanfaidh sé maith dó. Gabh i leith. Níl sé i bhfad suas.'

'Tá an-eolas agat ar an áit. Shíl mé nach raibh creideamh ar bith agatsa.'

'Ní theastaíonn creideamh ar bith le dul an sliabh seo suas, ach creideamh in áilleacht an dúlra. Seo é an áit is éasca dreapadóireacht ar na cnoic seo, agus tá an radharc go hálainn ar an mbarr.' Rug Therese ar Chaomhán agus chroch sí ar a guailli é go dtí go raibh sé suite lena chosa timpeall a muiníl i ngreim lámha aici air ar bharr a cinn.

'Seachain,' arsa Bridie nó ní bheidh rud ar bith len é a chosaint má thiteann tusa.'

'Bhfuil tusa ag iarraidh é a iompar? Bíodh beagán muiníne agat asam corruair. Níl mise ag iarraidh go mbeadh timpiste ag do mhaicín ach an oiread.' An méid sin ráite, chuir sí cor coise inti féin agus is beag nár thit sí féin agus Caomhán i mullach a chéile. 'Foc,' a dúirt sí, agus b'in an phaidir a bhí aigesean as sin go barr an chnoic, na mná ag gáire faoi.

Sheas siad ar bharr an aird ag breathnú amach ó dheas chomh fada le Ceann Boirne an Chláir, Oileáin Árann ag síneadh siar trasna an chuain uaidh. Stop siad ag an dealbh de Naomh Pádraig a dhear Clíodhna Cussen. 'Bíodh tusa ag guí do Dhé féin,' arsa Therese. 'Beidh mise ag guí chun mo dhéithese.' Sheas sí, a lámha san aer, Caomhán ag déanamh aithrise uirthi.

'Agus cé hiad do dhéithese?' a d'fhiafraigh Bridie.

'Seandéithe na nGael, na déithe a dtugtaí onóir agus ómós dóibh sular tháinig do Phádraig Naofa ag cur scaipeadh ar na nathracha nimhe.'

'Déithe na bPágánach?'

'Cibé ainm is maith leat a thabhairt orthu. Ceapaim gur ainm maslach é págánach. Shílfeá nach raibh tada den cheart acu agus ainm mar sin tugtha orthu.'

'An bhfuil tú ag rá go raibh an ceart acu?'

'Cuid den cheart ar a laghad. Caithfidh sé gur cheap na Críostaithe an rud céanna nuair a bhunaigh siad a n-áiteanna naofa sna háiteacha ceannanna céanna.'

'Ach nach leis an dream eile a choinneáil faoi chois a rinneadar sin? Sin a d'fhoghlaim muide ar chaoi ar bith.'

'Sin bealach amháin le breathnú air. B'fhearr

liomsa ceapadh go raibh a ndóthain céille acu scrín a thógáil in áit a bhí beannaithe i gcónaí, gur ghlac siad leis gurb é nó gurb í an Dia céanna a bhí á adhradh anseo roimh Phádraig agus ina dhiaidh.'

'Níl a fhios agamsa,' arsa Bridie, 'an bhfuil Dia ar bith ann.'

'Bhí tú ag Aifreann ar maidin.'

'Bhí agus chuir sé déistin orm, seansagart ag cur de faoi rudaí príobháideach idir fear agus bean. Céard tá a fhios aige siúd faoi?'

'B'fhéidir go bhfuil go leor múinte ag an saol dó.'

'Dhéanfadh sé go maith dó dhul suas ar bhean, agus rud eicínt a fhoghlaim faoi sula dtosaíonn sé ag caint raiméise.'

'Nach aoibhinn Dia dhó nach bhfuil tada ag cur imní air ach cúrsaí gnéis. Nach deas an rud é nuair a chuimhníonn tú air, sagairt agus easpaig ag cuimhneamh ó mhaidin go faoithin ar an drúis agus ar an gcollaíocht.'

'Tá tú ag déanamh an diabhal ar fad orthu anois.'

'Beir ar an leaid óg seo, maith an bhean. Beidh sé dorcha thart ar a cúig. Níor mhaith liom an fóidín mearaí muid a bhualadh ar an gcnoc seo agus an oíche ar fad a chaitheamh ar an sliabh in éineacht le Pádraig Naofa.'

'Gan chaint ar do chuidse déithe. Meas tú an mbíonn siad ag troid agus ag achrann nuair nach bhfuil aoinneach thart?'

'Munar déithe marbha atá iontu uile sa lá atá inniu ann.'

'Bhí an ghrian ar imeall íochtarach na spéire faoin am ar shroich siad an carr. Chuaigh siad siar chomh fada le Caisleán Bhaile na hInse, áit a raibh tine mhór móna agus adhmaid lasta ar an tinteán mór sa mbeár. Le teas na tine agus puins de fuisce te, ní raibh fuacht an gheimhridh i bhfad ag imeacht as a gcnámha.

Bhí beirt seanfhear ansin agus nuair a chuala siad na mná ag labhairt Gaeilge lena chéile agus le Caomhán, chuir siad caint orthu, ag fiafraí cérb as dóibh agus céard a thug don taobh tíre sin iad. Ní mórán eolais a thug Therese dóibh, í ag spochadh astu agus ag spraoi leo, ag freagairt chuile cheist le ceist eile. Bhíodar ansin ó mhaidin, a dúirt siad, tar éis dóibh a bheith ag sochraid i séipéal an tSratha Shalaigh. Ní mórán Gaeilge a bhí fanta sa taobh sin tíre, a dúirt siad, agus thaitin leo í a chloisteáil, ó ghasúr go háirid.

D'éirigh siad mífhoighdeach nuair a thosaigh Therese á gceistniú faoin aighneas scoile a bhí sa gceantar leathscór bliain no níos mó roimhe sin. Dúirt duine acu go raibh sé sin ar fad san aimsir a caitheadh agus go raibh dearmad déanta anois air. Chríochnaigh siad a bpiontaí go sciobtha agus d'imigh siad.

'Téann ceist na scoile sin domhain fós,' arsa Therese, ach ní raibh Bridie ag tabhairt mórán airde ar imeachtaí agus aighnis na mblianta roimhe.

'B'in é an lá ba deise a bhí agam le fada,' ar sí, 'agus ag Caomhán chomh maith liom.' Bhí seisean ina baclainn, a ordóg ina bhéal aige, a shúile ag dúnadh agus ag oscailt, de réir mar a bhí sé ag iarraidh an codladh a throid. 'Is beag a cheap mé ar maidin go bhféadfainn a bheith chomh sona sásta sin ag deireadh an lae.'

'Thuas seal, thíos seal. Sin é an chaoi a mbíonn muid ar fad.' D'éirigh sí ina seasamh. 'Nach bhfuil sé in am againn a bheith ag bualadh bóthair. Tá súil agam nach mbeidh aon gharda romhainn lena mhála beag ar an mbealach soir. Airím súgach, cé nach raibh againn ach cúpla deoch. An méid atá sa bhfuil le cúpla lá, is dóigh. Dá mbeadh rud le n-ithe againn ...'

'Ní bheadh compoird ar bith againn leis an leaid beag,' arsa Bridie. 'Tharraingeodh sé chuile rud de na boird.'

'Nílim ag caint ar bhéile, ach ar cheapairí.'

Bhí na ceapairí a fuair siad chomh maith le béile, bradán deataithe in arán donn nach raibh i bhfad amuigh as an oigheann. B'é an chéad uair ag Caomhán iasc dá leithéid a ithe, ach shílfeá nár tháinig sé ar rud chomh blasta leis ariamh, an t-iasc a shlogadh isteach aige chomh maith is a bhí sé in ann. 'Tachtfaidh sé é féin,' arsa Therese, 'muna ngearrfaidh tú ina phíosaí beaga é.'

'Is mór is fiú,' bhí Bridie ag gáire faoi 'nach bhfuil mórán daoine ag breathnú air. Cheapfaidís nach bhfuair sé greim le n-ithe le coicís.'

Ní túisce sa gcarr é nó go raibh Caomhán sínte trasna ar an suíochán deiridh ina chodladh. Ní mórán a chaintigh an bheirt eile ar an mbealach abhaile, iad tuirseach ach sásta leis an lá.

'Nach aisteach an rud é,' a dúirt Bridie agus iad ag dul soir an bóthar ó thuaidh trí Uachtar Ard. 'Nuair a bhíonn tú thíos, ceapann tú nach dtiocfaidh tú as go deo.'

'Is dóigh gur iomaí duine a chuireann lámh ina mbás féin nuair a bhíonn siad mar sin,' a d'fhreagair Therese. 'Dá bhfanfadh lá eile, bheadh athrú intinne orthu.'

'Ní bhíonn tusa mar sin?'

'Cé nach mbíonn?'

Tugadh Caomhán díreach ón gcarr chuig a leaba gan é a dhúiseacht. D'athrófaí níos deireanaí é roimh dhul a chodladh dóibh féin. 'D'airigh mé inniu,' labhair Bridie agus an tae á réiteach aici, 'gur aon chomhluadar amháin an triúr againn.'

Gháir Therese 'Fágann sin gur mise an Deaide.'

'Caithfidh sé gur fíor don dream a deir gur mó magarlach atá agat ná fear ar bith.'

Lig Therese uirthi gur bhain caint Bhridie croitheadh aisti. 'A leithéid de chaint as do bhéal binn, milis!'

'Tá tú féin in ann a bheith sách salach le do chuid cainte.'

'Dúradh liom sa bpub an oíche cheana gur mó *cojones* atá agam ná tarbh.'

'Agus céard iad na *cojones* nuair a bhíonn siad sa mbaile?'

'Inseoidh mé scéal beag a mhínós céard iad na *cojones*. Bhí mé féin sa Spáinn in éineacht le cara cúpla bliain ó shin. Bhí *cojones* ar an mbiachlár, nó ar an *menu* mar a thugann muid féin air. Bhaineamar triail astu, agus nach iad a bhí blasta, blas orthu ar nós ribé róibéis rósta i ngairleog.'

'Ní thaitneoidís liomsa mar sin,' a dúirt Bridie.

'Bhuel thaitin siad linne chomh mór sin gur ordaigh muid arís iad an oíche dár gcionn. Shílfeá gur dhá ológ i mbraon ola a chuir Manuel os ár gcomhair. Bhfuil a fhios agat céard a dúirt Manuel nuair a rinneamar casaoid leis?'

'Cén chaoi an mbeadh a fhios?'

'Ní hé an tarbhóir a bhuann i gcónaí,' a deir sé.

'Á, *balls*,' a dúirt Bridie.

'Go díreach é.'

'Cibé faoi na *cojones*, tá go leor déanta agat i ndáiríre ó tháinig tú chun na tíre seo.'

'Tháinig mé ag an am ceart, nuair a bhí an eacnamaíocht ag dul i bhfeabhas.'

'Bhí i bhfad níos mó airgid thall agat?'

'Cén mhaith sin muna bhfuil duine sásta?'

'Ní chuirfinn suas d'airgead ar an gcaoi sin.'

'Sin é a cheapann tú faoi láthair. Sna blianta amach romhainn breathnóidh tú ar na blianta seo mar an t-am is fearr i do shaol. B'fhéidir nach bhfuil mórán de mhaoin an tsaoil agat, ach tá tú i ngleic ceart le rudaí, ag iarraidh Caomhán a thógáil.'

'Níl a fhios agam nach mar a chéile caint mar sin agus an tseafóid a bhíodh ar bun fadó gurb iad do laethanta scoile an chuid is fearr de do shaol. An lá ba deise domsa ná an lá ar fhág mé an scoil i mo dhiaidh go deo na ndeor.'

'Beidh cuimhneamh agamsa ar an lá seo mar cheann de na laethanta is deise.' D'fhág Therese an bord, í ag fáil réidh le dul a chodladh luath. 'Lá ag an gcomhluadar s'againn féin.'

Thug sí póg bheag do Bhridie ar an leiceann, agus chuaigh sí isteach ina seomra.

* * * * *

Thóg John an traein faoi thalamh isteach go Picadilly ar an Domhnach. Chaith sé tamall ag siúl thart ag breathnú sna fuinneogaí agus ar na daoine a bhí ag plódú na sráide, tar éis chomh fuar is a bhí an lá. Chuir sé i gcuimhne dó laethanta a chaitheadh sé lena mháthair i mbaile mór na Gaillimhe nuair a bhí sé óg, ag déanamh iontais de chuile rud. Bhí gach rud nua dó ar an mbealach céanna tár éis an phríosúin.

Bhí chuile chineál duine ag siúl sráideanna Londain, dubh, bán, riabhach, geal, buí, éadaigh choimeádacha an Iarthair ag meascadh le stíl agus le dathanna an Oirthir. Bhí an chosúlacht ar an gcuid is mó de na daoine go raibh deifir orthu, fuadar fúthu ag imeacht. B'fhéidir, a cheap sé, nach bhfuil siad ag iarraidh ach iad féin a choinneáil te. Shíl sé go raibh na taobhshráideanna ar nós tolláin trínar shéid na gaotha fuara isteach sa gcearnóg mhór. Bhí fear ar leathchois suite ar an gcosán fuar ag tarraingt pictiúirí cailce. Shiúil John trasna an éadain a bhí péinteáilte aige. Bhí a fhios aige gur rud gránna é le déanamh agus níor thuig sé cén fáth a ndearna sé é. Bhí fonn air é a dhéanamh agus rinne sé é, cé gur bhuail aiféala é ar an toirt. D'áitigh an fear bocht air i dteanga iasachta, ach bhí tuairim mhaith ag John gur mallachtaí móra a bhí ag dul ina dhiaidh.

Bhraith sé ar chasadh ar ais agus pardún a iarraidh, ach shíl sé gurb fhearr dó gan labhairt le duine ar bith. Tar éis an bhuama a leag an IRA sa stáisiún traenach in aice baile cúpla seachtain roimhe sin, b'fhearr nach gcloisfí canúint na hÉireann a bheag nó a mhór. Bhí muintir na cathrach fós ar buile.

D'ith sé pizza i mbialann mhór mhillteach, shílfeá go raibh sé chomh mór le páirc peile, é lán go doras tar éis chomh mór is a bhí sé. D'airigh John uaigneach i measc na sluaite sin. B'fhada leis an Nollaig go dtí go mbeadh sé thiar i measc a mhuintire féin, san áit a raibh nádúr agus spraoi agus spóirt. Chonaic sé Bridie i súile a chuimhne. An raibh seans ar bith ann go nglacfadh sí ar ais leis? Nuair a chloisfeadh sí nár ól sé deoir le beagnach dhá bhliain. Tar éis an chathaithe a bhí air an lá ar scaoileadh amach é, na Cockneys sa bpríosún ag caint faoin scip a bheadh aige. Ach deoir níor ól sé.

Ní raibh Bridie i bhfad óna smaointe aon am, í féin agus a mhac ar ndóigh. 'Deaide,' ar sé leis féin os ard. Bhreathnaigh cúpla duine air. *'I'm a daddy,'* ar sé leo. *'My wife has just given birth to a baby boy.'* Nach iontach an chaoi a raibh an focal beag úd in ann daoine a chur ag gáire. Níorbh iontas ar bith é go raibh scéal na Nollag chomh tarraingteach sin. D'fhág sé an áit sin ar fhaitíos go dtosófaí ag cur ceisteanna air faoin bpáiste nua, mar dhea. Isteach leis i mbialann eile, cheannaigh sé cóc agus shuigh sé ag bord. Ba dheacair lá a chaitheamh i bhfad ó bhaile.

Thaispeánfadh sé don leaid beag le peil a imirt,

a smaoinigh sé. D'imreodh sé do Ghaillimh lá eicínt. B'fhéidir go n-imreodh sé féin fós dóibh, muna mbeadh sé cloiste ag na roghnóirí gur chaith sé seal taobh istigh. Bhí an Cumann Lúthchleas Gael sórt aisteach ar an mbealach sin, a cheap sé, sórt éirí in airde agus galamaisíocht ag baint leo. Ach ní fhéadfaidís é a fhágáil ar an taobhlíne dá mbeadh sé ag imirt togha na peile. Scaoil sé lena shamhlaíocht:

I bPáirc an Chrócaigh a bhí sé, cluiche ceannais na hÉireann ar siúl, in aghaidh Chiarraí, ar ndóigh, Gaillimh agus Ciarraí i mbarr a réime arís tar éis na mblianta gortacha. Bhí cic ard ag teacht isteach ó lár na páirce. In ainneoin go raibh an lánchúl i ngreim ina gheansaí rug sé uirthi agus bhí sé casta i dtreo an chúil faoin am a bhuail a chosa talamh. Ní mórán eile a raibh an scil sin acu, casadh agus iad ag dul tríd an aer. Bhí an lánchúl ag sracadh leis, á bhualadh lena dhoirne, ag iarraidh an liathróid a bhaint de. Scaoil an réiteoir leis mar go raibh buntáiste ag John. Ba dheacair é a stopadh agus é ar ruathar mar sin. I bhfaiteadh do shúl bhí an cúlbáire ar a thóin, an eangach ag bolgadh taobh thiar de. Rith John amach go lár na páirce, a lámha san aer aige, gártha áthais agus ómóis na nGaillimheach ag torann ina chluasa. Mhaithfí príosún. Mhaithfí chuile shórt dó ag nóiméad mar sin.

B'iontach an rud é an bhrionglóid. Bhí tú in ann Páirc an Chrócaigh a thabhairt leat go Picadilly. Cleas é sin a thug sé chun foirfeachta sa bpríosún. Bhí tú in ann a bheith in áit ar bith a dtogrófá. Is iomaí lá géibhinn a chaith sé thiar i

gConamara. Bhí sé cloiste aige ar scoil gur thug
an scríbhneoir James Joyce chuile shráid agus
chuile shiopa de Bhaile Átha Chliath leis go mór-
roinn na hEorpa. Bhí an rud céanna déanta ag
John lena cheantar dúchais. Thar rud ar bith eile
b'in é a choinnigh a chloigeann le chéile i
laethanta dorcha na mblianta a chuaigh thart.

Ach céard a dhéanfadh sé an chuid eile den
Domhnach fada? a d'fhiafraigh sé de féin. Bhí sé
socraithe ina intinn aige gan filleadh ar an árasán
go dtí go mbeadh an lá beagnach caite. Bhí na
sráideanna uaigneach ach ba mheasa ná sin an
seomra beag. D'fhanfadh sé amach as na tithe
ósta. Bhí an gheallúint sin tugtha aige. Bhí ráig
bháistí tosaithe nuair a d'fhág sé an caife. Ansin
thug sé faoi deara na fógraí móra. Céard faoi
scannán? Chaithfeadh sé sin píosa den lá.

Chas sé isteach san amharchlann ba ghaire.
D'fhéadfadh sé codladh istigh ann, a cheap sé,
muna mbeadh aon chuma ar an bpictiúr.
Baineadh geit as nuair a shuigh sé síos. Bhí fear
agus bean ar an scáileán, iad lomnocht ag
bualadh craicinn chomh tréan is a bhíodar in ann.
Bhraith sé siúl amach ar an bpointe, ach ní
fhéadfadh sé a shúile a thógáil den scáileán. Shíl
sé gurb aisteach an rud é a laghad daoine a bhí
san áit agus craic mar sin ar siúl sa bpictiúr. Ní
raibh náire ar bith orthu, rudaí ar siúl acu ar
chuala sé caint orthu, ach a cheap sé nach
ndéanfadh duine ar bith, ar aghaidh an cheamara
go háirithe. Shuigh sé síos íseal ina chathaoir,
agus shocraigh sé é féin don tráthnóna.

Ní raibh scéal ar bith ceart ag baint leis an

scannán, ach deis ar bith a fuair siad bhíodar sa leaba nó ar an mbord, nó an urlár, agus ar bharr cairr d'eachtra amháin. Ní fear amháin agus bean amháin a bhí ann ar chor ar bith amach sa scéal, ach slua acu, bun os cionn agus tóin thar ceann. Bhí sé gránna i ndáiríre, ach ní fhéadfá do shúile a bhaint den scáileán. D'airigh sé ina chroí istigh go mba cheart dó siúl amach, ach bhí sé tar éis íoc isteach as a chuid airgid gann, agus b'fhearr rud ar bith ná na sráideanna fuara.

Ní fhéadfadh duine ar bith breathnú ar a leithéid i bhfad gan a bheith adharcach. Bhreathnaigh sé timpeall. Bhí súile chuile dhuine ar an bpictiúr. D'oscail sé a bhríste agus shásaigh sé é féin le steall in aghaidh an tsuiocháin os a chomhair amach. Cén rogha a bhí aige. Ní fhéadfá dhul amach ar an tsráid agus fliuchán ar do threabhsar. Shleamhnaigh sé trasna cúpla suíochán ansin, ar fhaitíos go gcuirfí ina leith gurb eisean a bhí ag truailliú na háite.

Is beag a cheap sé go n-éireodh sé tuirseach de bheith ag breathnú ar a leithéid, ach thit sé ina chodladh agus bhí sé gar don chúig nuair a dhúisigh sé. Bhí an obair bhrocach chéanna ar siúl i gcónaí ar an scáileán. Ní raibh a fhios aige an raibh an cuid sin feicthe cheana aige, ba mhar a chéile uilig é, iad ag treabhadh leo i gcónaí. 'Nuair atá tóin amháin feicthe agat...'

Nuair a d'fhág sé an amharclann tar éis don scannán críochnú don chéad uair eile bhí ocras air. Chuaigh sé ag ithe arís. *Hamburger* dúbailte agus *chips*. Diabhaltaí daor a fuair siad in imeacht cúpla bliain. Nach fada uaigneach a bhí

Domhnach Londain, gan chuideachta, gan chomhluadar. B'fhada leis go mbeadh sé ag an obair arís lá arna mhárach. Chuimhnigh sé ar an Domhnach thiar sa mbaile. Nach éasca a d'imeodh sé, Aifreann, cluiche, damhsa. Ó, *Jesus*, níor chuimhnigh sé ariamh ar Aifreann an Domhnaigh. B'in í an gheallúint is deireanaí a thug sé do shéiplíneach an phríosúin, nach gcaillfeadh sé an tAifreann. Choinneodh sé amach as trioblóid é, a dúirt mo dhuine. Ach ní raibh sé deireanach fós. Beadh Aifrinntí fairsing i gcathair mhór, fiú más baile mór págánta féin é.

Taobh amuigh den bhialann stop sé seanfhear, agus d'fhiafraigh sé go deas múinte de an raibh a fhios aige cá raibh an eaglais Chaitliceach. 'Fuck off, you dirty Paddy,' a dúirt mo dhuine, agus shíl sé é a bhualadh lena scáth báistí. 'Murdering bastards,' a scréach sé i ndiaidh John agus é ag siúl uaidh go tapa, le nach dtarraingneodh sé aird an phobail. Bhí daoine ag stopadh cheana féin ar an tsráid, ag breathnú ar an gclampar.

Chuaigh sé isteach sa chéad séipéal a chonaic sé. Bhí sé fós ag crith tar éis an ionsaithe a rinne an seanfhear, an aird a tharraing sé air. Nuair a shuaimhnigh sé thug sé faoi deara nach Aifreann a bhí ar siúl ar chor ar bith, ach *evensong*. 'Foc é seo,' a dúirt sé ina intinn féin, ach d'fhan sé. Chuimhnigh sé ar rud eile a bhí ráite ag séiplíneach an phríosúin, gur mar a chéile Caitliceach agus Protastúnach i ndáiríre, ach nach bhféadfá é sin a insint dóibh i dTuaisceart Éireann. Chreid siad araon, a dúirt mo dhuine, sa Dia céanna, in Íosa Críost, sa Spiorad Naomh

71

agus go leor eile. Chreid ch'aon dream, a dúirt sé *sa whole lot.* Rudaí beaga seafóideacha a choinnigh deighilte iad. Thaitin an sagart *cockney* sin go mór le John. Bhí ciall ina chuid cainte, níorbh ionann is go leor de na sagairt thiar sa mbaile.

'Nach diabhaltaí an boc mé,' a dúirt sé ina intinn féin, ag dul ó scannán brocach caol díreach isteach i séipéal, más séipéal Protastúnach féin é. Ach cén neart a bhí aige air? Nach fearr a bheith ansin ná bheith amuigh ag cuartú craicinn, fear pósta mar é. Ní raibh uaidh ach Bridie. Ní bhreathnódh sé ar aon bhean eile go deo. Ghabhfadh sé ag faoistin ag an nóiméad sin dá mbeadh faoistin acu, ach sin rud nach raibh ag na Protastúnaigh. Ní raibh an ceart ar fad ag an sagart beag sa bpríosún, a cheap sé. Bhí difríochtaí suntasacha idir an dá chreideamh. Ba mhór an rud é faoistin, a cheap John.

Chuimhnigh sé ar dhul go Cricklewood, castáil lena sheanchomrádaithe, ach ní bheadh uathu sin ach ól. Ní fhéadfadh fear oráiste a ól i gcuideachta mar sin. B'ionann agus a bheith coillte gan a bheith ag ól alcóil ina measc siúd. Shílfidís nach raibh fearúlacht ar bith fanta sa duine.

'Sé seachtaine go Nollaig. Ní sheasfaidh mé é.' Ach chuimhnigh sé go raibh sé sásta go maith agus é i mbun oibre i rith na seachtaine. Thriáilfeadh sé obair a fháil i mbialann nó áit eicínt ar an Domhnach. Chaithfeadh sé an lá ag gabháil dó agus shaothródh sé cúpla punt breise.

'*Like to have a good time, love?*' Bhí sí ard, caol, gruaig fhionn *peroxide,* sciorta leathair ag teacht thar a tóin ar éigean, bróga móra suas thar a glúine. Chaithfeadh sé go bhfuil sí préachta leis an bhfuacht, a cheap sé, ach níl mise ag gabháil á téamh. *'No thanks, ma'am, I'm married,'* a dúirt sé. *'When did that make a difference?'* I nGaeilge a d'fhreagair sé í agus é ag siúl uaithi 'Déanann sé difríocht domsa, *luv.'*

Chuaigh sé chomh fada leis an stáisiún traenach. Cheannaigh sé cúpla ceann de na páipéir Domhnaigh agus chuaigh sé ar ais go Camden Town, dá árasán beag suas faoi dhíon an tí. Léigh sé na páipéir ó thús go deireadh. Bhíodar fós ag lochtú mhuintir na hÉireann as an marú coicís roimhe sin, cé nach raibh baint ar bith ag formhór na nÉireannach le drochobair den chineál sin.

Ach maidir le cúrsaí spóirt chaithfeá an chraobh a thabhairt do na páipéir bheaga chéanna. Ní raibh rud ar bith a rinne na himreoirí sacair ar an bpáirc nó taobh amuigh de nach raibh a fhios acu. Ba é an trua é nár tugadh an aird chéanna sa mbaile do lucht na peile gaelaí. Luigh sé siar ar an leaba ag caitheamh toitín deireanach an lae. In ainneoin an uaignis bhí sé sásta go maith leis féin. D'fhan sé ón ól. B'in é an príomhrud. Chreid sé gurbh in í cúis a thrioblóide ar fad. 'Lá amháin san iarraidh,' ar sé leis féin, 'an lá inniu déanta agam. B'fhéidir le Dia go n-éireoidh liom é a dhéanamh, agus mo bhean agus mo ghasúr a fháil ar ais.'

Shiúil Thatch isteach in oifigí an Údaráis ar maidin De Luain, borradh mór oibre fúithi. Bheannaigh sí do lucht na hoifige go breá aerach, í ag tabhairt faoi deara ag an am céanna cé a bhí istigh agus cé nach raibh. Go bhfóire Dia ar an té nach mbeadh leithscéal maith aige nó aici as a bheith as a ar iarraidh maidin De Luain, go háirithe má bhíodar feicthe aici ag ól i rith an deireadh seachtaine. Ní dhéarfadh sí rud ar bith leo, ach thabharfadh sí obair bhreise dóibh le déanamh tráthnóna. Ba mar a chéile léi más obair mhonarcan, láithreán oibre ná obair oifige a bhí i gceist. Bheadh spraoi agus spóirt aici leo go minic, ach obair a theastaigh uaithi le linn na n-uaireanta oibre.

Bhí comhfhreagras mór ann mar gur chaith sí an Aoine roimhe sin ag taisteal na Gaeltachta. Agus cupán caife ina lámh dheas aici shiúil sí ar fud na hoifige ag labhairt isteach i ndeis taifeadta. Bhí deich gcinn de na litreacha freagraithe aici agus réidh chun clóbhuailte ar na próiseálaithe focal taobh istigh de leathuair an chloig.

Sa gceaintín ar a haon déag ba dhuine de na cailíní arís í, ag plé imeachtaí an deireadh seachtaine, cé a bhí ag dul in éindí le cén duine, cén chaoi an raibh an damhsa san áit seo, an spraoi sa teach ósta siúd. Ag fiche tar éis a haon déag ba í an duine tosaigh amach as an gceaintín í, gach duine eile á leanacht ar ais ag a deasc.

Teilifís cheart Ghaeltachta is mó a bhí ag déanamh tinnis di. Cheap sí gur slánú na Gaeilge a bheadh ann. Ní fhaca sí go raibh mórán maitheasa a bheith ag brath ar RTÉ nó ar lucht an

Rialtais. Bhí ómós béil acu don aisling, ach ní fhaca sí go raibh toil ná tuiscint acu an fhadhb a réiteach.

Thuig Thatch nach bhféadfaí a bheith ag súil go gcuirfeadh an t-aos óg suim i dteanga nach raibh i ngleic leis an saol, saol na teilifíse go háirid, cultúr an lae. Bhí daonra na Gaeltachta ag méadú arís, clanna óga ag teacht ar ais le socrú síos, brú an Bhéarla ag neartú in aghaidh an lae. Mura ndéanfaí an Ghaeilge a shlánú san aois seo, ní dhéanfaí go deo é. B'iontach an t-ardú meanman agus misnigh do na daoine é seirbhís a chur ar fáil in ainneoin rialtais agus údaráis stáit, beagnach. Seirbhís Stáit a bhí in Údarás na Gaeltachta, ar ndóigh, ach bhí neamhspleáchas níos mó bainte amach acu ó Roinn na Gaeltachta le blianta beaga anuas, óir thosaigh roinnt mhaith de na tograí dá n-airgeadú féin, mar a déarfadh státseirbhíseach.

Bhí a fhios aici go raibh polaiteoirí áirithe ann a raibh an ghráin acu uirthi agus ar gach a raibh sí dh'iarraidh a chur i gcrích, daoine a thuig gur bhain cumhacht i ndáiríre le greim agus smacht a bheith agat ar na meáin chumarsáide. Thuig a leithéid gur rud fíorchontúirteach do na seanmhodhanna coimeádacha é ligean do dhream ar bith seirbhís theilifíse a bhunú ar bhonn neamhspleách. B'fhearr leo i bhfad an Rialtas a fheiceáil ag íoc as, mar go bhfágfadh sé sin smacht acu air.

Rinneadh iarracht ar í a bhriseadh as a post an bhliain roimhe sin. Foilsíodh ráflaí in iris shearbhasach go raibh sí mór le duine mór le rá i

Sealadaigh an IRA i Londain, agus gurb é an fáth ar tháinig sí ar ais go hÉirinn ná go raibh rudaí róthe di thall. Bhuaigh sí cás clúmhillte agus thug sí an t-airgead a ghnóthaigh sí don dream a thugann fóirithint do mhná a ndéantar éigniú orthu.

Bhí cuma ar an scéal go raibh rud den chineál céanna tosaithe arís. Cuireadh ar a súile di go raibh alt ar pháipéar suarach an lae roimhe sin faoin teidéal '*Blonde wants own TV station*.' Cuireadh an cheist san alt cén smacht a bheadh ag an Rialtas ar stáisiún neamhspleách, agus an raibh sé le tuiscint ón gcruinniú is deireanaí den Údarás go mbeadh cead cainte ag eagraíochtaí coisctha ar an stáisiún. Dúirt an páipéar, nár thaispeáin spéis ar bith i gcúrsaí Gaeilge ina ocht mbliana fichid ar an bhfód, gurb é an trua é go mbeadh teanga na nGael á truailliú ag lucht an fóirnirt. 'Ar thug an teanga ársa sin cead dóibh a rogha rud a rá ar an aer?' a fiafraíodh san alt.

Bhí Thatch ar buile, ní mar gheall ar an tseafóid a bhí foilsithe, ach mar go raibh na cruinnithe ceaptha a bheith rúnda. Cé san Údarás, a bhí chomh milis sin go pearsanta léi cúpla lá roimhe sin a bhí anois ag iarraidh í a sceanadh? Ní raibh an tuairisc a thug sí don chruinniú clóbhúailte fiú, roimh ré. Ní raibh sí ag iarraidh go bhfeicfeadh duine ar bith é sula labhródh sí leis an mBord. Theastaigh uaithi nach gcuirfeadh lucht rialtais ladar sa scéal go dtí go mbeadh plé déanta ag na baill ar an gceist.

Bhí a fhios aici go mba dheacair d'aon duine cur in aghaidh a plean dá mbeadh sé inghlactha ag muintir na Gaeltachta agus iad féin sásta íoc as. Bheadh vótaí i gceist ansin agus go bhfóire Dia ar an té a chuirfeadh ina h-aghaidh go hoscailte. 'Cuirfidh mé mo mhuinín i muintir na Gaeltachta,' a dúirt sí léi féin, 'agus bíodh an diabhal ag an té atá ag iarraidh scian a chur ionam.' Rómhinic in Éirinn cuireadh cor coise i nduine ar bith a raibh ag éirí go maith leis nó léi. Cén fáth go ndéanfaí eisceacht ina cás féin? Chaithfeadh sí a bheith níos cúramaí, a cheap sí, agus gan aon ugach a thabhairt don dream a bhí ina haghaidh nó in aghaidh na Gaeilge. D'éirigh leis an *argumentum ad hominem*, nó *ad feminem* ina cás féin, ró-mhinic sa tír.

Chuir sí glaoch teileafóin ar Bhridie, ag fiafraí cén chaoi an raibh sí féin agus Caomhán. Is rud é nár chuimhnigh sí a dhéanamh roimhe sin. Ní raibh aon ghá é a dhéanamh, ar ndóigh. Bhí siad feicthe ar maidin aici, ach bhí sé go deas a chur in iúl do dhuine go raibh tú ag cuimhneamh uirthi. Bhí comhluadar anois aici agus ba thábhachtaí é sin di ná brú oibre, ná brú polaitíochta. Ba léir gur chuir a glaoch áthas ar Bhridie. Chruthaigh sé di nach fás agus meath aon oíche a bhí sa rud a mhothaigh siad araon an lá roimhe sin. Shílfeá anois gur teaghlach ceart a bhí sa triúr acu.

'Seo é an dara rud deas atá tarlaithe dom ó mhaidin,' a dúirt Bridie, ag inseacht do Thatch go bhfuair sí glaoch níos luaithe ó Pheadar Ó hAllúráin ag tabhairt cuireadh di chuig dinnéar na bpeileadóirí ar an Aoine dár gcionn.

'Ní raibh a fhios agam go raibh sibh chomh gar sin.'

'Níl, ach an oiread.'

'Agus an rachaidh tú ann?'

'Níor thug mé freagra cinnte. Ní bheidh fáil ar Susan an oíche sin, rud éigin sa gclub.' Bhí súil ag Bridie go ndéarfadh Therese go dtabharfadh sise aire do Chaomhán ar an ócáid, ach níor dhúirt siad níos mó faoi. Dúirt sí go raibh deifir uirthi agus leag sí síos an fón.

Ní raibh a fhios ag Bridie céard ba cheart di a cheapadh faoi Pheadar agus a chuireadh. Chuir sí i gcuimhne di féin gur bean phósta a bhí inti, ach bhí sí cinnte dearfa de nach mbeadh sí ag dul ar ais chuig John arís. 'Ach b'fhéidir go bhfuil Peadar chomh dona leis,' a cheap sí, ag cuimhneamh ar an méid a bhí ólta aige an oíche cheana.

Ach bhí Peadar difriúil, níos cosúla le deartháir i ndáiríre nó le duine de na cailíní a bhí sa rang leo. 'Dá gcloisfeadh sé mé,' ar sí os ard le Caomhán a bhí sí ag iarraidh a thraenáil chun leithrise. Ach nár fhás sí féin agus Peadar suas in éindí. Níorbh ionann na leaids a bhí sa rang leo agus buachaillí eile ar chor ar bith. Cairde a bhí iontu níos mó ná rud ar bith eile, cibé faoi céard a dúirt Peadar faoina *fancy*áil.

Bhí Therese ag an am céanna ina seasamh ag breathnú amach trí fhuinneog na hoifige. Bhí dath dúghorm ar Cheann Boirne, agus bhreathnaigh trí hoileáin Árainn cóngarach. Comhartha báistí, cé go raibh an t-aer fós glan agus an fharraige ina calm. Cén fáth, a d'fhiafraigh sí di féin ar chuir sé as di go ngabhfadh Bridie amach le Peadar Ó hAllúráin nó

78

le fear ar bith eile? Cén fáth an raibh éad uirthi le bean a tí? Ach bhíodar ag fáil chomh gar dá chéile, agus thiocfadh sé seo idir iad ...

'Seafóid, seafóid, seafóid,' ar sí trasna an chuain le gualainn mhór na Boirne, a chuir an Mullach Mór agus draíocht na háite sin i gcuimhne di. Chuimhnigh sí go mb'fhíor di an rud a dúirt sí an lá roimhe sin i Mám Éan, gurb iad a cuid déithese déithe na nGael agus na Gaeltachta. Cé nach de bhunú na Gaeltachta í, chaith sí cúig bliana i measc cailíní na Gaeltachta i gColáiste Mhuire i dTuar Mhic Éadaigh. Ag breathnú amach anois di ar na hoileáin chuimhnigh sí ar chailíní na háite sin a bhí ar scoil léi. Chasfaí uirthi cuid acu nuair a thugadh a cuid oibre ar camchuairt ar na hoileáin í, gasúir ag cuid acu ar mheánscoil cheana. Is uathu a d'fhoghlaim sí an Ghaeilge.

Bhí sé ar intinn aici ón lá ar fhág sí Éire gur ar an nGaeltacht a d'fhillfeadh sí dá mbeadh sí le theacht ar ais. Nuair a fógraíodh post an phríomhfheidhmeannaigh ar an *Economist*, is beag a cheap sí go mbeadh seans ar bith aici air. Shíl sí go mbeadh dearcadh seanaimseartha ag eagraíocht mar sin i leith na mban. Ach bhí a dintiúirí aici, agus sin é an méid a cuireadh san áireamh. Bhí a croí agus a hanam sa nGaeltacht anois aici, níos Gaelaí ná na Gaeil féin. 'Déithe na nGael agus na Gaeltachta,' a dúirt sí thuas ar an sliabh. Thaitin an ráiteas beag sin léi agus scaoil sí trína hintinn é arís agus arís eile.

B'in é an t-aon Dia a bhí aici, an jab. Ón méid a tharla le linn di a bheith ag fás bhí deacrachtaí i gcónaí aici leis an ainm 'athair' a thabhairt ar Dhia. Is ar an diabhal a thabharfadh sise 'athair.' Cá raibh Dia nuair a theastaigh sé uaithi?

Níor ghnách léi a hintinn a ligean ar seachrán óna cuid oibre agus nuair a thug sí faoi deara gur ag seasamh ag breathnú amach tríd an bhfuinneog a bhí sí, gan aon rud le feiceáil aici faoin am seo ach a raibh ag corraí ar bhóithríní a smaointe, chroith sí í féin, shuigh sí síos go sciobtha agus thug faoin gcéad litir eile a bhí le freagairt aici.

* * * * *

Chinn ar Bhridie duine ar bith a fháil le haire a thabhairt do Chaomhán an oíche a raibh damhsa na peile ar siúl. Thar oíche ar bith sa mbliain bhí a hathair agus máthair le dul ar bhainis ar maidin lá arna mhárach, agus ní fhéadfadh sí é a fhágáil acu sin. Tar éis gur phléigh sí na deacrachtaí a bhí aici os ard go minic i rith na seachtaine, níor thairg Therese go dtabharfadh sí aire dó, agus ní thabharfadh Bridie de shásamh di iarraidh uirthi. An rud ba mheasa ar fad ná nár fhág Thatch an teach ar chor ar bith an oíche chéanna. Chaith sí an t-am ina luí ina staic ar an *gcouch* ag breathnú ar an *Late Late Show.* 'Ní chosnódh sé tada uirthi súil a choinneáil ar Chaomhán,' arsa Bridie go gruama léi féin ina hintinn.

Thairg Therese lá arna mhárach go ngabhfaidís síos go Coole Park, áit chónaithe Lady Gregory in aice le Gort Inse Guaire. Dúirt Bridie go raibh tinneas cinn uirthi. Níor lig sí Caomhán in éindí léi ach an oiread, ag déanamh leithscéil go raibh an aimsir rófhuar agus go raibh faitíos uirthi go bhfaigheadh sé slaghdán. D'fhan Therese sa mbaile í féin agus is ar éigean a d'oscail ceachtar acu a béal ar feadh an tráthnóna.

Ghlaoigh Peadar Ó hAllúráin arís uirthi dhá hiarraidh amach oíche ar bith den tseachtain. Chaithfeadh sé go mbeadh duine eicínt ar fáil oíche eicínt, a dúirt sé. Níor gheall sí rud ar bith, ag rá go raibh sé an-deacair duine a fháil le aire a thabhairt don pháiste.

'Tá a fhios agat cén uimhir teileafóin atá againn.'

'Cuirfidh mé glaoch ort oíche eicínt, a Pheadair.'

'Béarfaidh bó eicínt lao eicínt lá eicínt,' ar sé sular leag sé uaidh an fón.

D'fhiafraigh Therese di cé a bhí ag glaoch uirthi.

'Cara.' Ní raibh a fhios aici cén fáth a raibh náire uirthi ainm Pheadair a lua.

'An é mo dhuine atá do d' leanacht arís, ar nós mada beag?'

'Níl a fhios agam cén mada beag atá i gceist agat.'

'Tá a fhios agat go maith, an tAllúránach.'

'Ma leanann féin, ní leis mé.' Thug caint ar an 'mada beag' scéal a bhíodh á inseacht thiar sa mbaile chun cuimhne di. D'inis sí do Therese é. 'Bhí seanfhear thiar sa mbaile a raibh an sáirsint ag faire air faoi cheadúnas gadhair. Tháinig sé suas leis lá amháin ag dul abhaile lena phinsean,

an mada beag ag rith ina dhiaidh. Dúirt mo
dhuine leis an sáirsint nár leis an mada. 'Cén fáth
a bhfuil sé do do leanacht?' arsa an sáirsint,
'muna leat é?' 'Tá tusa do mo leanacht,' a dúirt sé,
'agus ní liom thú.' Níor thagair Therese do
Pheadar níos mó.

Chuadar síos an Domhnach sin go Gort Inse
Guaire, an Domhnach dár gcionn go Conga, agus
an Domhnach ina dhiaidh sin arís go Cathair na
Mart, ag stopadh le titim na hoíche i dTigh
Chatháin ag Droichead a' Mháma agus ag Tigh
Pheacock ar an Teach Dóite. Bhí an Nollaig ag
teannadh leo agus is ag siopadóireacht i mBaile
Mór na Gaillimhe a chuadar ar an ochtú lá de mhí
na Nollag, lá saoire eaglasta a bhí saor ag oibrithe
an Údaráis chomh maith.

Bhí an chathair lán de dhaoine ag déanamh
siopadóireacht na Nollag mar nach raibh scoil ag
na gasúir an lá sin. Bhí atmaisféar na Nollag ar
fud na háite, soilse daite agus taispeántais áille ar
fhuinneogaí na siopaí. Chaith Caomhán an chuid
is mó den am lena lámh san aer ag rá
'breathnaigh,' faoi gach rud nua dá bhfaca sé.
Thug Therese aire dó an fhad is a bhí Bridie ag
ceannacht féirín Dheaidí na Nollag dó, cé go raibh
sé beagán ró-óg fós lena leithéid a thuiscint.

Thugadar isteach go pluais Santa Claus é san
Ionad Siopadóireachta is nua-aimseartha ar fad.
Bhí Caomhán róchúthail le suí ar ghlúin an
tseanfhir, ach bhí dóthain misnigh aige le breith
ar an mbeart beag a thug Santa dó. D'éirigh leo ar
deireadh pictiúr den triúr acu a fháil in éineacht le
San Nicolás, Caomhán sásta an fhad is a bhí sé i

mbaclainn a mháthar. Dúirt freastalaí leo go raibh Deaidí na Nollag ag eirí míshoigdeach mar gur thóg sé chomh fada orthu fáil réidh i gcomhair an phictiúir, custaiméirí eile ag fanacht.

'Bíodh an diabhal aige,' arsa Therese nuair a dúirt Bridie léi deifir a dhéanamh, go raibh Santa ag éirí tuirseach díobh.

'Bíodh an diabhal agaibh féin freisin,' a dúirt Santa i nGaeilge bhreá bhlasta, agus thosaigh siad ar fad ag gáire.

'Bhí a fhios agam go raibh Gaeilge san Aird ó Thuaidh,' a dúirt Bridie.

Chuadar siar go Cloch na Rón an Domhnach dár gcionn agus luaigh Bridie gur gearr nach mbeadh áit nua eile fanta acu le dhul ar an Domhnach.

'Tosóimid orthu arís,' a d'fhreagair Therese. 'Ní mar a chéile a bhíonn aon áit acu Samhradh agus Geimhreadh, iad athraithe arís san Earrach agus sa bhFómhair. Is é an rud is measa faoin am seo den bhliain ná go mbíonn an lá chomh gearr. Bheadh sé go deas píosa siúlóide a dhéanamh ar lá mar seo, ach ní túisce amuigh cúpla scór míle thú ná go mbíonn an dorchadas ag breith ort.'

Ach bhí am acu fós siúl a dhéanamh ar na tránna móra le taobh bhóthar Bhaile Uí Chonghaile. D'fhág siad Conamara thuaidh le titim na hoíche, thugadar an bóthar ó dheas orthu féin ag an Teach Dóite agus stop siad le haghaidh cúpla deoch Tigh Chite i nDoire Né. Shíl Bridie go raibh an saol go haoibhinn.

Lá arna mhárach fuair sí litir, ordú poist Shasana istigh ann, £500. Bhí nóta beag istigh leis 'A Bhridie, a stór. Ceannaigh rud eicínt don leaid beag le haghaidh na Nollag. Grá mór, John.' Shíl sí go dtitfeadh sí i laige nuair a bhí an litir léite aici. Bhí sé amuigh ar deireadh. D'airigh sí fuarallas ag rith síos a droim. Bhí sí trína chéile.

Ghlaoigh sí ar oifigí an Údaráis. Bhí Therese amuigh ag cruinniú, a dúradh léi. An bhféadfadh sí glaoch ar ais? D'inis Bridie cérbh í féin agus dúirt go raibh rud thar a bheith práinneach tar éis tarlú. Ghlaoigh Therese uirthi taobh istigh de chúpla nóiméad 'Céard atá cearr?' Bhí an chosúlacht ar a guth go raibh sí rite amach as anáil nuair a tháinig sí ar an líne.

'Fuair mé litir ó John.'

'Cén John?'

'Tá a fhios agat. M'fhear chéile...'

'Foc John ... Thug tú amach ó chruinniú leis an Aire mé le hinsint dom gur scríobh John. Rith mé suas anseo ag ceapadh go raibh an páiste dóite nó rud eicínt, nó go raibh an teach trí thine. Tá sé ceart go leor glaoch a chur orm am ar bith san oifig, ach nuair a bhíonn cruinniú tábhachtach ar siúl ...'

'Ní thuigeann tú ...'

'Is tusa nach dtuigeann. Tá jab le déanamh agamsa.' Chuir sí síos an fón.

'Foc tú féin agus do chruinniú.' Chaith Bridie an teileafón as a lámh. Phioc Caomhán suas é agus dúirt 'hello.' Chaith sé uaidh ansin é mar a rinne a mháthair, 'foc ú,' á rá aige. Níor thug Bridie aon aird air. Bhí sí sínte ar an g*couch*, a héadan sa bpillúr, ag caoineadh deora móra goirte.

D'éirigh sí tar éis tamaill. Bhreathnaigh sí ar

nóta John. Ní raibh seoladh ar bith air. Chuimhnigh sí ar an airgead a chaitheamh sa tine, ach ní raibh sí lasta. Stróicfeadh sí é, ach ní raibh sé éasca é sin a dhéanamh agus í beo bocht. D'fhanfadh sí go dtiocfadh Therese abhaile, cé gur beag an chabhair a thug sise nuair a ghlaoigh sí uirthi. Ach nach aici féin a bhí an misneach í a thabhairt amach ó chruinniú leis an Aire? Cén fáth nár dhúirt an óinseach a d'fhreagair an fón gur istigh leis an Aire a bhí sí? Gháir Bridie nuair a chuimhnigh sí air. Is dóigh gur cheap an tAire gur duine mór le rá a bhí ar an bhfón. Ní chreidfeadh a leithéid go bhféadfadh duine ar bith a bheith chomh tábhactach leis féin.

D'fhéadfadh rudaí a bheith níos measa, a cheap sí. Bhí sé soiléir ón gclúdach go raibh John i Londain fós. Agus nach raibh sé in am aige airgead a chur ar fáil dá mhac? Tuige an stróicfeadh sí é? Nach le haghaidh Chaomháin a bhí sé? Chuirfeadh sé go mór lena Nollaig, cé go sábhálfadh sí an cuid is mó dó i dteach an phosta. D'airigh sí go raibh rud éigin cosúil le glacadh leis an scilling san aimsir a caitheadh ag baint leis. Bheadh sí dá díol féin ar bhealach eicínt. Ní fhéadfadh sí cinneadh a dhéanamh gan comhairle a fháil ó Therese.

D'oibrigh sí crua ar feadh an tráthnóna le go mbeadh an áit ag breathnú go deas nuair a thiocfadh Therese abhaile. Réitigh sí an dinnéar is fearr a thaitin léi, sicín *Kiev* agus sceallóga. Ní raibh mórán samhlaíochta ag baint leis, ach bhí sí ag iarraidh cúiteamh a dhéanamh as a scairt teileafóin dhána a chuir isteach ar Aire na

Gaeltachta. D'íosfaí an cloigeann di, bhí sí cinnte, mar gheall air, agus ní gan údar.

Magadh a rinne Therese faoin eachtra nuair a tháinig sí isteach ón obair. 'Bhí mé neirbhíseach ag an am,' ar sí, 'agus bhí sé éasca mé a chorraí.'

'Tusa neirbhíseach!'

'Bhí a fhios agam go maith gur le híde na muc agus na madraí a thabhairt dom mar gheall ar mo phlean teilifíse a tháinig sé. Tharraing sé siar a chuid fiacla nuair a thug mé le fios gur iriseoir mór le rá a bhí ag cur tuairisce faoin bplean agus céard a cheap an tAire faoi. Lig mé orm gurb é a dúirt mé nár theastaigh ón Aire ach an Ghaeilge agus an Ghaeltacht a chur chun cinn. Bhí sé thar a bheith sásta leis sin, freagra polaitiúil nár sceith aon cheo.'

'Ach muna mbeidh sé sin sa bpáipéar?'

'Beidh, bhí sé chomh tógtha le mo leagan cainte gur chuir sé sa phreasráiteas é i ndaidh an chruinnithe.' Rinneadar gáire. 'Caithfidh tú glaoch orm níos minice,' arsa Thatch.

Nuair a d'iarr Bridie a comhairle faoi airgead John, ní raibh dabht ar bith uirthi ach gur cheart é a choinneáil. Ba bheag, dar léi, an méid sin agus an méid a bhí curtha isteach ag Bridie i dtógáil an ghasúir. Comhartha maith é, a cheap sí, go raibh sé sásta an méid sin féin a dhéanamh.

'Ach nach mbeidh mé faoi chomaoin, faoi oibleagáid aige?'

'Cén fáth a mbeadh? Ní duitse a thug sé é i ndáiríre ach do Chaomhán. Nár cheart go mbeadh sé de dhualgas ar chuile fhear cabhrú lena ghasúr a thógáil, is cuma singil, pósta ná scaoilte é.'

'Ach céard a dhéanfas mé má thagann sé ar ais?'

'Tiocfaidh muid ag an gceann sin nuair a tharlaíonn sé, má tharlaíonn sé. B'fhéidir go mbeadh an iomarca náire air a aghaidh a thaispeáint thart anseo arís.'

'Ní dóigh liom é. Níl náire ina chloch mhór ar a phaidrín seisean.'

'Ach níl tú i ngrá leis níos mó?'

'Ní hamháin nach bhfuilim i ngrá leis, tá faitíos orm roimhe. Is ar éigean ar chuimhnigh mé air le fada go dtí an lá cheana. Sin é an fáth ar baineadh croitheadh chomh mór sin asam inniu nuair a tháinig an litir. An t-imní atá orm gurb é an chéadchéim atá anseo le teacht ar ais ag iarraidh a chearta pósta, mar a thugadh sé orthu, óna bhean chéile.' Bhreathnaigh Bridie sa tsúil ar Therese, mar a rinne sí i gcónaí nuair a bhí sé deacair uirthi rud a rá.

'Níl aon duine in ann iachall a chur ort a dhul ar ais.'

'Cén fáth nach bhféadfadh rudaí fanacht mar a bhí?'

'Rud amháin cinnte, má thagann sé ar ais. Ní bheidh cead aige teacht in aice leis an teach seo, ach ar chuireadh uaitse. Más tuilleadh príosúin atá uaidh, déanadh sé sin.'

'Ní thagann an dlí i gceist go hiondúil go dtí go mbíonn an dochar déanta, duine beáráilte. Rómhaith atá a fhios agam.'

'Tá an dlí seo freisin ann.' Rug Therese ar an tlú.

'Ní bheadh maith ar bith ansin. Tá sé róláidir.'

'Is iomaí bealach atá ann. Ciotal d'uisce

fiuchta, magarlach a scalladh.'

'Ní thuigeann tú é, a Therese. Reonn duine le faitíos nuair a théann a leithéid sin as a mheabhair, tá sé chomh maith dom a rá. Bíonn faitíos ort tú féin a chosaint ar bhealach ar bith, nó déanfaidh sé rud níos measa. Rachaidh sé thar fóir ar fad.'

'Ach táimid ag cur imní orainn féin faoi rud nach dtarlóidh, le cúnamh Dé.'

'Nuair a thiteann tusa siar ar chúnamh Dé tá rudaí go dona i ndáiríre. Níl mé ag rá nach mbeadh imní orm fúm féin, ach dá dtarlódh tada do Chaomhán ...'

'Má thagann sé ar ais chun na tíre seo is féidir ordú cúirte a fháil len é a choinneáil uait. Má leagann sé méar ort ina dhiaidh sin, is i Muinseó a bheidh sé.'

'Agus mise i gcré na cille. Ní mórán muiníne a chuirfinnse sa dlí. Tá an iomarca cloiste agam ar raidió agus feicthe ar theilifís faoi chásanna mar seo. Ar thaobh na bhfear atá an dlí. Nach iad a dhéanann na dlíthe?'

'Nach é an dlí ina dhiaidh sin a chuir i bpríosún é thall i Sasana, agus a shábháil tú uaidh le cúpla bliain?'

'Cén mhaith a bheadh ann domsa dá mbeinn maraithe an oíche sin aige?'

'Ach ní hé an chéad uair a bhuail sé thú. Dá mbeifeá chun dlí roimhe sin?'

'An é atá tú ag rá gurb orm féin a bhí an locht?' a d'fhiafraigh Bridie go dubhach. 'Mar a mbíonn siad ag rá faoi mhná a éignítear, go raibh siad á iarraidh.'

'Tá a fhios agat go maith gur mise an duine deireanach a déarfadh a leithéid. Nílim ach ag rá go mbeadh cúnamh eicínt faighte agat roimhe sin dá n-inseofá do na póilíní é.'

'Ar sceith tusa ar t'athair?' Bhí ceist an-loighiciúil ag Bridie.

'Níor sceith. Tá sé an-deacair rud mar sin a inseacht ar d'athair.'

'Tá sé chomh deacair céanna é a dhéanamh ar d'fhear chéile, go háirid muna bhfuil tú ach ocht mbliana déag, nó faoina bhun, i bhfad ó bhaile.'

'Ach níl tú gar dó anois. Beidh rudaí difriúil.'

'Is é athair Chaomháin ina dhiaidh sin é.' Chroith sí a cloigeann. 'Tá an saol aisteach.'

Tháinig Caomhán isteach ón seomra eile, carnán *lego* a bhí brúite ina chéile aige le taispeáint dóibh. Ní fhaca Bridie bun ná barr leis ach mhol sí go hard na spéire é, ag rá le Therese faoina hanáil 'cibé céard é féin.' 'Taispeáin go Teetie é.' Cheartaigh sí í féin. 'Do Therese, ba cheart dom a rá.' Bhí sé cloiste aici in áit eicínt gan caint pháistiúil a úsáid le gasúir.

'Is iontach an ceann thú, a mhaicín.' Bhí Therese ag breathnú ar a raibh déanta aige. 'Ailtire a bheas ionat cinnte. Tabharfaidh mé jab san Údarás duit. Bheadh teach den déanamh sin chomh maith nó níos fearr ná go leor de na rudaí atá ag dul suas thart anseo.'

'Cibé céard a dhéanann tú,' arsa Bridie leis, 'bí go deas le do bhean. 'Bhfuil baol ar bith ann?' a d'fhiafraigh sí do Therese, 'go ndéanfadh sé dochar dó a bheith tógtha ag beirt bhan?'

'Cén fáth a mbeadh?'

'Go n-iompódh sé amach *gay* nó rud eicínt?'

'Má iompaíonn féin, cén dochar? Bíonn formhór acu an-mhúinte agus béasach le mná. Ní thuigim féin cén mhaith a dhéanann an iomarca fearúlachta, an t-iomhá *macho* sin a bhíonn ag fir. Ceapann roinnt mhaith acu nach fir ar bith iad muna dtugann siad corrleidhce do bhean agus do ghasúr, nó go deimhin d'fhear eile. Ní athrófar cleachtadh na gcianta thar oíche, is dóigh.'

'Bhí mé chomh sona sásta le cúpla seachtain,' a dúirt Bridie. 'Bhí a fhios agam go raibh rud mar seo le tarlú.'

'Pisreogaí! Taispeánfaidh mé ómós do do chreideamh, ach spáráil ar an tseafóid sin mé.'

'Bíonn sé fíor i gcónaí ina dhiaidh sin.'

'An é atá tú ag rá liom gur ligeadh d'fhear amach as an bpríosún mar go raibh tusa sona sásta, agus ag baint taitnimh as an saol? Tá bealach eile le breathnú air. Ní chuile lá a fhaigheann tú cúig chéad punt tríd an bpost.'

'Ní fhéadfaidh mé é a choinneáil.'

'Cuir isteach i gcuntas é le haghaidh Caomháin, agus déan an rud céanna le pingin ar bith eile a fhaigheann tú uaidh.'

Bhí Bridie ag smaoineamh os ard: 'D'fhéadfainn an liúntas leanaí a chur leis gach mí.' Rug sí ar Chaomhán 'Is gearr go mbeidh tú i d'fheairín beag saibhir.' Phóg sí é.

D'airigh Bridie gur imigh an t-am an-éasca idir sin agus an Nollaig. Bhí sí ag maisiú an tí, ag crochadh páipéirí ornáideacha, ag cur suas crann Nollag agus á mhaisiú. Rinne sí crann beag Nollag do Chaomhán le ceann de na craobhacha agus chaith sé go leor ama ag cur caoi air. Rud ar bith daite a fuair sé timpeall an tí, cuireadh ar an gcrann é.

Ag teacht gar don Nollaig thug Bridie siar é ag a muintir ar an mbus le haghaidh an lae. Is ann a bhí na bronntanais dó. Gheall sí dá hathair agus dá mháthair go dtiocfadh an bheirt acu agus Therese ar cuairt Lá Nollag. Bhí cuireadh dóibh ag dinnéar, ach d'éalaigh sí uaidh sin, ag rá gur cheart dóibh an dinnéar Nollag a bheith acu san áit a raibh siad ar feadh na bliana. Ar aon chaoi, ní fhéadfaidís Therese a fhágáil aonaránach, uaigneach, ag ithe dinnéir léi féin.

'Nach bhfuil baile dá cuid féin aici?' a deir athair Bhridie.

'Nach anseo i gConamara atá baile anois aici?'

'Chaithfeadh sé go bhfuil daoine muinteartha aici. Ní hé Deaidí na Nollag a thug ar an saol í.'

'Ní réitíonn sí chomh maith sin lena muintir.' Shíl Bridie go raibh an iomarca ráite aici, ach ní féidir breith ar an bhfocal atá scaoilte.

'Is aisteach an sórt duine í.' Bhain an seanfhear an píopa as a bhéal. 'Ba cheart do chuile dhuine cuairt a thabhairt ar a muintir Lá Nollag, muna bhfuil siad i bhfad ó bhaile, ar ndóigh.' Fear daingean ina chuid tuairimí a bhí ann le cuimhne Bhridie.

'Beidh fáilte roimpi anseo, chomh maith leis an mbeirt agaibh féin.' Chuir a máthair a ladar isteach sa scéal. 'Ní íosfadh an ceathrar againne turcaí iomlán eadrainn go deo.'

'Ní thaitníonn turcaí léi.'

'Céard a bheas agaibh muna mbeidh turcaí

agaibh?' D'fhreagair an t-athair a cheist féin. 'Gé. Shíl mé féin ariamh go raibh gé i bhfad níos nádúrtha ná turcaí.' Chaith sé smugairle isteach sa luaithreach. 'Gé a bhíodh againne i gcónaí, nuair a bhí m'athair agus mo mháthair, go ndéana Dia trócaire orthu, beo. Ach nuair a tháinig do mháthair ó Mheiriceá, ní raibh an ghé sách galánta aici. Sin é an t-am a raibh na turcaithe ag teacht isteach sa bhfaisean.'

Chaoch a máthair súil ar Bhridie. 'Is deise iad na turcaithe lá ar bith ná an seanghandal a bhí agaibh an chéad bhliain a raibh mise anseo. Is mó gréisc a bhí ann ná feoil.'

'Deamhan locht a bhí ar an ngréisc féin. Is iomaí úsáid a baineadh aisti timpeall an tí. B'fhearr é don éadan ná an stuif a bhíonn agaibh sna jaranna beaga anois. Ní raibh roic i mbean ar bith aimsir na ngéabha.'

'Lacha a bheas againn,' arsa Bridie, 'agus muiríní roimpi.'

'Lacha agus muiríní.' Chaith an seanfhear smugairle eile, mar a bheadh déistin air ag cuimhneamh ar a ndinnéar Nollag. Ní thabharfainn an deich triuf ar mhuirín. Ní raibh meas mada orthu sin ach an oiread le turcaí go dtí gur thug na Francaigh isteach sa bhfaisean iad. 'Maidir le lacha ...' Chraith sé a chloigeann.

'Bhuel, Deaid, beidh na rudaí againne a thaitníonn linn, agus is iad na muiríní agus na lachain a thaitníonn linn.'

'Agus an mbíonn sibh ag ithe ag an mbord céanna leis an mbean uasal?' Bhí an seanfhear scór bliain níos sine ná a bhean, céad bliain níos sine ina dhearcadh, fad is a bhain sé le Bridie.

'Bean uasal! Nach bhfuil chuile bhean uasal?'

'Ní mórán acu a bhreathnaíonn chomh *stuck-up* léi sin,' a dúirt sé, 'ach deir siad gur bean mhaith atá inti, go bhfuil sí go maith don Ghaeltacht go háirithe.'

'Níl sí *stuck-up* ar bhealach ar bith.' Chosain Bridie Therese. 'Bíonn sí gléasta go deas, agus tá carr dheas aici, ach nach bhfuil siad sin tuillte aici. Oibríonn sí go crua.'

'Is mó meas a bheadh agamsa uirthi, dá dtéadh sí abhaile chuig a muintir le haghaidh na Nollag.'

'Ná habair tada mar sin léi Lá Nollag, nó ní fheicfidh sibh mise, ná Caomhán ach an oiread.' Bhí imní ag teacht ar Bhridie go maslófaí Therese.

'Ná tabhair aon aird air sin,' a dúirt a máthair. 'Nach bhfuil a fhios agat go maith gur ag saighdeadh atá sé.'

'Tá sí go maith domsa agus do Chaomhán go háirid.' Chroith Bridie a cloigeann ó thaobh go taobh. Bhí tost ann ar feadh tamaill. A máthair a bhris: 'Chuala mé go bhfuil John amuigh.'

'Cá bhfios duit? Cár chuala tú é sin?'

'Bhí mé ag caint lena mháthair taobh amuigh de theach a' phobail inné.'

'Chuir sé cúig chéad punt chuig Caomhán.'

'Tríd an bpost?'

'Ordú airgid, agus nóta beag istigh leis.'

'Céard a dúirt sé sa litir?'

'Tada, ach rud eicínt a cheannacht do Chaomhán.'

'Beidh sé sa mbaile i gcomhair na Nollag.'

'Ó, a Íosa Críost ...'

'Is é d'fhear céile é,' a dúirt a hathair go ciúin.

'Fear céile. Fear díchéillí. Níl mise ag dul ar ais chuige, is cuma céard a déarfas aon duine.'

'Más fearr sin, más measa.' Labhair an seanfhear trína fhiacla a bhí i ngreim sa bpíopa i gcónaí.

'Ní hionann 'más measa,' agus duine a mharú beagnach.'

'Tá a chuid ama curtha isteach aige, a fhiacha íoctha, ceacht foghlamta aige. Caithfear seans a thabhairt dó.'

'Tá an ceart ag Bridie.' Chosain a máthair í. 'Tá rudaí áirithe ann nach féidir le bean ar bith cur suas leo. Ach ní féidir é a stopadh ó theacht abhaile go hÉirinn, agus is dóigh go mbeidh sé ag iarraidh cead am a chaitheamh lena mhac.'

'Má bhuaileann sé é?'

'Dúirt a mháthair go bhfuil an t-ól tugtha suas aige.'

'Nach maith go raibh sé in ann an méid sin a inseacht dá mháthair.' Bhí olc ar Bhridie. 'Agus ní raibh sé in ann tada a insint dá bhean.'

'Tuige an inseodh? Agus nár labhair tú leis agus nár scríobh tú chuige le dhá bliain.' Bhí a hathair chomh ceanndána is a bhí sé ariamh.

'Dá dtéadh tusa, a Dheaid, tríd an méid a ndeachaigh mise tríd leis an bhfear sin, ní labhrófá leis go deo arís. Ní thuigeann daoine a raibh an saol go bog acu féin na rudaí seo.'

'Cloisim do leithéid chuile lá ar an raidió,' a dúirt a hathair, 'muna bhfuil siad sásta leis an bhfear atá acu tá ceann eile uathu. Níl caint ar

bith acu ar Dhia ná ar chreideamh.'

'Faraor nach bhfuil an saol chomh simplí sin.' Bhí a fhios ag a máthair go raibh sé in am deireadh a chur leis an gcomhrá sin, nach dtabharfadh na hargóintí sin in aon áit iad. 'Agus céard atá Caomhán ag fáil ó Santa Claus? Ní fhéadfainn fiafraí duit go raibh sé tite ina chodladh.'

'Cineál clog atá ann, a dtagann ceol as nuair a chasann tú cnaipe ann. Agus tá aghaidh air ar nós clog ar bith. Beidh sé in ann an t-am a fhoghlaim air amach anseo. Tá sé le péint agus páipéar a fháil chomh maith, agus tá Therese ag fáil míreanna mearaí dó. Tá sé fiáin ag na rudaí sin agus tá sise beagnach chomh páistiúil leis. Ach deir siad go bhfuil páiste in ann go leor a fhoghlaim uathu. Agus, ar ndóigh, tá na rudaí ar fad a thug sibh féin dó inniu, go raibh míle maith agaibh arís.'

'Ní bhaineann siad sin le Deaidí na Nollag. Tá siad feicthe cheana aige.'

'Táim fíorbhuíoch daoibh i ndáiríre, fiú má bhíonn sé seo i gcónaí ag troid liom.' Thug sí cic, mar dhea, dá hathair.

'Abair leis an mbean bhuí sin,' a dúirt seisean, 'go bhfuil fáilte roimpi anseo ag am ar bith. Caithfidh sé nach bhfuil tú ag tabhairt leath a dóthain di le n-ithe. Níl feoil ar bith ar a cnámha.' Thaitin an magadh sin le Brídie.

'Nach maith go raibh tú ag breathnú, seanleaid chomh cráifeach leat, nó in ainm is a bheith.'

'Bean í atá tráthúil go maith ina cuid cainte. Cloisim go minic ar an raidió í.'

'Céard eile a dhéanann tú?' a dúirt a bhean chéile, 'ach éisteacht leis an diabhal raidió sin ó mhaidin go hoíche?'

'Is gearr,' arsa Bridie, 'go mbeidh sí ag cur teilifís Ghaeltachta ann freisin ar feadh píosa maith den lá.'

'Togha bean atá inti sin.' Bhí an seanfhear ag cangailt a phíopa agus é ag caint. 'Tá sí in ann ag chuile dhuine acu sin a bhíonn á ceistniú ar an raidió.'

'Agus níos fearr ná iad,' a dúirt a bhean, ag caochadh súile le Bridie, 'mar is dual do bhean.'

'Bíonn siad níos fearr, ag caint go háirid.'

'Is deacair thú féin a bhualadh,' a dúirt Bridie leis. 'Tá súil agam go mbeidh teilifís cheart Gaeilge ann nuair a thagann Caomhán in aois lena haghaidh. Níl tada ceart ann do ghasúir faoi láthair.'

'B'fhearr,' arsa a hathair, 'an saol a bhí ann nuair nach raibh *television* ar bith ann, ach daoine bailithe timpeall na tine ag éisteacht le scéaltaí na seanchaithe. Níl comhrá ceart ar bith anois ann, ach daoine suite ag breathnú ar an diabhal bosca sin.'

'Nach mbreathnaíonn tú féin air chomh minic le duine ar bith?' Bhí a bhean in ann aige san argóint.

'Ní féidir liom mo bhéal a oscailt tar éis a sé a chlog.' Labhair sé go díreach lena iníon, 'gan do mháthair dhul siar i mo mhuineál, go háirithe má tá ceann de na cláracha seafóideacha sin as Meiriceá air, daoine ag dul ó leaba go leaba ó mhaidin go faoithin. Ní iontas ar bith é go bhfuil an saol ina chíorthuathail uilig.'

'Céard atá ann ach caitheamh aimsire?' a dúirt a bhean.

'An iomarca aimsire a chaitheann cuid acu sin ar an teilifís.'

'Bíonn oiread daoine ag caint agus ag caitheamh anuas ar na cláracha sin.' Bhí an mháthair suite sa gclúid ag cniotáil faoin am seo.

'Ach cé a thógann í ndáiríre iad? Níl siad ann ach leis an oíche a chaitheamh. Tá a fhios againn go maith nach bhfuil na daoine sin beo, ach an oiread le Fionn agus na Fianna a mbíodh na seanchaithe ag cur síos orthu fadó.'

'Ní bhíodh Fionn ag plé leis an obair a bhíonn ar siúl acu sin.' Ní raibh a fear ag aontú léi.

'Céard faoi Dhiarmaid agus Gráinne? Nach raibh sé chomh scannallach le rud ar bith a d'fheicfeá ar an teilifís?'

'Ach níor thaispeáin aon duine iad á dhéanamh, ná níor labhair aon seanchaí faoi ach an oiread.'

'Ach nach bhfuil leaba Dhiarmada agus Gráinne i mbeagnach gach paróiste in Éirinn. Caithfidh sé go ndearna siad an t-úafás ...'

'Nílimid ag dul isteach sa taobh sin den scéal.'

'An t-uafás codladh, a bhí mé ag dul ag rá. Céard faoi a raibh tusa ag caint?' Bhí Bridie sna trithí ag gáire fúthu. Bhí sásamh aici ag éisteacht leo ag argóint, an argóint chéanna caite siar agus aniar ar an tinteán sin le cúig bliana fichead. Agus ní raibh deireadh ráite ag a máthair fós: 'Nárbh fhearr i bhfad oíche a chaitheamh ar do shuaimhneas ag breathnú ar cheann de na cláracha sin ná a bheith ag éisteacht leis na scéalta ceannanna céanna chuile oíche ó sheanchaí, agus tú ag slogadh deataigh ó dheich gcinn de phíopaí?'

'B'fhearr an saol a bhí ann an uair sin.' Ní raibh sé sásta géilleadh.

'Cén chaoi a mbeadh an saol níos fearr agus daoine a bhí beo bocht?'

'Bhídís istigh leo féin, agus bhí creideamh láidir acu.'

'Cén sórt creidimh? Ní raibh aonach ná pátrún ná céilí ann nach raibh daoine ag marú a chéile. Má théann tú isteach i dteach ósta sa lá atá inniu ann tá chuile dhuine breá sásta, ag baint taitnimh as deoch agus as comhrá. Ní bheidís leathuair ann an t-am sin nuair a thosódh rúscadh.'

'Ní raibh aon chleachtadh acu ar an ól, an dtuigeann tú? Ní raibh an t-airgead ann len é a cheannacht. Agus bhíodar ag obair go crua agus gan mórán le n-ithe acu. Ní iontas ar bith go ndeacaigh an t-ól sa gcloigeann orthu.'

'Tá sé ráite anois agat, ní raibh a ndóthain le n-ithe acu. Mar a deir tú, bhí an saol níos fearr. Seafóid.'

'Bíonn an focal deireanach ag an mbean i gcónaí.'

'Ní raibh an focal deireanach ar chor ar bith fós agam.'

'Go bhfóire Dia orainn. Tá sí tosaithe.'

'Is fíor dom é. Is fearr i bhfad é saol an lae inniu.' D'iompaigh sí i dtreo Bhridie 'Tá a fhios agamsa tithe inar briseadh cos scuaibe ar dhroim

98

iníne nuair a fógraíodh ón altóir iad mar go raibh siad ag iompar agus ná raibh siad pósta. Cén saghas creidimh nó Críostaíocht a bhí ansin? Sagart ag dul thart lena mhaide draighin ag cur scaipeadh ar fhir agus ar mhná óga. Ní iontas ar bith é gur tháinig an lá nach raibh mórán acu fanta thart san áit le pósadh. D'fhág siad an tír agus is acu a bhí an ceart. Ní cúrsaí airgid ná oibre a bhí i gceist leath den am. Bhíodar plúchta ag an rud a bhí in ainm's a bheith ina chreideamh.'

'Marach na sagairt ...' Níor fhág sí cead cainte aige:

'Cé mhéid fear a léití ón altóir an uair sin? Inis sin dom.'

'Ní raibh aon ghá an chuid is mó againn a léamh, buíochas le Dia.'

'Sin é a deir tú anois, a sheanghabhair.'

'Tá a fhios agat go maith gur ag fanacht leatsa a bhí mé.' Chuala siad Caomhán ag caoineadh sa seomra tar éis dó dúiseacht in áit strainséartha. Chuaigh Bridie isteach agus thóg sí suas é. Shuigh sé go ciúin ar a glúin ar feadh tamaill, a éadan deargtha ag codladh agus gearradh fiacla. Bhreathnaigh sé go cúthail ar a sheanathair agus ar a sheanmháthair. Chuir máthair Bhridie mil ar spúnóg agus thug dó é. Dhiúl sé an mhil ar feadh scaithimh agus ansin thit an spúnóg uaidh. Bhain sé croitheadh as Bridie nuair a dúirt sé 'foc.' Nuair a bhí sí ag iarraidh ligean uirthi nár chuala sí é, dúirt sé níos airde agus níos soiléire 'foc é'. Bhí náire an domhain uirthi.

'Sciorr an focal sin uaim an lá cheana agus

phioc sé suas é.'

'Nach é atá meabhrach,' arsa a sheanathair, 'agus é á phiocadh suas in aon iarraidh amháin. Ní bheidh mórán trioblóide aige sin ag foghlaim a phaidreacha.'

'Ní hiad na rudaí maithe a phiocann siad suas,' a dúirt a sheanmháthair.

'Deaideo.' Shín Caomhán a mhéar i dtreo a sheanathar. Bhí sé ag dúiseacht suas. 'Deaideo,' ar sé arís.

'Bhí a dheaideo chomh bródúil as go ndearna sé dearmad ar an bhfocal mór.

'Tá sé in am é a athrú agus fáil faoi réir don bhóthar,' arsa Bridie, ag breathnú ar a huaireadóir. 'Is gearr uainn am an bhus.'

'Is é an trua é nach mbeidh am agaibh in éindí le Susan agus Johnny. Beidh siadsan ag teacht ar an mbus, sibhse ag imeacht.'

'Ní fada uainn an Nollaig. Nach mbeimid thart arís i gceann tamaillín.'

Is ar éigean a bhí am labhartha ar bith ag Bridie lena deartháir agus deirfiúr. Bhí Caomhán ag cur a chosa uaidh i dtosach nuair nach raibh Susan agus Johnny ag fanacht ar an mbus leo, ach níorbh fhada go raibh sé ag cuimhneamh ar rudaí eile, ag breathnú amach trí fhuinneog an bhus agus ag rá 'bó, bó, bó,' faoi chuile ainmhí a d'fheicfeadh sé.

Bhí Bridie suaimhneach ina hintinn. Cibé céard a dhéanfadh John, cibé céard a tharlódh idir í agus Therese, bhí a fhios aici go raibh comhluadar maith taobh thiar di, go bhféadfadh sí brath ar a muintir. Bheadh spochadh agus

saighdeadh agus argóintí acu, ach nuair a
thiocfadh an crú ar an tairne d'fhéadfaí brath
orthu. Rinne a cuairt ar an mbaile maitheas
di. Chuimhnigh sí ar Therese nach raibh
caidreamh ar bith aici lena muintir, agus bhí trua
aici di, ach tháinig sórt éad ina áit sin nuair a
chuimhnigh sí gurb ar an lá sin a bhí páirtí Nollag
an Údaráis ar siúl.

Ag an nóiméad céanna bhí Thatch ag damhsa
ríl ar cheann de na boird sa gceaintín, lucht na
hoifige ag scréachaíl agus ag bualadh bos, ag léimt
suas agus anuas. Bhí níos lú ólta ag Thatch í féin
nó ag a bhformhór acu. Cibé céard eile a
dhéanfadh sí, choinneodh sí an cloigeann go dtí go
bhfágfadh sí an oifig. Bhí dóthain daoine ag faire
ar an lá a gcuirfeadh sí a cos ann, a ndéanfadh sí
rud eicínt seafóideach. 'Ach más spraoi atá
uathu, tabharfaidh mise spraoi agus spóirt dóibh,'
ar sí ina hintinn féin. Bheadh cúpla deoch mhaith
aici i ndiaidh uaireanta oifige.

Iarradh uirthi ansin amhrán a chasadh, agus
bhain sí sult agus taitneamh as 'I'm jeg the peg,
with me extra leg, didle deedle didle dum,' i
nGaeilge agus i mBéarla, cos scuaibe mar thríú
cois aici. 'Mar phríomhfheidhmeannach, níor
cheart dom Béarla ar bith a úsáid,' ar sí, 'ach tá
'déanta in Éirinn ' scríofa ar an thríú cois agam.
Tá duais mhór ann don chéad duine aníos anseo
le 'déanta in Éirinn' ar a tríú cois. Ar fhaitíos nár
thuig siad sin, d'inis sí scéal:

'Bhí oifigeach mór le rá ón eagraíocht seo ar
laethanta saoire sa nGréig cúpla bliain ó shin,
bolg le gréin aige ar cheann de na tránna sin nach

gcaitheann siad éadach ar bith orthu. Thug duine a bhí in aice leis faoi deara na litreacha NY scríofa le tatú ar a bhod. 'Chaithfeadh sé gur as Iúir Chinn Trá tusa?' ar sí. 'Tuige?' ar seisean. 'NY,' ar sí, 'ní dóigh liom gur New York atá i gceist, ach Newry.' Bhí a fhreagra aige. 'Ar chuala tú caint ariamh ar Newtownmountkennedy? With me extra leg, didle deedel didel dom...'

Nuair a stop an gáire d'iompaigh sí ón ngreann ar aitheasc spridiúil faoi thír agus faoi theanga agus faoi chultúr. Is mó arís an bualadh bos a fuair sí ón gcaint sin ná as an gcraic a bhí ar siúl aici roimhe. Ghlac sí buíochas lena lucht éisteachta agus lean sí uirthi:

'B'fhéidir nach é seo an t-am nó an áit leis na rudaí seo a rá, ach ní bheidh sibh ar fad le chéile arís os mo chomhair amach go ceann tamaill mhaith. Tá a fhios agaibh go bhfuil iarracht láidir ar bun ag an eagraíocht seo le teilifís cheart Gaeilge agus Gaeltachta a chur ar fáil. Tá a fhios agaibh chomh maith go bhfuil dreamana sa tír ag cur go láidir i m'aghaidh, go bhfuil páipéirí beaga brocacha ag déanamh ionsaithe pearsanta orm, amhail is go bhfuil mé ag iarraidh stáisiún de mo chuid féin a bhunú.

Scaoil duine ón mbord eolas rúnda le nuachtáin. Ní hé go bhfuil rúin againn cé is moite de leagan amach an stáisiúin nua. Gnáthchleachtadh tionsclaíochta atá ansin, gan aon bhuntáiste a thabhairt do dhaoine atá ag coimhlint leat, nó ag cur i d'aghaidh. Nílimid ag briseadh aon dlí, nó ag cur costas ar aoinneach ach ar na daoine a dteastaíonn an tseirbhís seo uathu. Deirim le cibé duine atá ag cur inár gcoinne ón taobh istigh a rá cén fáth nó éirí as. Níl áit san eagraíocht seo do naimhde na Gaeilge agus na Gaeltachta. Geallaim daoibh go mbeidh seirbhís cheart teilifíse ag an nGaeltacht. Ní hionann an gheallúint seo agus geallúintí gan bhrí na bpolaiteoirí le deich mbliana. Bunófar Teilifís na Gaeltachta, fiú má chaithim éirí as an eagraíocht seo lena dhéanamh ar bhonn pearsanta agus príobháideach. Duine ná dream nach bhfuil linn, déanfaimid dá n-uireasa. Nollaig mhaith agaibh.'

Léim sí anuas ón ardán agus shiúil sí caol díreach amach tríd an slua, amach an doras, na gártha molta ina cluasa. Shuigh sí isteach sa Phorsche agus dhóigh sí rubair ag imeacht as an gcarrchlós le siúl. Ní dheachaigh sí i bhfad, ach isteach chuig an Óstán is gaire do na hoifigí. Is ansin a bheadh formhór na n-oibrithe ar ball, theastaigh uaithi a bheith imithe ó oifigí an Údaráis sula dtosnódh an post mortem ar a cuid cainte. 'Meas tú an raibh mé cosúil le Hitler, ag cur díom?' a d'fhiafraigh sí di féin. B'fhéidir gur dhúirt sí an iomarca, a cheap sí, ach ní raibh sí le cac a thógáil ó dhuine ar bith.

D'fhan sí i mbeár an Óstáin go dtí am dúnta, ag dul ó ghrúpa go grúpa, ag caint is ag comhrá, ag baint as na fir oibre agus ag magadh fúthu. Ag deireadh na hoíche chuimhnigh sí go raibh níos mó ólta aici mar a bhí ceadaithe do thiománaithe. D'iarr sí ar Thomás Mac Gabhann í a fhágáil sa mbaile. Tiománaí leoraí a bhí ann nár ól alcól ariamh, ach níorbh ionann agus daoine eile, bhí sé in ann spraoi a bhaint as ócáid mar sin dá uireasa.

D'fhág Bridie an seomra suite nuair a thug Therese Tomás isteach le haghaidh cupán caife. *'Three is a crowd,'* ar sí nuair a dúirt Therese léi fanacht agus deoch a ól in éindí leo. Nuair a lean Therese amach chun na cistineach í, b'éard a dúirt Bridie ná:

'Réiteoidh mé an caife daoibh, ach shíl mé gur chríochnaigh mo dhualgais ag meán oíche ar a dheireanaí.'

'Cén sórt dualgas atá i gceist agat? Céard atá ort? Nílimse do do choinneáil i do shuí. Táim féin in ann cupán caife a réiteach, tar éis chomh dona is atá mé ag an gcócaireacht. Tuige nach mbeadh deoch agat in éindí linn, os í an Nollaig í?'

'Ní bheidh, go raibh maith agat. Tá páiste agam a gcaithfidh mé aire a thabhairt dó ar maidin.'

'Nach mbíonn sé sin le déanamh chuile mhaidin agat, agus is minic a fhanann tú i do shuí níos deireanaí ná seo. Céard atá déanta, nó céard atá dearmadta agam?'

'Tada.'

'Tá rud eicínt cearr leat. Níor mhaith liom tú a fheiceáil agus pus ort.'

'Cén pus?' Chuaigh Bridie i dtreo a seomra, ach stop sí ag an doras. 'Má iarrann Peadar Ó hAllúráin mise amach arís, táim ag dul amach in éindí leis.'

'Céard é seo? Ar stop mise ariamh thú ó dhul amach leis sin nó le duine ar bith eile?'

'Ar dhúirt mise gur stop? Munar miste libh, ná déan an iomarca torainn. Tá an páiste ina

104

chodladh. Oíche mhaith.'

'Ná bíodh aon imní ort.' Bhí diabhalaíocht le tabhairt faoi deara i nguth Therese. 'Tógfaimid go deas réidh é. Oíche mhaith. Beimid ag caint amárach. Insint na fírinne níl a fhios agam céard tá ort.'

'Níl tada orm ach codladh.'

Bhí glas ar a doras ag Therese lá arna mhárach nuair a bhí Caomhán ag iarraidh dul isteach chuig an leaba chuici, mar a rinne sé gach lá a bhí saor aici. Níor éirigh sí go dtí a dó a chlog tráthnóna.

'Níor bheannaigh Bridie di. An chéad rud a dúirt sí ná 'Táimse agus Caomhán ag dul siar abhaile le haghaidh na Nollag. Bhíomar thiar ar cuairt inné agus thug siad cuireadh dúinn.'

'Ceart go leor,' arsa Therese, codladh fós ina súile, 'ach is é an trua é nár inis tú dom níos túisce. Bheadh áit curtha in áirithe agam i gceann de na hóstáin sin a choinníonn daoine le linn na Nollag. Is dóigh go bhfuil sé deireanach é a dhéanamh anois. Ca'id ó rinne tú an cinneadh seo? Shíl mé go raibh dinnéar na Nollag, nó an stuif lena aghaidh ceannaithe cheana agat.'

'Bhí cúrsaí go maith eadrainn an t-am sin.'

'Agus níl níos mó? Bhuel, shíl mise go raibh rudaí go maith i gcónaí, go dtí gur tháinig mé abhaile aréir, tusa romham agus pus mór ort. Céard a rinne mé ort?'

'Bhí glas ar an doras agat in aghaidh Chaomháin ar maidin. Is cuma liom céard a cheapann tú fúmsa, ach níl i gCaomhán ach buachaillín beag.' Bhí deora móra le súile Bhridie.

'Ní raibh an doras dúnta agam in aghaidh Chaomháin. 'Bhfuil cead agam scíth a ligean i mo theach féin? Bhí an doras dúnta mar go bhfuil mé ar mo chéad lá saoire tar éis téarma crua oibre. Theastaigh maidin amháin codlata uaim.'

'Tá a fhios ag an saol mór go n-oibríonn tú go crua,' íoróin ina guth ag Bridie.

'Oibríonn tusa chomh crua céanna nó níos cruaithe, agus má theastaíonn uait fanacht ar an leaba maidin ar bith le linn na Nollag, tabharfaidh mise aire do Chaomhán. Ach tá a fhios agam nach 'in í cúis na trioblóide. Bhí pus ort sular chuir mé glas ar dhoras ar bith.'

'Bhuel.' Chroith Bridie a guaillí.

'Bhuel, céard?'

'Bhuel, thug tú fear abhaile leat aréir. Nuair a bhí mise iarrtha amach ag fear óg mí ó shin, ní mó ná sásta a bhí tú.'

'Mise! Níor chuir mise cosc ort dul amach le duine ar bith. Ní mise do mháthair. Is cuma liomsa céard a dhéanann tú.'

'Níor chuir tú cosc orm, ach ...' Ní raibh a fhios ag Bridie cén chaoi ceart len é a chur. 'Tá a fhios agam nach call duit cuidiú liom ar bhealach ar bith, ach bhí tú sa mbaile an oíche chéanna, agus d'fhéadfá súil a choinneáil ar Chaomhán gan mórán stró a chur ort féin.'

'Ní cuimhin liom an oíche.'

'Shílfeá gur *jealous* a bhí tú go raibh mé le dul amach le fear.'

'An rud céanna a cheap mise aréir, nuair a thiomáin fear abhaile mé, le nach mbeinn i mbaol mo cheadúnas tiomána a chailliúint, nó níos

tábhachtaí ná sin, le nach maróinn duine eicínt
ar an mbóthar.'

'Mise, *jealous* mar gheall ar sin!' Thosaigh siad
beirt ag gáire ag an am céanna. Chuir Caomhán a
dhá lámh san aer le go dtógfaí suas é agus go
mbeadh sé mar chuid den cheiliúradh. Sheas an
triúr acu i lár an tseomra, na lámha timpeall ar a
chéile ag an mbeirt daoine fásta, Caomhán
eatarthu, a ordóg ina bhéal aige, go breá sásta leis
an saol.

'B'fhéidir go raibh mé sórt obann leat, an t-am
sin a d'iarr Peadar amach thú,' a dúirt Therese.
'Níor mhaith liom a admháil go raibh éad orm, ach
bíonn sórt faitíos orm faoi rud ar bith a bhrisfeadh
suas an comhluadar beag atá againn féin.'
D'fháisc sí a lámha timpeall ar an mbeirt eile.
'Níor thuig mé i gceart é go dtí gur thug tusa mo
chuid féin ar ais dom aréir.'

'Agus cén chaoi an bhfuil rudaí anois?'
D'éalaigh Bridie ón mbarróg, lig sí Caomhán síos
ar an urlár agus shuigh sí féin síos. 'Bhfuil cead
againn cairde a bheith againn? Is cuma liomsa
faoi i ndáiríre, nílimse ag iarraidh a dhul amach ag
bualadh craicinn, ach má bhíonn muid i mullach
a chéile an t-am ar fad anseo gan chead labhartha
le duine ar bith, beimid plúchta. Gabhfaimid as
ár meabhair ar fad.'

D'aontaigh Therese léi. 'Caithfimid cairde
seachas a chéile a bheith againn. Ach ní raibh
tada idir mise agus Tomás, más é sin a bhí i gceist
agat aréir. Is mar nach n-ólann sé a d'iarr mise
air mé a fhágáil sa mbaile. Ní raibh ann ach
cúirtéis é a iarraidh isteach le haghaidh cupán caife.'

'Leithscéal, a déarfainn. Is breá an hunc é.'

'Ag magadh atá tú anois. Táimse chomh sean lena mháthair.'

'Deirtear gurb 'in í an aois a mbíonn fir i mbarr a maitheasa.'

'Is fíor duit. Agus mná ag deireadh na dtríochadaí. D'fheilfeadh muid go maith dá chéile.'

'Tá tú sách sean le ciall a bheith agat,' arsa Bridie.

'Taitníonn sé liomsa a bheith ag dul in aois.'

'Ní raibh mé i ndáiríre nuair a dúirt mé go bhfuil tú sean.' Ní raibh Bridie ag iarraidh í a ghortú, achrann eile a bheith eatarthu.

'Caithfidh sé go bhfuil cosúlacht mamó ceart orm. Cúig bliana déag agus fiche a bheas mé ar an ochtú lá d'Fheabhra.'

'Tá go leor déanta agat le do shaol in achar gearr.'

'D'athróinn áit leatsa lá ar bith.'

'Ba mhaith leat a bheith óg arís?'

'Níor mhaith. Tá an iomarca pianta fáis i gceist. Is mar gheall ar Chaomhán ba mhaith liom a bheith i do bhróga.'

'Níor thug mé faoi deara gur thaitnigh *nappies* chomh mór sin leat.'

'Ní thaitníonn, ach an oiread. Ach ní bheidh *nappies* i gcónaí air. Ta sé ag an aois is measa ar bith ar an gcaoi sin, ag cuartú agus ag sracadh rudaí óna chéile. Ach is í an aois is deise ar bhealach eile í. Ta sé chomh lán sin de ghrá. Tá sé go hálainn.'

'Bhuel, má fhanann muid anseo, beidh sé

tógtha agatsa chomh maith liomsa.'

'Shíl mé gur ag imeacht a bhí sibh ar ball.'

'Tá a fhios agat féin an ealaín sin, bím, agus beidh mé ag imeacht gach darna lá, nuair a bheas rudaí ag dul i m'aghaidh. Tiocfaidh tú i gcleachtadh ar sin. Ní hin le rá nach n-imeoidh mé ach an oiread.'

'Tá tú chomh siúráilte asat féin is atá mise.'

'Mise,' arsa Bridie. 'Tá níos mó éiginnteacta ag baint liom ná le duine ar bith ar an saol.'

'Fanfaidh sibh le haghaidh na Nollag?'

'Bheadh Caomhán caillte d'uireasa.'

Chuaigh Therese isteach ina seomra. Thóg sí clúdach litreach as a deasc agus thug do Chaomhán í. 'Ó Mhamaí na Nollag é seo,' a dúirt sí. 'Beidh Deaidí na Nollag ag teacht ar ball.' Rug Bridie ar an gclúdach ar fhaitíos go stróicfeadh Caomhán í. Seic cúig chéad punt. 'Bhfuil tú imithe as do mheabhair uilig?' a d'fhiafraigh sí de Therese.

'Cuir isteach ina chuntas é in éineacht le hairgead a athar.'

'Ní féidir liom glacadh leis seo.'

'Nach do Chaomhán a thug mé é, níl rogha ar bith agat. Idir mé féin agus an dóitín beag seo atá sé.'

'Caomhán. Tabhair póg do Teetie, Therese. Abair 'ta-ta.' Ní thuigeann sé. Phóg sé Therese. Rug sise ar Bhridie, agus thug póg mhór di. 'Nollaig mhaith.'

'Nollaig mhaith.' Bhraith sí a béal a ghlanadh ach chuimhnigh sí uirthi féin in am.

D'fhág John stáisiún Euston ar an Aoine roimh Nollag. Cé gur chríochnaigh sé an obair go luath, is ar éigean a bhí a dhóthain ama aige len é féin a níochán, a chulaith nua a chur air agus an traein faoi thalamh a thógáil go dtí stáisiún Euston, a bhfuil a cháil i réim i stair agus béaloideas imirce na hÉireann. Áit riméadach, ghlórach, áthasach a bhí ann an oíche sin, na mílte Éireannach i measc an tslua a bhí sna scuainí ag oifigí na dticéad. Ní raibh cuma an óil ar mhórán acu, cé go raibh corrbhéic ag dul go haer anseo is ansiúd, 'You'll never go back, Pat, agus as áit éigin eile 'Up Seanamhach.'

Shuigh cailín álainn den chine gorm isteach sa suíochán amach ar a aghaidh. 'Shílfeá go mbeadh sé níos teocha san Afraic an t-am seo den bhliain, ná mar atá sé thart anseo,' a dúirt sé léi, ag ceapadh go raibh sé fíorbharúil. D'éirigh sí agus d'imigh sí go suíochán eile. 'Nach goiliúnach atá an bhitch,' ar sé leis féin, 'caithfidh sé nach bhfuil acmhainn grinn ar bith aici.'

'Ba bhreá liom an dá chos sin a bheith casta timpeall orm.' Bhí sé cleachtach anois ar bheith ag caint leis féin mar a labhrófá le duine eile, cleachtadh príosúin, cleachtadh árasán. Bhí cailín le cosa go tóin uirthi, mar a déarfadh na leaids, ag teacht aníos i lár na traenach. 'Nach iontach mar a dtagann na mionsciortaí ar ais i bhfaisean arís is arís eile,' a smaoinigh sé, agus é ag cuimhneamh ar na sciortaí fada a chaithfí sular cuireadh i ngéibheann é. Ba dheacair do shúile a choinneáil ó na geága breátha a bhí le feiceáil. B'fhéidir le Dia nach fada go mbeadh sé féin dá fháil go rialta.

Bhí cosa ag Bridie chomh maith is a bhí ag bean ar bith. B'iontach an *ride* a bhí inti nuair a scaoilfeadh sí léi féin i gceart. Ní bheadh sé i bhfad go mbeidís á dhéanamh arís. 'Le cúnamh Dé,' ar sé leis féin os ard i nGaeilge.

'*What's that, love*?' Bhí seanbhean suite isteach san áit a dfhág an cailín gorm. Dúirt John léi gur ag caint leis féin a bhí sé, 'agus ní fhéadfainn a bheith ag caint le duine níos deise.' Shíl sí go raibh a fhreagra an-bharúil. Thaitin Éireannaigh léi, a dúirt sí. Is minic a thug sí an turas traenach uirthi féin len iad a chloisteáil ag caint. Casadh fear óg as Éirinn uirthi aimsir an chogaidh; chuir John i gcuimhne di é, ar sí. Maraíodh in Dunkirk é. Bhí saorthaisteal aici, agus thógfadh sí traenacha le bheith i gcuideachta na ndaoine, Éireannaigh, go háirithe. Gheobadh sí traein ar ais as Crewe nó áit eicínt.

Choinnigh sí uirthi ag caint, John ag breathnú san éadan uirthi, a chuid smaointe féin ar seachrán cuid den am, ag éisteacht léi uaireanta eile. D'airigh sé í ag rá nár chreid sí gur ainmhithe a bhí sna hÉireannaigh uilig, mar a dúradh i gcuid de na nuachtáin. Ba dhuine lách múinte an tÉireannach a ghráigh sise. Níor leag Bill lámh ariamh uirthi an fhad is a bhíodar ag dul amach in éindí.

Chuir an tseanbhean a mháthair i gcuimhne do John. Cén chaoi a mbeadh sí leis nuair a shroichfeadh sé an baile? An raibh sí 'náirithe os comhair an tsaoil' i gcónaí mar a dúirt sí nuair a thug sí cuairt air sa bpríosún? Níor chuir sí mórán imní air. Ba í do mháthair do mháthair, agus chaithfeadh sí a bheith ag áiteamh agus ag tabhairt amach.

Bhí sé réidh le Sasana. Bhí áit dheas acu sa mbaile. Aige féin a bheadh sé. Ní thiocfadh an dá dhearthair eile ar ais as na Státaí, agus bhí na deirfiúrachaí ar fad pósta timpeall Chonamara. Ní raibh sa mbaile ach a mháthair. Thabharfadh sí suíomh tí dó, bhí sé cinnte, dá gcuirfeadh sé caoi air féin agus ar a phósadh.

D'éirigh an tseanbhean amach ag stáisiún eicínt suas i lár tíre. Dúirt sé léi go raibh sé go deas a bheith ag caint léi, cé go raibh a síorchaint imithe isteach i gcluas amháin agus amach an chluas eile. Dúirt sí gur creidiúint dá thír dhúchais é. 'Merry Christmas.' An dtiocfadh an lá a mbeadh sé chomh huaigneach sin, a d'fhiafraigh sé ina intinn, go mbeadh air dhul ar thraein nó ar bhus le bheith i gcuideachta daoine? 'Meas tú an mbíonn Mamaí mar sin thiar sa mbaile léi féin?' Ach bhí a cuid iníonacha timpeall uirthi. 'Sin buntáiste amháin faoi chomhluadair mhóra Éireannacha,' a cheap sé. Bhí sé thar am aige a bheith ag dul ar ais. 'Ní bhuailfeadh an diabhal an baile.'

Bhí sé i bhfad san oíche nuair a shroich siad Holyhead. Bhí scuaine fhada ansin, lucht custaim ag seiceáil gur as tíortha an Chomhphobail na paisinéirí, bleachtairí ag dul tríd an gcuid is mó de na málaí, agus ag tabhairt daoine isteach i seomra taobh thiar, le ceistniú, de réir cosúlachta. Níor stopadh é, agus cheap John go gcaithfeadh sé nach raibh cuma an scaibhaitéara air, cé nach raibh sé i bhfad tagtha as an bpríosún.

Bhí an bád mór brocach, boladh múisce inti, deacair áit suí a fháil. Bhí líne mhór ag fanacht go foighdeach le tae agus ceapairí a cheannacht. Ní fhaca sé duine ar bith a d'aithin sé. Chuaigh sé isteach sa mbeár ach chuir an áit agus na daoine a bhí istigh ann déistin air. Bhí beoir ar fud an urláir, cúpla duine ina luí ina múisc féin, gan aird ar bith á dtabhairt orthu. Chuimhnigh sé gurb é an lá ab fhearr dá shaol é an lá ar éirigh sé aisti.

Chaith sé tamall ag plé leis na meaisíní cearrbhachais agus bhuaigh sé lán glaice de shóinseáil. Bhí a dhóthain céille aige í a chur ina phócaí, dá throime í Bhí a fhios aige go maith go n-íosfadh na meaisíní arís é. Chuir sé air a chóta agus shiúil sé amach ar an deic. Oíche fhuar thirim gan mórán gaoithe a bhí inti. Ba dheas é a bheith ag breathnú siar ar shoilse Shasana, don uair dheireanach, bhí súil aige. Tháinig líne filíochta óna laethanta scoile trína chloigeann 'Look thy last on all things lovely.' Ní raibh Sasana chomh hálainn is a bhí sí agus tú ag tabhairt droim láimhe léi.

B'fhacthas dó gurb aisteach an rud é oiread daoine a bheith ina thimpeall gan deis cainte aige le duine ar bith acu. Dá labhrófá le cailín, cheapfadh sí go raibh tú ag iarraidh í a phiocadh suas. Bhí an chosúlacht ar na daoine nach raibh siad sásta labhairt ach le daoine a raibh aithne acu orthu cheana. Is beag nach raibh caitheamh i ndiaidh sheanbhean na traenach air. Choinneodh sí sin caint leis an diabhal.

Bhí faoiseamh le fáil ón uaigneas ar bhóithríní na smaointe agus na samhlaíochta. Bhí sé ag múineadh dá mhac, céard sa diabhal ainm é sin a thug sí air ... le peil a imirt. Bhí an leaid beag ag dul ar ruathar aonair i dtreo an chúil, áit ar sháigh sé an liathróid san eangach. Agus chuile dhuine eile ag béiceach agus á mholadh, ghlaoigh John anonn chun an taobhlíne é. Íde béil a thug seisean dó, ar bhealach deas, ar ndóigh. Ar mhaithe leis féin agus lena imirt a rinne sé é. Chuir sé ar a shúile dó go raibh buachaill eile taobh istigh den lánchúl. Dá scaoilfeadh sé an liathróid isteach aige sin, is lú an seans a bheadh ann go sábhálfaí cúl.

'Ach nach bhfuair mé féin cúl, a Dheaidí?'

'Fuair, agus *fair play* dhuit, ach dá ndéanfaí calaois ort ar an mbealach isteach, céard a bheadh agaibh ach cúilín, ar éigean, ón gcic saor? Ní hé an té a fhaigheann an cúl is tábhachtaí ach go bhfaightear é.'

Nach iomaí uair caite sa bpríosún ar an gcaoi sin aige? Le peil agus le mná is fearr a d'oibrigh an tsamhlaíocht. Rinne an scannán sin a chonaic sé i bPicadilly an diabhal uile air, ní raibh le déanamh ach cuimhneamh air. Chaithfeá an lámh a oibriú, *ride* na láimhe clé mar a thugadh na leaids air. Ach ní raibh sé sin chomh maith ná baol air leis an rud féin. Bheadh sé deacair Bridie a shárú sa leaba. 'Táim go mór i ngrá léi i gcónaí,' ar sé ina intinn.

Rinne sé gáire agus é ag breathnú amach ar shoilse loinge a bhí ag dul tharstu, nuair a chuimhnigh sé ar Shasanach óg a bhíodh ag obair in éindí leis. Deireadh seisean go gcuimhníonn fear ar chúrsaí gnéis gach ocht soicind. Bhí cosúlacht ar an mbuachaill céanna gur gach soicind a chuimhnigh sé air, é ag déanamh gaisce go minic faoin *wank* is deireanaí a bhí aige, chomh fada is a d'éirigh leis a phléisiúr a choinneáil roimh a phléasctha. Bhí an diabhal ar na Sasanaigh sna cúrsaí sin, a cheap sé. Ní raibh náire dá laghad orthu.

Tháinig an bád bán isteach go Baile Átha Cliath go moch ar maidin. Shocraigh John ina intinn fanacht le haghaidh an chéad traein eile. Bheadh bricfeasta ceart i dtosach aige agus ghabhfadh sé siar ar a shuaimhneas. Ní bheadh traein lár an lae chomh plódaithe, ní bheadh an dream a bhí díreach tagtha isteach ón mbád uirthi. Bhí ocras an diabhail air mar nár bhac sé le béile a fháil ar an soitheach, faitíos tinneas farraige.

Nach breá é a bheith ar ais in Éirinn, bricfeasta breá, bagún, uibheacha, *sausages* cearta, blasta, amach ar d'aghaidh, Scéala Éireann crochta suas ag an mbuidéal YR, páipéar cheart gan mná ina gcraiceann le hadharc a chur ort, nuacht agus spóirt leagtha amach go deas soiléir. Bheadh a fhios agat go raibh tú sa mbaile.

Chuimhnigh sé gur cheart dó rud eicínt a cheannacht dá mháthair, agus nuair a bhí an bricfeasta ite aige, shiúil sé suas Sráid Uí Chonaill chomh fada le Tigh Chleary. Cheannaigh sé geansaí di. 'Nach é an trua nár chuimhnigh mé ar seo thall, bheadh sé agam ar leathphraghas.' Ach ní fhéadfá a bheith gortach faoi Nollaig, le do mháthair go háirithe. Ó tharla ann é, cheannaigh sé geansaí eile do Bhridie.

Nach aoibhinn a bheith beo i do thír féin, ag breathnú suas ar dhealbh Uí Chonaill. Bhí meas aige air sin ó bhí sé ag foghlaim na staire ag an scoil. Togha fir, do na Caitlicigh go háirid. Bhreathnaigh sé ar dhealbh níos faide uaidh, fear agus dhá lámh sínte san aer. Chuaigh sé chomh fada leis, James Larkin. Ní raibh cuimhneamh ar bith aige air sin a bheith in aon leabhar staire. Mhínigh fear tacsaí, a bhí díomhaoin ag deireadh na scuaine cérbh é féin, á mholadh go hard na spéire. 'Is dóigh gur mar gur cineál *communist* é nár insíodh tada dúinn faoi,' arsa John. Chuaigh sé isteach ag breathnú ar dhealbh Chúchulainn sa GPO chun an t-am a chaitheamh sular thug sé aghaidh ar an stáisiún traenach.

'Tá mé foicín réidh anois ar aon chaoi,' an smaoineamh a bhuail é nuair a shuigh beirt bhan rialta isteach sa suíochán trasna an bhoird uaidh sa traein. Ach bhíodar óg aerach, dathúil. Chaith siad díobh na rudaí a bhí ar a gcloigne acu agus tharraing siad amach paca cártaí. D'fhiafraigh duine acu de an raibh sé in ann cúig fichead a imirt. Nárbh é an trua é nach raibh a leithéid de chomhluadar aige ar an mbád nó ar thraein na hoíche roimhe sin, a cheap sé. Bhí an-chraic iontu agus ní raibh siad aineolach ar an ngáirsiúlacht ach an oiread. Bheadh náire air theacht amach leis an gcaint a bhí ar siúl acu ar amanna, iad ag breathnú ar na fir mar a dhéanfadh bean ar bith, agus ag tabhairt a mbarúil orthu. Bhíodar ar nós searraigh óga a scaoilfí amach as an stábla don chéad uair ariamh, iad fiáin ceart.

116

Ghiorraigh siad an bóthar iarainn dó chomh fada siar le Béal Átha an Rí, bhíodar ag dul ar ais chuig an gclochar ansin tar éis dóibh trí mhí a chaitheamh i gColáiste Phádraig i Maigh Nuad.

'Nach áit sagart atá ansin?' a d'fhiafraigh sé, 'agus an bhfuil mná rialta ag dul sna sagairt anois?' D'fhéadfadh rud ar bith a bheith tarlaithe i ngan fhios dó agus é ar an taobh istigh.

'Faraor nach bhfuil,' arsa duine acu, 'ach téann chuile chineál dhuine go Maigh Nuad, ag staidéar ar chúrsaí creidimh go mórmhór. Ní théann an ceathrú cuid acu sna sagairt.'

'Bheinn féin ann,' a dúirt sé, ag magadh, 'dá mbeadh a fhios agam go raibh bhur leithéidí ann.' Chuir siad chuile chineál ceiste air, an raibh cailín aige? An raibh sí go deas? An raibh siad ag dul ag pósadh? Agus araile. Ní raibh aon chall dó an fhírinne iomlán a inseacht dóibh, ar ndóigh, ach chuaigh sé gar go maith dó. Dúirt sé go raibh sé i ngrá le cailín, agus go raibh súil aige an chuid eile dhá shaol a chaitheamh léi. Níor dhúirt sé tada faoin bpáiste, b'fhéidir nach mbeadh aon tuiscint cheart acu ar na rudaí sin. Bhreathnaigh siad neamhurchóideach in ainneoin a mbéal brocach. 'Ní bheidh deireadh le creideamh,' ar sé leo, 'an fhad is atá an eaglais in ann leithéide sibhse a mhealladh isteach sna mná rialta.'

Sheas sé ag an bhfuinneog as sin go Gaillimh, ag breathnú amach ar na páirceanna breátha. Nach iomaí duine óna thaobh tíre féin agus níos faide siar a tháinig aniar ina spailpíní ann, láí ar a ngualainn acu, na Connies ina gcónaí amuigh sa gcró nó thuas ar áiléir bhrocacha, sclábhaithe ar

117

nós bhleaiceanna Mheiriceá. Bhí an lá tagtha go
raibh siad chomh maith as le dream ar bith.
B'fhearr na tithe thiar ná áit ar bith in Éirinn.
'Nach aisteach an mac é an saol,' Bhí na
seanráitis ag teacht ar ais de réir mar a bhí sé ag
giorrú an bhóthair siar. Is gearr go mbeadh sé sa
mbaile dáiríre.

Nach aoibhinn don taistealaí ag seasamh
amach ar ardán traenach na Gaillimhe tar éis
ceithre huaire fichead beagnach a chaitheamh ag
taisteal. Bhí boladh na Gaillimhe agus boladh na
Nollag in éindí le tabhairt faoi deara ar an áit.
Shiúil sé timpeall na Faiche Móire ag sú
atmaisféar na Gaillimhe isteach trí phóireanna a
chraicinn. B'aoibhinn a bheith beo in Éirinn.

Chuir a mháthair fáilte mhór roimhe nuair a
shroich an tacsaí an teach. Ní raibh sé chomh
maith le theacht abhaile sa Mercedes, ach cén
dochar? Bhí tae álainn réitithe aici dó. Níor
chaintigh sí a bheag nó a mhór ar an bpríosún,
shílfeá nach raibh sé istigh ariamh. Tháinig beirt
de na deirfiúracha ar cuairt níos deireanaí, ach
níor fhan siad i bhfad. Bhí a fhios acu go mbeadh
sé tuirseach, an t-aistear céanna déanta go minic
acu féin san aimsir a caitheadh. Thabharfaidís na
gasúir ar cuairt an chéad lá eile.

Thairg a mháthair deoch fuisce dó nuair a bhí
sé ag dul a chodladh, ach níor thóg sé é. Bhí
bliain agus naoi mí déanta tirim aige, a dúirt sé,
agus bhí sé ar intinn fanacht glan air ní ba mhó.
Chonaic sé an ríméad ag lonrú ina súile.

'B'fhéidir go bhfanfaidh tú sa mbaile ar fad an
uair seo.'

'Sin é atá ar intinn agam, a mham.'

'Táimse ag éirí róshean le bheith ag dul i ndiaidh beithíoch.'

'Ní fear mór talmhaíochta a bhí ariamh ionamsa,' ar sé, 'ach, ar ndóigh, d'fhéadfainn a bheith ag obair sa mbaile mór nó áit eicínt, agus cúpla beithíoch ar an talamh agam.'

'Tá praghas maith ar na beithígh faoi láthair. Tá an-éileamh ar fheoil na tíre seo ó bhris an galar crúb agus béil sin amach sa nGearmáin.'

'Bhfuil an obair fairsing?' a d'fhiafraigh John.

'Tá togha mná i bhfeighil an Údaráis anois, rudaí feabhsaithe go mór ó tháinig sí ann. Is aici atá Bridie ag obair.'

'Ag obair san Údarás?'

'Ní hea, ach ag tabhairt aire dá teach.'

'Caithfidh sé go bhfuil teach mór aici.'

'Oibríonn sí crua. Luíonn sé le réasún go mbeadh sí ag iarraidh a béile a bheith réitithe di tráthnóna tar éis na hoibre, cé go mbíonn sí sa teach ósta go dtí *all hours*.'

'Bridie?'

'Ní hí, ach an bhean eile. Cén chaoi a mbeadh Bridie agus í ag tabhairt aire don pháiste léi féin?'

'Caithfidh mé an leaidín beag a fheiceáil.'

'Nach tú a bhí díchéillí.'

'Uisce faoin droichead atá sa rud sin ar fad anois. Tá an t-ól tugtha suas agam agus táim sásta lá maith oibre a chur isteach. Tá mo cheacht foghlamta agam.'

'Tá súil le Dia agam go bhfuil, ach ní bheadh a fhios agat céard a dhéanfadh sí sin.'

'Is cuma liomsa má tá sí ag iarraidh fanacht ag

obair do bhean an Údaráis. Má táimid le teach a thógáil, theastódh an dá thuarastal a bheith ag teacht isteach.'

'Ní hin é atá mé ag rá. B'fhéidir nach mbeidh tú uaithi.'

'Tiocfaidh mé timpeall uirthi ar bhealach amháin nó ar bhealach eile. Chuir mé cúig chéad punt chuici an lá cheana.'

'Cá bhfuair tusa cúig chéad punt? Tá súil agam nár thit tú isteach le drochdhream san áit úd thall.'

'Díoladh mo charr dom nuair a bhí an trioblóid agam, agus cuireadh an t-airgead sa mbanc.'

'Chonaic mé sa séipéal é lá amháin, an ceannín óg. Tá sé go hálainn, do shamhailse nuair a bhí tú an aois sin. Agus chomh dána céanna. Bhí olc ar an sagart. Tá an ghráin aige ar ghasúir a bheith ag béiceach.'

'B'fhéidir go bhfuil sé millte aici.'

'Bíonn siad ar fad mar a chéile ag an aois sin. Ba mheasa tú féin ná é, ach go raibh sagart lách ann ag an am. Is minic a deireadh an fear céanna gur fearr le Dia caoineadh an pháiste a chloisteáil, ná a bhfuil de phaidreaha sa séipéal.'

'Meas tú cén t-am is fearr dom dul ar cuairt acu?'

'Ní bheadh a fhios agat. Shílfeá nach bhféadfadh sí tú a chur ó dhoras aimsir na Nollag.

'Is é mo mhac é. Nach bhfuil cearta agam?'

'Ní bheadh a fhios agat cén chaoi a mbeadh sí. Tá mná ag eirí dána sa lá atá inniu ann.'

'Tá mo chuid fiacha íoctha. Caithfidh sí dearmad a dhéanamh ar an saol atá caite.'

'D'fhéadfadh an ceann eile í a shaighdeadh. Deir siad gur *libber* amach is amach í sin, duine acu sin nach mbíonn ag caint ach ar chearta na mban. Tá a fhios agat féin an cineál. Ach beimid ag caint faoi seo arís. Tá do shúile ag dúnadh. Téirigh siar a chodladh, maith an fear. An tseanleaba chéanna i gcónaí.'

Thóg sé i bhfad ar John titim ina chodladh tar éis chomh tuirseach is a bhí sé. Bhí torann na traenach ina chluasa i gcónaí, na daoine, na soilse, na sráideanna, agus ina dhiaidh sin is uile d'fhéadfadh Bridie droim láimhe a thabhairt dó. An raibh leide eicínt faighte ag a mháthair? Níor thit a chodladh air go dtí gur chuimhnigh sé ar scannán Phicadilly, agus gur shásaigh sé é féin lena lámh isteach i mála beag plaisteach.

Bhí oíche Nollag fuar garbh. Chaith Therese maidin an lae sin ina leaba, Caomhán ag spraoi léi, Bridie ag gabháil fhoinn sa gcistineach agus í ag réiteach fataí agus glasraí la haghaidh an lá mór, ionas nach mbeadh sí ró-chruógach lá arna mhárach. Ní bheadh le déanamh aici an lá ina dhiaidh ach an lacha a chur san oigheann ar feadh cúpla uair a chloig, agus súil a choinneáil ar na fataí agus glasraí sa gceathrú uair dheireanach roimh am dinnéir. Nuair bhí na muiríní glanta aici, chuir sí ar ais sna sliogáin iad le bagún rósta, oinniúin agus fataí bruite os a gcionn. Bheadh leathdhosaen acu inniu, a smaoinigh sí, na cinn eile le tús a chur le dinnéar na Nollag. Bhain sí taitneamh as an obair sin. Ba í an chéad Nollaig aici i mbun tí i gceart.

Thug sí tae agus ceapairí isteach chuig an

mbeirt eile sa leaba. Bhí a fhios aici go gcuirfeadh Caomhán screamhóga aráin ar fud na leapan, ach ba chuma le Therese faoi rudaí mar sin. 'Lig leis,' a dúirt sí, 'mise a bheas i mo chodladh inti.'

Ghlaoigh an teileafóin le taobh na leapa agus shín Therese chuig Bridie é. John a bhí ann. 'Ní féidir liom labhairt leat anois,' a dúirt sí, í ar crith, gan a fhios aici céard ba cheart di a rá. Ansin go tobann chuimhnigh sí: 'Tá cruinniú ar siúl ag bean an tí seo, príomhfheidhmeannach an Údaráis. Tá an áit lán le daoine faoi láthair.'

'Ní bheidh mé ach nóiméad,' a dúirt sé. 'Ba mhaith liom tú féin agus an leaid beag a fheiceáil.'

'Fan go mbeidh an Nollaig thart.' Leag sí síos an fón. Bhí sí ag cur allais.

'Céard é sin a dúirt tú faoi chruinniú?' Bhí meangadh gáire ar Therese.

'Bhí orm rud eicínt a rá. Nílim ag iarraidh go millfeadh sé sin an Nollaig orainn. Sách luath a fheicimid é.' Rinne sí gáire neirbhíseach. 'Féadfaidh sé theacht thart leis an dreoilín Lá Fhéile Stiofán.'

'Caithfidh tú aghaidh a thabhairt air am eicínt,' a dúirt Therese.

'Nílim ag iarraidh cuimhneamh air fiú go dtí go mbeidh an Nollaig caite. Nollaig shona atá chuile dhuine ag rá, agus cinnteoidh mise go mbeidh sí sona. Tá an cinneadh sin déanta agam,' ar sí go haerach. Beidh mé sona agus beidh mé sásta agus b'fhéidir go mbeidh mé súgach chomh maith.'

'Tá an ceart agat. Tá go leor sa dearcadh a bhíonn ag duine.'

'Mam-aí, Mam-aí.' D'ardaigh Caomhán éadaí na leapa le go dtiocfadh a mháthair isteach in aice leis. Chaith an triúr acu leathuair an chloig ina luí le taobh a chéile sa leaba. Shocraigh Caomhán síos agus ordóg ina bhéal aige agus thit sé ina chodladh ar ball, an bheirt eile fós ag cur is ag cúiteamh.

Chaith siad cúpla uair an chloig sa teach ósta tráthnóna. D'fhág siad nuair a d'éirigh Caomhán róghlórach agus ródhána. Tar éis d'fhear amháin punt a thabhairt dó, thosaigh sé ag dul thart ó dhuine go duine agus tháinig sé ar ais chuig Bridie le sé phunt ina ghlac. Bhí náire uirthi, agus gháir na fir nuair a thairg sí an t-airgead ar ais dóibh. 'Nach í an Nollaig í' ar bhéal chuile dhuine.

Thug Therese aire do Chaomhán nuair a bhí Bridie ag Aifreann meán oíche. D'airigh sise go raibh an ceol agus atmaisféar na Nollag go hiontach ar fad. Nuair a bhí an tAifreann thart chuaigh sí ar a dhá glúin ag an mainséar, ag glacadh buíochais le Dia gur oibrigh rudaí amach chomh maith sin di féin agus do Chaomhán, í ag súil le Dia nach dochar a dhéanfadh filleadh John dá saol.

Chuadar a chodladh réasúnta luath, fios acu go mbeadh Caomhán ina shuí le héirí gréine, bhí oiread cainte cloiste aige faoi Dheaidí na Nollag. Roimh dhul a codladh di dúirt Therese le Bridie í a dhúiseacht le dul chuig Aifreann na maidine, muna mbeadh sí dúisithe cheana ag Caomhán, ar ndóigh. Ní raibh a fhios aici faoi chreideamh, a dúirt sí, ach thaitin an Nollaig léi. Ní bhainfeadh

sí sásamh ar bith aisti, a dúirt sí, gan a bheith i
láthair ag searmanas eaglasta eicínt. Nuair a bhí
sí i Londain ghabhfadh sí ó shéipéal go séipéal,
idir Chaitliceach agus Protastúnach. Thaitníodh
an ceol agus na hiomainn léi nuair a bhíodh sí
aonaránach, uaigneach i bhfad ó bhaile.

Mar a shíleadar bhí Caomhán ina shuí ag a
seacht a chlog ar maidin, páipéirí daite á
stróiceadh aige de na boscaí agus á gcaitheamh
chuile áit. Thaispeáin Bridie dó cén chaoi an clog
a chur ag ceol. Ní raibh aon mhaith di bheith ag
rá leis gan Therese a dhúiseacht. Níorbh fhéidir é
a stopadh. Chaith an triúr acu tamall fada in aon
leaba amháin go dtí gur éirigh Therese le dul chuig
an Aifreann. Ní ligfeadh sí do Bhridie éirí,
chaithfeadh sí bricfeasta a bheith aici an lá sin sa
leaba.

'Is gearr,' arsa Bridie, 'nach dteastóidh uainn
ach an t-aon leaba amháin, bíonn muid istigh in
éineacht chomh minic na laethanta seo.'

'Am ar bith is maith leat. Sábhálfaidh sé
bráillíní a níochán.' Ní raibh sé soiléir do Bhridie
an ag magadh nó dáiríre a bhí a cara. D'airigh sí
go raibh sí féin ar nós na banríona, luite siar ar na
pilliúir, gloine bhranda tugtha isteach ag Therese
chuici an fhad is a bhí sí ag fanacht lena
bricfeasta. An faitíos is mó a bhí ar Bhridie ná go
mbeadh an tóin dóite as an sáspan aici, cheal
cleachtadh ar an gcócaireacht. 'Nach cuma,' a
smaoinigh sí, 'nach léi féin iad.'

Bhí Therese ag an Aifreann nuair a dhúisigh
caoineadh Chaomháin Bridie, áit ar thit sí ina
codladh i ndiaidh an bhranda agus an bhricfeasta

124

mhóir. Rith sí isteach sa seomra suite, a croí ina
béal aici. Scanraigh sí nuair a chonaic sí é, fuil ag
rith anuas a bhaithis agus isteach ina shúil. Bhí
sé tar éis a chloigeann a bhualadh faoin mbord
caife nuair a chrom sé síos le ceann dá chuid
bréagán nua a thógáil den urlár. Bhí an
bhéiceach níos measa ná an gearradh, ní raibh
briste ach an craiceann san áit ar thosaigh a
ghruaig. 'Beidh tú níos fearr a ghrá sula
bpósfaidh tú,' ar sí leis nuair a bhí sé nite sa
seomra folchta, agus bindealán curtha timpeall a
chloiginn. Níor theastaigh sé chomh mór sin, ach
choinneodh sé é óna bhualadh arís.

'Cén chaoi a nglanfaidh mé an cairpéad?' a
d'fhiafraigh sí di féin. Ach ba é an príomhrud é
Caomhán a bheith ceart. Cheannódh sí cairpéad
nua as an míle punt a bhí aige dá dteastódh sé.
'Tá sé níos saibhre ná mé fein,' a cheap sí, agus an
fhuil á glanadh aici. Níor fágadh rian ar bith ar an
urlár mar go raibh an dóirteadh fola chomh húr.
Thóg sí Caomhán ina baclainn nuair a bhí an áit
glanta, agus thit sé ina chodladh tar éis tamall ag
diúl ar a ordóg. 'Sin é an branda agat,' a
smaoinigh sí. 'Ní féidir gasúr a ligean amach as
t'amharc am ar bith.'

Bhí Lá Nollag deas acu, cúpla uair an chloig i
lár an lae thiar tigh Bhridie, Caomhán bródúil
faoin am seo as an gceirt a bhí casta timpeall a
chloiginn. D'áitigh Bridie ar Susan agus Johnny a
bheith fíorchúramach leis nuair a thug siad
amach é le cuairt a thabhairt ar thithe na
gcomharsan. Bhain athair Bhridie agus Therese
ceart as a chéile le cainteanna tráthúla, duine acu

chomh maith ag an magadh leis an duine eile. B'éigean dóibh cuid den turcaí a ithe cé go raibh siad ag rá nach mbeidís in ann don dinnéar acu féin tráthnóna.

Chaith siad tamall ag siúl ar an trá ar an mbealach aniar dóibh, ag ligean don aer úr neadracha na ndamhán alla a bhí déanta ag an ól ina gcloigne a ghlanadh. Thosaigh siad ar an dinnéar thart ar a sé, coinnle lasta ar an mbord sa seomra suí, ceol clasaiceach ó na ceirníní. Chaith siad an chuid eile den tráthnóna ag spraoi le Caomhán, ag ól gach sórt meascán, fíon bán is dearg, Tia Maria, Pernod, agus caife Gaelach déanta as poitín.

Chaith siad tamaillín ag breathnú ar an teilifís, go dtí go raibh sé in am Caomhán a chur a chodladh. Ní raibh a fhios acu céard a dhéanfaidís leo féin ansin. 'Cinnte, is le haghaidh gasúr atá an Nollaig ann,' arsa Bridie. 'Níl caitheamh aimsire ar bith ceart ag daoine fásta. Tar éis tamaill smaoinigh Therese ar phlean eile. Chuir sí suas ceirníní nua-aimseartha agus thosaigh siad ag damhsa. Bhí an t-ól ag éirí ina gcloigne nuair a chuir Therese amhrán de chuid Perry Como ar siúl agus dhamhsaigh siad váls ar an sean-nós go han-mhall, iad ag corraí ar éigean as an áit ina raibh siad. Bhíodar ag coinneáil a chéile suas, ag gáire, agus ag casadh an amhráin in éindí le Como.

Nuair a phóg Therese Bridie ar an mbéal bhí sí ag súil le leidhce san éadan. Fuair sí póg ar ais. Sheas siad ansin, leiceann le leiceann, a lámha timpeall ar a chéile, gan rud ar bith á rá ag

126

ceachtar acu. Ar deireadh d'éalaigh Therese ón mbarróg, chuir sí an scáthlán ar aghaidh na tine, mhúch sí na soilse a bhí lasta timpeall an tí. Lean sí Bridie isteach chuig a leaba.

Bhí áthas ar Chaomhán ar maidin iad a fháil sa leaba chéanna, agus níor thóg sé i bhfad air dul isteach idir an bheirt acu. Lig Bridie scréach nuair a chuir sé lámh fhuar ar a brollach, rud a chuir i gcuimhne di nach raibh aon éadach oíche uirthi. Bhí spraoi, cigilt, gáire le Caomhán ar feadh tamaill.

'Níorbh é do chéad uair é,' a dúirt Bridie le Therese, nuair a chiúnaigh an páiste agus thosaigh sé ag diúl ar a ordóg.

'An bhfuil tú oibrithe liom?'

'Tá a fhios agam cen chaoi 'stop' a rá, agus níor dhúirt.'

'Sin é an t-aon chaoi a bhfuil mise in ann mo ghrá a thaispeáint.'

'Ná bí ag rá rudaí mar sin.'

'Tuige? Is fíor dom é.'

'Níl mé ag iarraidh é a chloisteáil.'

'Cén mhaith dúinn é a cheilt?'

Bhí éadan Bhridie ag deargú. 'Breathnaigh,' a dúirt sí. 'Feileann an saol seo do ch'aon duine againn. Tá mise in ann Caomhán a thógáil in áit atá compóirteach. Tá tusa mar chineál máthar aige chomh maith. Bhí trioblóidí againn araon le fir. Ach ní hin le rá gur leispiach mise.'

'Níl aon ghá le post mortem,' a dúirt Therese go ciúin. 'Is rud é a tharla.'

Ach bhí Bridie ag iarraidh labhairt anois air. 'Níor chuir mise in aghaidh an rud a tharla aréir.

Oíche í a mbíonn daoine, níl a fhios agam cén focal atá air, ag iarraidh a bheith mór lena chéile. Téann rudaí ró-fhada ... Ach grá, sin scéal eile. Is maith liom thú. Tá tú go maith dom, do Chaomhán. Ach ní leispiach mise. Níl aon chlaonadh mar sin ionam. Is maith liom fir, cé go mbíonn an ghráin agam orthu mar gheall ar rudaí a tharla, má thuigeann tú mé.'

'Is maith liomsa fir freisin. Níl a fhios agam céard is leispiach ann. Tá a fhios agam céard a chiallaíonn sé, ar ndóigh. Ach ní airím aon chlaonadh faoi leith i dtreo na mban seachas na fir. Ach is fearr liom thusa ná duine ar bith ar an saol.'

'Níl sé ceart,' arsa Brídie. 'Níl mé ag rá nach bhféadfadh sé tarlú arís, ach tá a fhios agat féin nach bhfuil sé ceart.'

'Ní fheicim tada mícheart leis. An é go n-airíonn tú brocach ina dhiaidh?'

'Ní airím. Ní airím go bhfuil sé ceart. Sin an méid.'

'Mar gheall ar do chreideamh?'

'B'fhéidir é, ach ní dóigh liom é. Ní cheapaim go gcuirfeadh Dia in aghaidh beagáinín sásaimh a bheith ag daoine, cibé céard a déarfas an eaglais. Ach ní hin é. Is rud é atá níos doimhne ná sin. Is rud é a airím i mo chroí agus i m'anam. Níl sé nádúrtha domsa, ach thuigfinn go mbeadh sé nádúrtha do dhaoine eile.' A mhalairt de dhearcadh a bhí ag Therese:

'Ní hin é an chaoi a bhreathnaím air, gur ag sásamh mianta nádúrtha colainne a bhíomar. Níl mé ag rá nach raibh sé sin ann, ach i mo chroí istigh tá a fhios agam gur ag iarraidh mo ghrá duit a chur in iúl a bhí mé.'

'Níl a fhios agamsa céard is grá ann.'

'Tá a fhios agat, agus níos fearr ná mise. Tá a fhios agat an grá atá agat do Chaomhán.'

'Más mar sin é, is cinnte nach é seo an rud céanna.' Lean Bridie uirthi 'Ach ní fhéadfadh an grá atá agat do pháiste a bheith mar a chéile leis an ngrá atá agat do dhuine fásta, do d'fhear céile, fiú amháin dá mba rud é go raibh duine i ngrá leis i gcónaí. Níl a fhios agam.'

Is beag nár éirigh sí amach as an leaba 'Sin é clog an dorais.'

'Éist leis,' a dúirt Therese. 'Níl ann, táim cinnte, ach lucht an dreoilín. Tagaidís ar ais ar ball. Shílfeá nach ligfeadh a dtuismitheoirí amach chomh luath seo iad. Muna mbeadh cead codlata ag daoine ar na laethanta saoire.'

'Seans go bhfuil na hathaireacha agus máthaireacha ina gcodladh fós, ach go bhfuil díocas airgid ar an dream beag.' Dúirt Bridie le Caomhán 'Is gearr go mbeidh tusa in ann a dhul amach ag bailiú airgid do do mhamaí.' Ní raibh a fhios aige, ar ndóigh, céard a bhí á rá aici. Chuir sí ceist ar Therese:

'An mbeadh tusa sásta an doras a fhreagairt as seo go ceann cúpla lá, ar fhaitíos go dtiocfadh sé sin thart?'

'John? Is cuma liom, ach caithfidh tú Caomhán a chur in aithne dó am eicínt.'

'Níl mé réidh leis sin a dhéanamh fós, ach sula ngabhfaidh sé ar ais.'

'An bhfuil sé ag dul ar ais?'

'Jesus! B'fhéidir nach bhfuil. Níor chuimhnigh mé ar sin ar chor ar bith.' Bhuail scanradh Bridie. 'Cén chaoi a gcoinneoidh mé uaim é?'

'Fáigh ordú cúirte má theagmhaíonn sé leat.'

'Maróidh mé é má leagann sé lámh ar Chaomhán. Céard a dhéanfas mé má thugann sé leis é? Nach minic a sciobann fear gasúr?'

'Ag cuimhneamh ar na rudaí is measa a d'fhéadfadh tarlú atá tú. Beidh a fhios aige má sciobann sé é nach mbeidh cead aige é a fheiceáil arís, tar éis do na gardaí a theacht suas leis. Ach cá bhfios nach bhfuil sé athraithe? Tagann ciall le haois, agus le príosún, tá súil agam.'

'Tá a fhios agamsa John.'

'Pingin ar bith atá ag teastáil le haghaidh aturnae nó lucht dlí, cuirfidh mise ar fáil é.'

'A, tá tú go maith.' Shín Bridie í féin trasna ar Chaomhán agus phóg sí Therese ar an mbéal. D'airigh sí níos fearr, agus d'fhiafraigh sí de Chaomhán: 'Ar mhaith leat castáil le do dheaide?'

'Daideo,' arsa Caomhán, ag cuimhneamh ar a sheanathair.

'Níl tuiscint ar bith aige ar 'deaide,' arsa Therese.

'An chaoi a bhfuil rudaí sa leaba seo inniu, is dóigh go gceapann sé gur tusa a dheaidí.'

'Níl d'acmhainn grinn caillte agat ar aon chaoi.'

'Muna mbeadh gáire againn cén mhaith dúinn a bheith beo?' Rinne Bridie í féin compoirdeach sa leaba. Ach d'éirigh Therese ina suí:

'Gabh i leith uait amach as seo. Gabhfaimid amach le haghaidh deoch ar ball.'

'Nár ól muid ár ndóthain aréir, agus níos mó

130

ná ár ndóthain?'

'Táimse ag dul amach ar chaoi ar bith. Is lá maith sna pubanna é Lá Fhéile Stiofán, lucht an dreoilín ag dul ó phub go pub ag casadh ceoil agus ag damhsa.'

'Beidh Caomhán é féin ag bailiú airgid ón seandream. Bhí mé náirithe aige an lá cheana.'

'Ceird mhaith aige. Beidh sé ceart go leor go ceann píosa. Nuair a thagann tuirse air, tabharfaimid abhaile é.'

'Má fhágann tú Caomhán agus mé féin sa mbaile ar ball, beidh tú féin in ann dhul amach arís,' a dúirt Bridie.

'Táimse ag iarraidh a bheith san áit ina bhfuil tusa.'

'Éirigh as an ealaín sin, nó cuirfidh tú soir mé.'

'Gabh i leith isteach sa gcithfholcadh. Nífimid in éindí, agus beimid réidh níos túisce.'

'Cithfholcadh!' arsa Bridie. '*Shower* a thugann muid ar sin sa mbaile. Lean ort. Gabhfaidh mise agus Caomhán isteach i do dhiaidh.'

'Nach tú an tseanchailleach. Gabhfaidh an triúr againn in éindí mar sin.' Chuaigh, agus is ag Caomhán a bhí an spraoi. 'Ní raibh sé sin ródhona.' Chas Therese tuáille timpeall uirthi féin. 'Nádúr an tsaoil, cén fáth an gcuireann sé náire orainn?'

'Tú féin agus do nádúr.' Chaith Bridie uisce léi. Ní fada go raibh Caomhán ag cur uisce ar fud an tseomra folctha.

'Stop, stop, stop,' arsa a mháthair. 'Mé féin is ciontach, céard is féidir liom a rá?'

Nuair a bhíodar réitithe agus an bricfeasta ite

acu chuadar siar chuig an teach ósta, a bhí lán go doras ag meán lae. 'Tá sé chomh maith dom a rá go mbeidh na deochanna saor in aisce againn,' arsa Therese, 'leis an méid atá sábháilte againn ar an dreoilín. Bhí leaids beaga chuile áit a bhreathnaigh mé ar an mbealach anoir.'

'Ní éalóimid uathu. Nach mbeidh siad anseo chomh maith le gach áit eile?' Bhí an ceart ag Bridie. Bhí ceoltóirí ag taisteal thart i ngrúpaí, mascanna orthu, ag dul ó phub go pub, togha an cheoil acu. Scanraigh na haghaidheanna aisteacha agus na seanghiobail a bhí ar lucht an dreoilín Caomhán i dtosach. Bhí sé ceart go leor nuair a bhain fear a mhasc de, agus thug cead dó é a chur air féin. Thug sé faoi deara freisin a mháthair agus Therese ag baint taitnimh as, agus thosaigh sé féin ag bualadh bosa agus ag léimt suas agus anuas, ag iarraidh a bheith ag damhsa.

Tháinig duine acu sin a bhí gléasta suas ag iarraidh Bridie amach i seit in éindí leis. Bhí a fhios aici gur cheart di é a aithint, in ainneoin an chaoi a raibh sé gléasta. Bhí rud eicínt ag baint leis ... Peadar Ó hAllúráin, a smaoinigh sí. Ach ní raibh Peadar chomh hard.

'Níor chaill tú ariamh é,' ar sé, 'an damhsa.' D'aithin sí ar an bpointe é:

'John!'

'Nach é atá go hálainn.' Bhí sé ag breathnú anonn ar Chaomhán. 'Samhail dheaide. Cá'id go mbeidh mé in ann é a fheiceáil ceart?' Stop Bridie ag damhsa, agus sheasadar beirt amach as an seit.

'Má thagann tú ag an teach amárach idir a trí

agus a cúig.' Shíl Bridie gurb é teach Therese an áit ba shábháilte. Ní bheadh a cara i bhfad uaithi.

'Is beag a cheap mé go gcaithfinn coinne a dhéanamh le mo bhean féin.'

'Ná dearmad gur beag nár mharaigh tú do bhean.' Níor chuir Bridie fiacail ann. 'Bain díot an rud sin,' ar sí faoin masc. 'Is cosúil é le bheith ag caint le dealbh.' Rinne sé amhlaidh. Leag Bridie síos na rialacha. 'Má tá tú ag iarraidh do mhac a fheiceáil agus aithne a chur air, is ar mo chuid coinníollacha a dhéanfas tú é. Leis an bhfírinne a inseacht, b'fhearr liom gan tú a fheiceáil ar chor ar bith. Ach nuair atá athair aige ...'

'Ná bí dian orm, a Bhridie. Tá mé athraithe uilig.'

'Nach minic cheana a bhí tú athraithe uilig.'

'Níor ól mé deoir le dhá bhliain.'

'Níor cheap mé go mbeadh beár sa bpríosún.'

'Tá mé amuigh as an áit sin le deich seachtainí. Bhí neart deiseanna agam dul ar an ól, ach níor ghéill mé. Ní ólfaidh mé deoir arís go deo.'

'Creidfidh mé sin nuair a fheicfeas mé é.'

'Inniu féin, fiú amháin, is mé atá ag tíomáint na leaids thart ó phub go pub. Is mé an t-aon duine acu nach bhfuil ar an ól.' Ní raibh Bridie ag iarraidh go mbreathnódh sí róchairdiúil leis. 'Beidh cead agat Caomhán a fheiceáil óna trí go dtí a cúig amárach.' D'imigh sí uaidh agus shuigh sí síos.

Ní raibh sásamh ar bith ag Bridie ina deoch ná sa gcomhluadar ina dhiaidh sin, agus chuadar abhaile nuair a chríochnaigh siad na deochanna a

133

bhí acu. Rinneadar siúlóid fhada tráthnóna, Caomhán á bhrú rompú ina chathaoir bheag rothaí, a raibh sé beagnach rómhór dó. Ach d'éireódh sé tuirseach nuair a bheadh píosa beag siúlta aige. Ní raibh mórán le rá ag ceachtar acu, iad báite ina smaointe féin. Las siad an tine go luath agus chaith siad an oíche ag breathnú ar an teilifís.

Bhí Bridie ar bís le néarógaí lá arna mhárach. D'iarr sí ar Therese fanacht thart, nó ar a laghad a carr a bheith le feiceáil nuair a bheadh John ann. Bhí faitíos uirthi roimhe i gcónaí. Ní raibh Therese ag iarraidh a bheith timpeall nuair a thiocfadh sé, ghabfadh sí amach ag siúl, a dúirt sí, ach d'fhágfadh sí an carr ag an doras tosaigh. Ní bheadh a fhios aige an raibh sí ann nó as. Thiocfadh sí ar ais thart ar a cúig ar fhaitíos go mbeadh gá é a dhíbirt.

'Muna mbeidh mé maraithe faoin am sin aige.'

'Aingeal a bheas ann, táim cinnte, agus é ag iarraidh tú a mhealladh ar ais.'

Scaoileadh amach as carr é taobh amuigh den gheata ag a trí a chlog go díreach. Rith sé suas na céimeanna tosaigh, bláthanna ina ghlac aige. Bhí sé chomh haclaí is a bhí sé ariamh, a cheap Bridie, ag breathnú amach trí na cuirtíní lása. Níos aclaí ag breathnú, dá mb'fhéidir é, roinnt meáchain caillte aige ó bhíodar i Londain le chéile.

Rinne sé iarracht póg a thabhairt di nuair a d'oscail sí an doras, ach d'iompaigh sí uaidh. Thug sí na bláthanna do Chaomhán, agus nuair a scaip seisean sa halla iad, d'fhág sí scaipthe iad. Dúirt sí go bhfágfadh sí Caomhán sa seomra suí in éindí leis le go bhféadfaidís aithne a chur ar a chéile, ach ní raibh baol ar bith go bhfanfadh sé sa seomra in éineacht le strainséar.

'Seo é do dheaidí,' arsa Bridie leis.

'Deaidí na Nollag,' a dúirt Caomhán.

'Taispeáin na rudaí a thug Deaidí na Nollag duit do John.' Bhí a fhios aici nach raibh aon mhaith a bheith ag iarraidh 'athair' a mhíniú dó. Bhí John go maith leis agus níorbh fhada go raibh Caomhán ar a shuaimhneas ina chuideachta. D'fhan sé leis fad is a bhí Bridie ag réiteach tae. Nuair a thug sí an tae isteach bhí Caomhán suite ar ghlúin a athar, ag taispeáint an clog a thug Santa dó, ag baint ceoil as, ag gáire agus ag bualadh bos. B'é samhail a athar é i ndáiríre, rud a chuir tocht i scornach Bhridie.

Bhí an ceart ag Therese. Bhí John ar nós na n-aingeal. Níor chuir sé brú ar bith uirthi. Níor chaintigh sé ar rudaí pearsanta, ná faoi rud ar bith, ach Caomhán. Dúirt sé go raibh sé ag brath ar fanacht sa mbaile ar fad agus go raibh súil aige go bhfeicfeadh an triúr acu a chéile go minic. Bhí an tráthnóna chomh taitneamach sin gur chuir sé iontas ar Bhridie Therese a bheith ar ais chomh luath, 'an raibh sé a cúig cheana?'

Bhraith sí ag an nóiméad sin iarraidh air fanacht le haghaidh an dinnéir, ach bhí rud eicínt taobh istigh inti ag comhairliú di gan eirí rómhór leis. Ar aon chaoi tháinig carr taobh amuigh len é a bhailiú go luath ina dhiaidh sin. Shocraigh siad go dtiocfadh sé arís an Domhnach dár gcionn ag a trí.

'Tá a fhios agam anois céard a chonaic tú ann,'

arsa Therese, nuair a d'imigh sé. '*Filmstar* ceart atá ann.'

'Bíodh sé agat, má tá sé chomh deas sin.'

'Ní thógfainn mar bhronntanas é, ná fear ar bith.'

'Ní raibh an chuairt chomh dona is a bhí mé ag súil leis.'

'Nach iomaí lánúin scartha, ar cuairt ar a gclann ar an gcaoi chéanna.'

'B'fhéidir go n-oibreoidh sé amach ceart ar ball,' arsa Bridie.

'Bí cúramach, nó meallfaidh sé arís thú.'

'Ní mheallfaidh, muis, ach déanfaidh mé iarracht a bheith cairdiúil, ar mhaithe le Caomhán. Ní meáchan ar dhuine aithne a bheith aige ar a athair.'

'Ní aontaím leat ansin, ach sin scéal eile. Déarfainn go ngabhfaidh tú ar ais arís aige.'

'An as do mheabhair atá tú?'

'Is cuma liom céard a dhéanann tú.'

'An cuma, i ndáiríre?' a d'fhiafraigh Bridie.

'Is é d'fhear céile é.'

'De réir dlí.'

'Ní gan tábhacht é sin.'

'Ní dóigh liom go mbeadh mórán trioblóide agam cealú a fháil ar an bpósadh. Bhí mé óg. Bhí mé ag iompar. Duine foréigneach a bhí ann. Ní mórán tuisceana a bhí ag ceachtar againn ar an saol pósta.'

'Cén fáth nach gcuireann tú isteach ar chealú? Céard a thugann siad orthu? *Annulment* nach ea?'

'Ní theastaíonn uaim pósadh arís.'

'Thaispeánfadh sé dó sin nach bhfuil tú á iarraidh.'

'Ach nach mbeadh sé ag rá ar bhealach eile go bhfuil Caomhán mídhlisteanach? Níl mé ag iarraidh go mbeifí ag tabhairt 'bastard' air ag an scoil.'

'Ní chiallaíonn na rudaí sin tada sa lá atá inniu ann.'

'Ní chiallaíonn, muna duine acu thú,' a dúirt Bridie. 'Deirtear ar aon chaoi go mbíonn ceisteanna gránna á gcur ort má chuireann tú isteach ar *annulment*. Cineál cúirte atá ann, sagairt nach bhfuil a fhios acu tada faoi ag cur ceisteanna uafásacha ort faoi do shaol príobháideach, sagairt nach bhfuil a fhios acu tada faoi mhná nó faoi ghrá.'

'Cá bhfios duit?'

'B'fhéidir go bhfuil a fhios ag cuid acu, ach ní thabharfaí an jab sin ach don té nach bhfuil tada idir an dá chois aige. Baol orthu sagairt thuisceanacha chur i bhfeighil na hoibre sin. Bheadh a leithéidí ag scaoileadh chomh héasca is a bheadh an chuid eile dá bpósadh.'

'Ciallaíonn sé go leor duit a bheith pósta?'

'Nach bhfuil an craiceann agus a luach agam, mé pósta agus scaoilte, pósta go hoifigiúil, agus scaoilte go neamhoifigiúil.' Rinne Bridie gáire. 'Gan caint ar céard a tharla aréir.'

'Má chastar fear eile ort?'

'Nílim ag iarraidh fear ar bith.'

'Tá tú óg. B'fhéidir go mbeidh sé níos deacra pósadh a chealú i gceann deich mbliana.'

'Tógfaidh mé lá amháin ag an am. D'fhéadfadh

rud ar bith a bheith tarlaithe i gceann deich mbliana. B'fhéidir go mbeidh deireadh an domhain ann roimhe sin. Ní mór d'fhear a bheith ina naomh ceart cruthaithe sula gcuirfinn suim ann. Agus dá mbeadh a leithéid ann chónóinn agus chodlóinn leis ar feadh i bhfad sula gcuimhneoinn ar é a phósadh. Ní dhéanfadh sé aon difríocht dom a bheith pósta leis nó gan a bheith.'

'Mar go bhfuil stádas mná pósta agat cheana?'

Chaoch Bridie súil le Therese. 'Nach pósta leat féin atá mé anois, más fíor duit féin.'

'Tá tú, má tá,' arsa Therese, meangadh gáire uirthi.

'Cén fáth a gcaitheann an saol a bheith chomh casta sin?'

'Meas tú an bpléann fir na ceisteanna seo eatarthu féin? Nó an bhfuil siad chomh loighiciúil sin nach gcuireann mothú ar bith as dóibh?'

'Ní chuireann tada as dóibh ach na seoda beaga atá idir an dá chois acu, ná na seoda móra, más fíor dóibh féin.'

'Bridie!'

'An iomarca caint a dhéanann muide, is dóigh. Nach cuma sa diabhal. Tiocfaimid tríd. Tiocfaimid as.' D'airigh sí aerach, giodamach. 'An bhfuil cuimhne ar bith agat mé a thabhairt amach le haghaidh deoch?'

'Nach an iomarca atáimid ag ól le tamall?'

'Is í an Nollaig í.'

'Nach bhfuil neart le n-ól anseo sa teach?'

'Ní hé an deoch é, ach teastaíonn uaim dul amach i measc daoine. Tá tú ag rá i gcónaí nach dtéim amach sách minic.'

Ní mórán fonn óil a bhí ar Therese, ach níor mhaith léi ligean do Bhridie siúl siar chuig an teach ósta i ndorchadas na hoíche. Tar éis chomh deas is a bhí John an lá sin, bhí sí amhrasach faoi.

'Bhfuil tú fuar?' a d'fhiafraigh Bridie di, nuair a thug sí faoi deara creathadh uirthi.

'Creathadh beag. Duine eicínt ag siúl ar m'uaigh.'

'Ná bí ag rá rudaí mar sin. Cuireann siad an croí trasna ionam.'

'Gabh i leith, má tá sibh ag teacht.'

D'aithin Bridie nach raibh Therese chomh haerach, spraíúil an tráthnóna sin is a bhí sí beagnach i gcónaí, ach tháinig athrú uirthi nuair a shiúil sí isteach sa teach ósta. Bhí sí i measc na ndaoine arís, féileacán chun an tsolais, fáilte á cur roimpi, lámha fear timpeall uirthi, caint agus magadh.

'Dhéanfadh sí an-pholaiteoir,' a cheap Bridie, ag breathnú uirthi, 'ach nach bhféadfá a rá gur polaiteoir í cheana.' Tháinig sí ar ais le deoch do Bhridie agus do Chaomhán, agus d'imigh sí arís ar a camchuairt timpeall an tí ósta, ag caint le chuile dhuine.

'Bhuel, agus ná habair gur ligeadh amach í.' Bhreathnaigh Bridie suas. Peadar Ó hAllúráin a bhí ann, cosúlacht an óil air. Shuigh sé síos in aice le Caomhán.

'Deaidí,' arsa Caomhán.

'Faraor nach mé, a mhaicín,' arsa Peadar. 'Cén fáth nach mbíonn do mhamaí sásta dul amach ag dinnéar in éindí liom? Ní hí atáim ag dul ag ithe, ach an béile.'

'Feiceann tú féin cén fáth. Níl aon duine agam le aire a thabhairt dó. Sin é an fáth a bhfuil sé liom anocht.'

'Nach bhféadfá é a fhágáil ag an mbean bhuí corruair?'

'Bíonn uirthi freastal ar chruinniú beagnach gach oíche. Ní bhíonn a fhios agam ó lá go lá cén oíche a mbeidh sí sa mbaile.'

'Cruinnithe, huh. Cruinnithe óil.'

'Ní fíor sin. Tá saol sóisialta ag baint lena jab.'

'Idir mé féin is tú féin,' chuir sé a bhéal in aice lena cluas. 'Tá a fhios ag an saol mór gur alcólaí amach is amach atá inti.'

'Dá mbeadh sé sin fíor, ní bheadh sí chomh maith ag a cuid oibre.'

'Bhfuil sí chomh maith sin i ndáiríre? Tá go leor sna páirtithe polaitíochta nach bhfuil róshásta léi. Nílimse sásta léi ach an oiread. Chuir sí caidhp an bháis ar mo thionscal beag.'

'Ní raibh a fhios agam.'

'Níl do dhóthain taighde déanta ar an togra seo.' Rinne sé aithris ar ghuth galánta.

'Ar dhúirt sí é sin leat?'

'Nach raibh a hainm ar an litir a fuair mé?'

'Ní fheiceann sí chuile cháipéis a théann isteach chuig an Údarás.'

'Níl mé sách maith acu. Dá mba as an tSeapáin nó as an nGearmáin mé, is ag líochán mo thóna roimh agus i ndiaidh mo bhéile a bheidís.'

'Ach má dhéanann tú níos mó taighde.'

'Cén difríocht a dhéanfadh sé? Níl mé sách maith acu. Níl mé sách maith agatsa ach an oiread. Níl mé sách maith. Lánstad.'

'Aireoidh tú níos fearr amárach. Tá go leor ar bord anois agat.'

'Cén neart atá air? Nach í an Nollaig í?'

'Bíonn seafóid ar dhaoine nuair a bhíonn siad ar meisce. Athraíonn sé an phearsantacht.'

Thóg Peadar an deoch a bhí ar aghaidh Bhridie le go bhfaighfeadh sé amach cén boladh a bhí air. Bhlas sé de ansin. 'Ní líomonáid atá tusa ag ól ach an oiread. Seachain go n-athródh sé do phearsantacht.'

'Tá a fhios agam nuair is cóir stopadh.'

'Tá a fhios agat le mise a stopadh ar aon chaoi. Feicim d'fhear céile, lá den saol, John mór, ansin thall ag coinneáil súil orainn. Níor mhaith liom dul i ngleic leis. B'fhéidir nach mná amháin atá sé in ann a bhualadh.'

'Níl múineadh ar bith ort, a Pheadair Uí Allúráin. Rud ar bith atá idir mise agus m'fhear céile, ní bhaineann sé le duine ar bith eile. Is fearr an fear atá ann ná a bhí ionatsa ariamh. Agus tá an t-ól tugtha suas aige.'

'Tá tú ag dul ar ais arís chuig an diabhal?'

'Níl mé ag taobhú le fear ar bith níos mó.'

'Ní gá duit agus an bhitseach bhuí sin agat. Is mó is cosúil í le buachaill ná le cailín.'

'Gabh abhaile agus gabh suas ort féin.' D'éirigh sí agus thóg sí suas Caomhán ina baclainn. Chuaigh sí anonn chuig Therese.

'Nílimid ach tagtha,' ar sise, nuair a dúirt Bridie go raibh sé in am baile.

'Bhuel, ní raibh tusa ag iarraidh a theacht ar chor ar bith.'

'Táim anseo anois agus táim ag baint taitnimh as an oíche.'

'Tá deifir abhaile uirthi.' Bhí Peadar tagtha anonn ina diaidh. 'Ceapann sí go bhfuil sé in am agaibh dul a chodladh.'

'Bhfuil sé seo ag cur isteach oraibh, an bhfuil?' Bhí Peadar brúite as an mbealach ag John le gualainn láidir. Thit Peadar, de dheasca an óil níos mó ná as a bheith brúite ar leataobh. Rinne sé iarracht éirí, ach thosaigh sé ag casacht. Ansin chuir sé amach ar an urlár. Tháinig fear an bheáir amach ón taobh eile den chabhantar. Chuir sé Peadar ina sheasamh, agus dúirt go raibh sé len é a thabhairt abhaile, go raibh sé ag ól ó mhaidin, agus é ró-óg le n-aghaidh sin. Tar éis roinnt eascainí agus bagairtí ar John, d'imigh Peadar leis an óstóir.

'Tá sé in am baile againne freisin,' a dúirt Therese, agus d'fhág siad an teach ósta gan na deochanna a chríochnú.

'Is fada liom go mbeidh an tsaoire thart,' arsa Therese an oíche sin nuair a bhí sí ag fáil réidh le dul a chodladh. 'Ní duine mé a bhfeileann di a bheith díomhaoin.'

'Aireoidh muid uainn anois thú, nuair a théann tú ar ais.' Bhí Bridie ag dul sa leaba in aice léi. 'Ach tá a fhios agam céard tá i gceist agat. Chonaic mé anocht é. Níl beo duit ach nuair atá tú i measc na ndaoine. Shílfeá gur druga a bhí tógtha agat nuair a shiúil tú isteach.'

'Cuireann sé an t-aidréanailín ag rith trí mo

chuisle ar bhealach eicínt. Is breá liom é, ach tursíonn sé amach mé, ar nós aisteora tar éis dráma. Bím traochta ina dhiaidh.'

'Bhí a fhios agamsa ón tús,' arsa Bridie, ag magadh, 'gurbh aisteoir a bhí ionat.'

'Sin i ngeall go raibh mé cúthail nuair a bhí mé óg.'

'Tusa? Cúthail! Inis ceann eile dom.'

'Is ar éigean a labhraínn le duine ar bith. Ach nuair a chuaigh mé go Londain bhí orm labhairt. Fós féin bíonn drogall orm siúl isteach in áit phlódaithe, ach nuair a bhíonn sé déanta agam, is ag siúl ar an aer a bhím.'

'Ar inis mé duit céard a dúirt Peadar anocht, nár theastaigh fear uaim, go raibh tusa agam?'

Gháir Therese. 'Nach raibh an ceart aige?'

'Ach cé as a dtagadh smaoineamh mar sin?'

'B'fhéidir nár chiallaigh sé tada leis. Bhí sé óltach.'

'An áit a mbíonn toit bíonn tine.'

'Agus an áit a mbíonn tit ...' arsa Therese.

'Bitseach bhradach,' an freagra a fuair sí.

'Ní bhaineann sé le duine ar bith céard a déantar nó céard nach ndéantar sa teach seo. Tá na doirse agus na fuinneogaí dúnta, na cuirtíní tarraingthe. Ceapaidís a rogha rud. Tugaidís aire dá ngnaithe féin.'

'Ach níl sé ceart.'

'Phléamar é seo cheana. Cén fáth ar fhan tú i mo leaba muna bhfuil sé ceart? Tá sé ceart má tá sé ceart againne. Tá coinsias ag ch'aon duine againn. Nílimid ag déanamh dochair do dhuine ar bith. Níl duine ar bith ag cur feoil ar an

bpláta dúinn, ná ag íoc billí dúinn. Déanaimis
ár rogha rud.'

'Dhíbreofaí as an Údarás thú dá mbeadh a
fhios ag daoine é.'

'Bhfuil tú le sceitheadh orm?'

'Ná bíodh seafóid ort.'

'Ní bheidh a fhios ag aoinneach mar sin, agus
ní bhaineann sé leo.'

'Níor mhaith liom go n-úsáidfí ráflaí mar seo i
do choinne.'

'Tá mise sách fada ar an mbóthar le breathnú
amach dom féin. Táimid ag dul isteach san aonú
aois is fiche, agus muna bhfuil cead ag daoine a
rogha rud a dhéanamh ...'

'Tá an ceart agat,ach ...'

'*Foc an lot acu.*' arsa Therese.

'Tá siad mícheart faoi rud amháin ar aon
chaoi,' arsa Bridie.

'Céard é féin?'

'Bíonn siad ag rá gur mó an magarlach atá
agat ná fear ar bith.' Bhíodar sna trithí ag gáire
nuair a bhuail clog an dorais.

'Ná freagair é,' arsa Therese. Ach chuala siad
guth cailín ag béiceach ainm Bhridie.

'Susan.' Tharraing Bridie fallaing sheomra
timpeall uirthi féin agus rith sí leis an doras a
oscailt. Drochscéal. Bhí a hathair tar éis taom
croí a fháil. Bhí sé imithe, bás faighte aige
leathuair roimhe sin. Bhí cuid de na comharsana
le Susan, níor mhaith leo an scéal a bhriseadh léi
ar an teileafón.

Ní raibh a fhios ag Bridie i gceart céard a bhí
ag tarlú gur shroich siad an teach, a hathair á

chur i seanchónra a raibh an phéint scríobtha uirthi, cónra ar bhain siad úsáid aisti le daoine a thabhairt chuig an ospidéal le haghaidh scrúdú iarbháis. Chaith Bridie í féin anuas uirthi, í beagnach istigh sa gcónra í féin, ag caoineadh agus ag olagón. Mhothaigh sí go raibh deireadh ré tagtha.

Bhí an aois air agus is beag obair a bhí sé in ann a dhéanamh leis na blianta. Ach cé a chreidfeadh go mbásódh sé, nach mbeadh sí roimpi sa gclúid ní ba mhó, píopa agus dea-chaint ina bhéal aige? Bhain sé leis an seansaol, ach bhí sé mór leo, lách, cineálta, in ainneoin a chuid cainte a thabharfadh a mhalairt le fios.

D'éirigh Bridie aníos agus chuir sí a lámha timpeall a máthar. Chruinnigh Susan agus Johnny isteach in aice leo, agus chaoin an ceathrar acu ar ghuaillí a chéile. D'fhan fear an chóiste agus an garda, agus na comharsana a bhí bailithe isteach go discréideach go dtí go raibh rachtanna an bhróin curtha díobh acu. Rug siad ar an gcónra ansin agus thug siad corp an tseanfhir leo. Shíl Bridie go raibh sé aisteach garda a bheith ann. Mhínigh a máthair di gurb éigean dó a bheith ann nuair a fuair duine bás go tobann.

Rith an chuid eile den oíche isteach ina chéile nuair a bhí sí ag iarraidh cuimhneamh siar arís, daoine, deatach, pórtar, an sagart ag teacht leis an bpaidrín a rá, a máthair ag síorinsint céard a tharla dó, tae á réiteach, caint, comhrá. Ó am go chéile thug Bridie faoi deara go raibh sí tar éis a bheith ag gáire, í ag gáire agus a hathair ina luí

145

strompaithe, fuar ar chlár marmair san ospidéal, dochtúirí ag plé leis. Chuimhnigh sí ar a lámh dheas craptha ag scoilteacha, a bhí ar éigean in ann breith ar a phíopa. Nach gearr go mbeadh sé faoin talamh, cré agus péist. Ní fhéadfadh sí cuimhneamh air. Chaoinfeadh sí a dóthain ansin, ach bheadh tae le réiteach agus le roinnt. Is beag nach mbeadh dearmad déanta aici cén fáth a raibh siad ann, go raibh Deaid imithe.

B'iontach an rud é an chuideachta le cuidiú le daoine an oíche a chur díobh, a cheap Bridie. Bhí sí fíorbhuíoch de Therese a chuir ord agus eagar ar gach rud a theastaigh a bheith déanta, an t-ól a ordú, scéal a chuir chuig an raidió agus na páipéir, glaonna teileafóin a chur chuig na daoine muinteartha i mBoston agus i Huddersfield. É sin ar fad, agus aire tugtha aici do Chaomhán ag an am céanna. Bhí sí iontach i ndáiríre, ach in áit éigin i gcúl a cinn d'airigh Bridie gur díoltas Dé a bhí i mbás a hathar, díoltas as an gcineál saoil a bhí á chaitheamh aici le cúpla lá roimhe sin.

Tháinig John chuig an tórramh, agus nach é a bhí go lách agus go deas le máthair Bhridie. Thairg sé go dtabharfadh sé féin agus a mháthair aire do Chaomhán go dtí tar éis na sochraide. Ghlac Bridie buíochas ach dúirt sí go raibh socrú eile déanta aici. Ní raibh sí le seans ar bith a thabhairt dó an páiste a mhealladh uaithi.

Cuireadh iachall uirthi dul a chodladh thart ar a sé a chlog ar maidin. Bheadh sí maraithe lá arna mhárach muna ngabhfadh, a dúradh. Bheadh siopadóireacht le déanamh, míle ní le ceannacht. Ach cén chaoi a gcodlódh duine agus

deaide bocht básaithe? Cé a chreidfeadh gurb í an
oíche cheannann chéanna í a shín sí isteach sa
leaba in aice le Therese ag a tús? Shílfeá gur
blianta a bhí imithe ó thús na hoíche.

'Is dóigh gurb í seo an chéad oíche ariamh ó
rugadh é nár fhan Caomhán sa teach céanna
liom,' a dúirt sí ina hintinn, 'cé is moite den am a
chuir John san ospidéal mé, ach bhí sé ansin le
mo thaobh an t-am sin freisin. Meas tú cé chaoi a
bhfuil sé?' Ach nach nglaofadh Therese dá
mbeadh rud ar bith mícheart leis? Nach iontach
an rud é go raibh teileafóin i mbeagnach gach
teach anois, a smaoinigh sí, níorbh ionann is fadó
nuair ba ag na daoine uaisle amháin a bhí.

Cén chaoi a gcodlódh sí? Chonaic sí go soiléir
i súile a cuimhne a hathair agus é suite ina áit
féin le taobh na tine, deatach go díon aige,
smugairlí á gcaitheamh sa tine aige ó am go ham.
Chaoin sí go géar goirt ar a piliúr. Chodail sí faoi
dheireadh.

D'airigh Bridie fíorchompóirteach ina
seanleaba féin nuair a dhúisigh sí, ar nós go raibh
sí ina cailín óg arís. Chuimhnigh sí ansin ar an
bhfáth a raibh sí ansin. Bhí deaide bocht
básaithe. Bhí an chuid ba mheasa rompu amach,
breathnú air sa chónra, an chónra á dúnadh acu,
an poll gránna sa reilig, an chónra ag dul síos,
creafóg á caitheamh uirthi. Ach tháinig daoine
eile tríd cheana, téann daoine trína leithéid gach
lá. Mhair siad ina dhiaidh, fiú amháin nuair ba
duine óg a tógadh uathu. Tháinig an lá a raibh
spraoi agus spóirt arís acu, amhail nach raibh rud
ar bith tarlaithe. Ach ní dhéanfadh sise dearmad

go deo ar a hathair.

Bhí sé cloiste ag Bridie in áit eicínt gur mór an cúnamh agus an sólás in am an bhróin é an tórramh Éireannach. Níor thuig sí i gceart ariamh go dtí sin é. B'údar magaidh é an tórramh ag daoine áirithe roimhe sin, ach bhí an tuiscint anois ann nach raibh bealach níos fearr le aghaidh a thabhairt ar an mbrón agus an briseadh croí. Thug an tórramh daoine trí na laethanta ba mheasa. Bhí comhluadar ann, fiú amháin da mba rud é gur tháinig cuid acu ar mhaithe leis an bpórtar saor in aisce. Ach cé a dhéanfadh an bhreith sin? Bhí meas acu ar a hathair. Duine de sheancharachtair mhóra na háite a bhí ann.

Chuidigh sé le lucht an bhróin freisin go raibh rudaí le déanamh. Thug Therese isteach go Gaillimh í féin agus Susan agus Caomhán. Cheannaigh siad na héadaí a theastaigh uathu féin agus óna máthair freisin. Fuair siad bláthanna le cur ar an gcónra. Nuair a bhí an méid sin déanta agus béile ite, bhí sé in am dul siar abhaile agus fáil réidh le dul chuig an ospidéal.

Bhí sé leagtha amach go hálainn acu, culaith an Domhnaigh air, agus meangadh beag gáire, shílfeá, ar a bhéal, mar a bheadh sé ag magadh faoin mbás féin. Phóg siad é sular dúnadh an chónra. B'in é an rud ba mheasa ar fad, breathnú ar an aghaidh sin don uair dheiridh.

Ní raibh an dara hoíche ródhona. Níor fhan na daoine ach cúpla uair a chloig tar éis don chorp an bheith tugtha acu chuig an séipéal, fios acu

148

gur theastaigh codladh ó mhuintir an tí. Chuir máthair Bhridie iachall uirthi dul abhaile le Caomhán agus Therese, agus chodail sí agus lámha sise timpeall uirthi.

Bhí an tAifreann go deas. Léigh Susan agus Johnny na léachtaí. Ní raibh a fhios ag Bridie cén chaoi a rinne siad é sin, ní fhéadfadh sise seasamh ar aghaidh an phobail mar sin gan pléascadh amach ag caoineadh. Ach bhí cleachtadh acu sin ar léitheoireacht phoiblí ar scoil, agus níor bhain sé a dhath ariamh astu. Thug sí féin agus a máthair fíon agus arán altóra suas don ofráil, Caomhán i ngreim sciorta inti an t-am ar fad. Bhí seanmóir dheas ag an sagart. Cé go raibh cáil air a bheith mímhúinte, crosta, bhí sé in ann a bheith thar a bheith cineálta nuair a bhí bris ar dhaoine. Thuig a phobal go raibh a chroí san áit cheart.

Is beag nach raibh an tsochraid thart sula raibh fhios aici é, daoine ag caint agus ag déanamh comhbhróin, rud le déanamh an t-am ar fad. D'fhan radhairc áirithe ina cuimhne, an ceathrar acu féin ar a nglúine timpeall an chónra nuair a bhí an uaigh á beannú ag an sagart. An chónra á ligean síos ar rópaí. An sagart leis an tsluasaid ina lámh ar nós spúnóige ag croitheadh créafóige síos ar an gcónra, 'Den chré a rinneadh thú ...' Deaide bocht le hithe ag na péisteanna. Ach, le cúnamh Dé... B'fhíor don sagart. Bhí aiséirí ann. D'fheicfidís arís é. Bhí sé deacair é a shamhlú suite lena phíopa ina bhéal ar dheisláimh Dé. 'Tá súil agam go bhfuil áit acu don smugairle,' a chuimhnigh sí. Ba deas an smaoineamh é, agus bhain sé meangadh gáire aisti.

Leagadh lámh ar a gualainn. Bhí John ina sheasamh taobh thiar di, é ag seasamh lena bhean agus lena mhac in am an bhróin. Ba deas uaidh é. Níor dhúirt sé tada. Bhí a dhóthain ráite. Marach an slua a bhí timpeall d'iompódh sí thart ag an nóiméad sin. Ghabhfadh sí i bhfolach ina lámha móra tréana. An raibh sí róchrua air mar gheall ar aimsir a bpósta? An raibh sé athraithe dáiríre, ceacht foghlamta aige, mar a bhí ráite aige? Arb é a háit cheart in éindí lena fear agus a pháiste in áit a bheith ag pleidhcíocht le bean eile?

Phléasc sí amach ag caoineadh arís nuair a chuimhnigh sí ar a hathair sa gcónra agus ise ag smaoineamh uirthi féin agus ar a cuid trioblóidí féin. Bhí Susan ag gol freisin, a cloigeann leagtha ar ghualainn a máthar, Johnny ina sheasamh leis féin, na deora ag rith leis. Stopann na deora nuair a bhíonn dóthain caointe. Faoin am a raibh an uaigh lán agus an paidrín ráite ag an sagart bhíodar ceart go leor. Ghlac siad buíochas leis na daoine a tháinig le lámha a chraitheadh leo.

Ar ais ag an teach arís, tuilleadh ceapairí le réiteach, an chaint chéanna le déanamh arís agus arís eile, boladh deataigh agus pórtair stálaithe ar fud an tí, coirnéal dheaideo folamh. Na daoine ag imeacht de réir a chéile. Thairg Bridie arís go bhfanfadh sí ach dúirt a máthair go gcaithfeadh sí tabhairt faoi shaol na baintrí luath nó mall. Dá luaithe is a bheadh sí i mbun oibre na feilme arís b'amhlaidh ab fhearr é. Ní bheadh aon am aici, a dúirt sí, le bheith ina suí sa luaithreach ag caoineadh.

Le linn an tórraimh agus na sochraide shíl Bridie nach bhféadfadh an saol a bheith mar an gcéanna go deo arís. Shíl sí gur cheart don domhan stopadh nuair a bhásaigh a hathair. Bhí a fhios aici gur seafóid a bhí sa smaoineamh sin, ach chuir sé iontas uirthi go raibh imeachtaí an tsaoil ag leanacht ar aghaidh ar nós nach raibh rud ar bith tarlaithe, daoine i mbun a ngnaithe féin, ag caint agus ag gáire, as siopadóireacht, ag dul ag iarraidh an phinsin Dé hAoine, Deaide imithe i ngan fhios don tsaol, beagnach.

Ar dtús ní dheachaigh mórán ama thart gan cuimhneamh air. De réir a chéile d'athraigh sé sin. Chuirfeadh sé iontas uirthi go raibh uaireanta an chloig imithe gan smaoineamh ar chor ar bith air. Ansin déarfadh Caomhán 'Deaideo,' agus bheadh tocht uirthi.

Roimh dheireadh na seachtaine bhí sí ag tnúth leis an trí a chlog tráthnóna Dé Domhnaigh, nuair a thiocfadh John arís. Níor thaitin léi gur airigh sí mar sin. Ní fhéadfadh sí é a rá le Therese, ach bhí faitíos uirthi go raibh sí ag titim i ngrá leis arís. Cinnte, bhí níos mó eatarthu ná mar a lig sí uirthi féin le fada, níos mó b'fhéidir ná mar a bhí sí sásta a admháil di féin. Bhí sí á stracadh idir é agus Therese i ndáiríre, agus bhí sí idir dhá chomhairle. D'airigh sí ina croí istigh nach raibh sé ceart a bheith ag codladh le Therese, ach céard a bhí ann an chuid is mó den am ach cuideachta agus compoirt?

D'aithin Caomhán a athair an uair seo, agus rith sé amach chuige agus léim sé, chomh maith is

a bhí sé in ann, isteach ina lámha. Chaith John
san aer é, ag breith air lena lámha móra láidre.
'Arís,' arsa Caomhán, ag baint an-spraoi go deo as.
Ba léir go raibh caidreamh maith bunaithe
eatarthu in achar gearr.

'An raibh a fhios agat go bhfuil jab faighte
agam?' an chéad rud a dúirt John le Bridie.

'Cén jab? Cén saghas jab?'

'Sa gcomhlacht nua adhmadóireachta sin
taobh thiar de na Forbacha. Bhí agallamh agam
an lá cheana agus cuireadh teisteanna orm.
Ghlac siad liom cé nach bhfuil na páipéirí iomlána
cearta agam. Is cosúil go raibh siad thar a bheith
sásta le mo chuid oibre.'

'Tá tú le fanacht sa mbaile mar sin?
Taitneoidh sé sin le do mhama.'

'Shíl mé go dtaitneodh sé leatsa.'

'Is maith liom go bhfuair tú jab agus go
mbeidh aithne ag Caomhán ar a athair.'

'John Deaide,' a dúirt Caomhán, ag síneadh a
mhéire i dtreo a athar. Bhain sé sin gáire as
Bridie agus as John, agus dúirt sé arís é 'John
Deaide.'

D'iarr John ar Bhridie dul ag siúlóid leis féin
agus le Caomhán, ó tharla an lá a bheith chomh
breá. 'Shíl mé,' arsa Bridie, 'gur mhaith leat é a
bheith agat féin ar feadh tamaillín, le aithne níos
fearr a chur air.'

'Ní bheadh sé róshásta fós liom gan tú féin a
bheith thart.'

'Tuige nach mbeadh, agus an fháilte a chuir sé
romhat ar ball?'

'Bheadh sé go deas an triúr againn a bheith ag

siúl in éineacht. Ná bíodh faitíos ort, ní íosfaidh mé thú,' arsa John. 'Céard a d'fhéadfainn a dhéanamh agus é seo in éindí linn?'

Shiúil siad go mall, réidh, Caomhán i ngreim láimhe na beirte acu, é ag ardú a chosa ón talamh ar fad ó am go ham, ag ligean dóibh é a iompar ar feadh achair ghearr, crochta lena lámha idir an bheirt acu.

'Airíonn tú uait t'athair.' Bhris John an tost.

'Airím muis. Is ionann é agus cuid díom féin a bheith imithe.'

'Bhí mise mar sin freisin nuair a cailleadh m'athairse. Bhínn ag súil lena fheiceáil chuile áit. Bhínn ag brionglóidí air go minic mar a bhí sé lena bheo.'

'Níor airigh mé thú ag caint ar t'athair ariamh cheana.'

'Nár airigh?'

'Más cuimhneach liom ceart, ní mórán comhrá domhain a bhíodh againn.'

'An gcaithfimid gabháil siar ar na laethanta sin arís?'

'Deirtear nach féidir dul ar aghaidh gan breathnú siar, le foghlaim ón aimsir a caitheadh. Ní féidir dearmad a dhéanadh ar ar tharla.'

'Shíl mé go bhféadfaimís tosú as an nua.'

'Ní bheadh locht air, ach an gcríochnódh sé mar a chéile?'

'Tá mise athraithe go háirid.'

'Agus mise, athraithe rómhór b'fhéidir.' Bhí tost ar feadh tamaill, Bridie ag ciceáil cloch beag roimpi ar an mbóthar. 'An gcuimhníonn tú go minic ar t'athair?' a d'fhiafraigh sí leis an

153

gciúnas a bhriseadh.

'Sách minic, ach ní chomh minic, ar ndóigh, leis an am a bhfuair sé bás. Ach bhí sé básaithe sula raibh seans agam aithne cheart a chur air. Sé déag a bhí mé, ceapaim.'

'Nuair a fheicim píopa Dheaidí, nó rud ar bith ...' Bhris ar a guth.

'Bhínnse ar an gcaoi chéanna. Ag spealadóireacht a bhí m'athair, go ndéana Dia trócaire air, an oíche sular cailleadh é. Ní fhéadfainn breith ar an speal sin go ceann i bhfad ina dhiaidh sin gan na deora briseadh faoi mo shúile. Bhínn ag déanamh iontais céard air a raibh sé ag cuimhneamh agus é ag baint an fhéir, nó an raibh sé ag cuimhneamh ar thada? An raibh a fhios aige go raibh an bás air? An bhfaigheann duine léargas roimh ré, nó an dtagann sé i ngan fhios ar fad?'

'Bás tobann a bhí ag an mbeirt acu, dhá dhaideo Chaomháin.'

'Ar an leaba a bhásaigh m'athair. Dhúisigh mo mháthair ar maidin agus é básaithe lena taobh.'

'Stop é sin nó millfidh tú do bhróga.' Bhí Caomhán ag ciceáil cloch beag roimhe.

'Is uait féin a d'fhoghlaim sé é sin,' arsa John.

'D'fhoghlaim sé céard?'

'Bheith ag ciceáil na gcloch. Bhí tú féin ag déanamh an rud ceannann céanna ar ball.'

'D'íoc mé go daor ar na bróga sin dó. Níl mé ag iarraidh iad a fheiceáil millte. Faigh bróga nua dó má tá tú ag iarraidh é a chur ag ciceáil cloch.'

'Níor dhúirt mé ach go raibh tú féin á dhéanamh freisin.'

'Nach maith nach ag aithris ar na rudaí a rinne tusa atá sé.'

'Tá sé an-éasca tú a choipeadh.'

'Cé atá ag caint? Níor bhuail mise aon duine ariamh.'

'Táim ag eirí tuirseach den ealaín seo,' arsa John 'Tabharfaidh mé amach liom féin é níos mó, nuair a thiocfas mé.'

'Má fhaigheann tú cead.'

'Cé stopfas mé? Nach mise a athair.'

'Athair maith. Cá raibh tú ó rugadh é?'

'Tá a fhios agat cá raibh mé. Bhí mé sa bpríosún mar gheall ar do chuid spíodóireachta.'

'Ní mise a d'inis ort. Tá a fhios agat é sin go maith. D'fhéadfainn a bheith maraithe agat. Agus céard a rinne tú tar éis mé a chaitheamh síos staighre? Chuaigh tú isteach a' chodladh.'

'Á, foc é seo mar chraic.' Shiúil John ar aghaidh rompu chomh sciobtha is a bhí sé in ann. Chas Bridie timpeall le dul sa treo eile, ach ní raibh Caomhán sásta gabháil léi. 'John Deaide,' ar sé, a lámh bheag amach i dtreo a athar. Thóg Bridie suas ina baclainn é agus rith sí ar ais an bealach a tháinig siad, Caomhán ag caoineadh agus ag screadach 'John Deaide, John Deaide.' Thug Bridie buille sa tóin dó, agus is in airde a chuaigh an screadach. Bhí súil aici nach raibh aon duine ag breathnú orthu ná ag éisteacht leo. Chiúnaigh Caomhán tar éis tamaill agus faoin am a raibh siad gar don teach, is beag nach raibh sé ina chodladh ar a gualainn, a lámha timpeall a muiníl.

Choinnigh John suas leo gur shroich siad an

teach, agus dúirt go raibh aiféala air faoin méid a
tharla. Shiúil sé in aice léi, í gan é a fhreagairt ar
chor ar bith. Dúirt John go raibh brón air, nach
gcuirfeadh sé isteach uirthi níos mó ach cead a
bheith aige Caomhán a fheiceáil ó am go ham.
Níor dhúirt Bridie aon rud, ach bhí deora ag rith
síos a héadan. Ach sular imigh John dúirt sí go
ciúin nár cheart di an saol a bhí caite a tharraingt
anuas arís, ach go raibh sé deacair dearmad a
dhéanamh. 'Ar aon chaoi, táim trína chéile mar
gheall ar mo Dheaidí,' a dúirt sí.

'Is ormsa atá an locht ar fad,' arsa John.

'Ní hea, ach orm féin.'

'Tá a fhios agamsa gur mise atá ciontach.'
Tháinig gáire i ndiaidh goil ar Bhridie:

'Is aisteach an rud é a bheith san iomaíocht
faoi cé air atá an locht. San am a caitheadh ní
dóigh liom gur ghéill ceachtar againn ar phointe ar
bith.'

'Is deas an rud é tú a fheiceáil ag gáire arís.'

'Ní túisce mé ag caoineadh ná ag gáire na
laethanta seo.'

'Beidh cead agam teacht arís mar sin?'

'Taitníonn tú go mór le Caomhán ar chaoi ar
bith.'

'De Domhnaigh arís mar sin?' Thug sé póg do
Chaomhán ar an mbaithis.

'An t-am céanna. *Good luck* leis an obair
amárach,' a dúirt sí agus é ag imeacht.

'Bhuel, agus cén chaoi an bhfuil *handsome*
inniu?' a d'fhiafraigh Therese nuair a bhí
Caomhán nite agus curtha a chodladh. Rinne
Bridie cur síos ar ar tharla tráthnóna.

'Tá a fhios agam anois,' a dúirt sí 'nach ngabhfaidh mé ar ais chuige go deo. Ní bheadh muid ach ag troid agus ag achrann. Bhí an rud is lú in ann casadh ina aighneas ansin inniu. Ní bheimís ach ag troid ar nós na ngadhar.'

'B'fhéidir nach bhfuil tú ag tabhairt cothrom na féinne do na gadhair.'

'Is dóigh go bhfuil mé i ngrá leis fós, ar bhealach,' a d'admhaigh Bridie, ' ach cén mhaith é grá mar sin nuair nach bhfuil beirt in ann tarraingt le chéile? Fuair mé mo dhóthain den ghrá sin cheana, más grá é. Tá rud mar sin ceart go leor sna scéalta agus sna drámaí, ach maraíonn sé an gnáthdhuine. An bhfaca tú an scannán sin ariamh, *'Who's afraid of Virginia Woolf?'*

'Ní fhaca mé an scannán, ach chonaic mé an dráma sa West End. Tá sé deacair a rá. Is dóigh nach ionann paisean agus grá.'

'Cén fáth a bhfuil an bheirt againne in ann réiteach le chéile an chuid is mó den am, agus nach bhfuil mé féin agus John? Agus is iad na mná atá ceaptha a bheith ina mbitseacha, i gcónaí ag ithe is ag gearradh.'

'Ná bí ag súil le freagra uaimse. B'fhéidir gur mó tuiscint atá ag an mbeirt againne ar a chéile. Sa lá atá inniu ann ceapaim go bhfuil deirfiúrachas ann atá níos treise ná grá na bhfear agus na mban.'

'Deirfiúrachas a thugann tú ar an rud a bhíonn ar siúl againne?' a d'fhiafraigh Bridie agus iontas ina guth.

'Tá sé sin ann, ach tá grá ann freisin. Airím go

bhfuil mé i ngrá leatsa.'

'Ná bí ag rá rudaí mar sin.'

'Tuige nach ndéarfainn, má tá sé fíor?'

'Tá mé sách trína chéile gan a bheith ag éisteacht leis an tseafóid sin. Shílfeá gur i gcoimhlint le John atá tú.'

'Táim freisin.' Níor chuir Therese fiacail ar bith ann. 'Ach ná stopadh sé sin thusa ó dhul ar ais chuige, má thograíonn tú. Níl mise ag iarraidh adhastar a chur ort. Déan do rogha rud.'

'Rud amháin cinnte, tar éis an lae inniu ní bheidh mé ag dul ar ais chuige. Ach beidh cead aige Caomhán a fheiceáil am ar bith a dtograíonn sé. Níl mé chomh mór sin ina aghaidh. Caomhán bocht ...' Bhreathnaigh Bridie isteach air san áit a raibh sé ina chodladh, 'stróicthe idir muid uilig. Cén chaoi a bhfásfaidh tú suas ar chor ar bith?'

'Beidh Caomhán ceart,' arsa Therese, 'athair agus máthair agus mise aige.'

Mhothaigh Bridie go tobann nach raibh oiread drochmhisnigh ariamh uirthi féin: 'Bíonn aiféala orm amanta nár thug mé suas é, nó nach raibh ginmhilleadh agam an chéad lá ariamh. Go maithe Dia dom é.'

'Ná bí ag rá rudaí mar sin,'

'Is fíor dom é. Pósadh briste, caidreamh leispiach.' Tháinig na deora lena súile. "Agus tá Deaide bocht imithe.' Lig sí do Therese a lámha a chuir timpeall uirthi. 'Marach Caomhán, bheinn saor. Níor ghá dom John a fheiceáil arís. Bheinn in ann imeacht go'n Astráil i bhfad ó bhaile agus traenáil a dhéanamh do phost eicínt.'

'Ní dhéanfá a leithéid go deo. Bheifeá caillte dá

uireasa. Chaillfí mise chomh maith céanna dá dtarlódh tada dó.' Níor fhreagair Bridie í, an caoineadh ag baint rachtanna aisti. Bhí a fhios aici gur ag caoineadh a hathar a bhí sí i ndáiríre. Thit sí ina codladh ar deireadh agus a cuid éadaigh uirthi, an bheirt acu ina luí le taobh a chéile ar an leaba. Chuir Therese pluid timpeall uirthi. Chuaigh sí isteach sa chistin agus réitigh sí cupán tae. Bhí an tine in éag sa seomra suí, an áit fuar. Shuigh sí ar thaobh na leapa go dtí go raibh an tae ólta aici. Ní ligfeadh a míshuaimneas di aon chodladh a dhéanamh nuair a luigh sí síos. Ní raibh a saol pearsanta leath chomh corraithe, a cheap sí, nuair a bhí sí ina cónaí léi féin i Londain, ag obair de lá is d'oíche. Ach nuair a chuimhnigh sí i gceart air bhí sí aonaránach uaigneach ansin, gan cara ar domhan aici, in ainneoin páirtithe galánta agus corroíche caite le bean strainséar ina leaba aici.

B'fhada léi anois go mbeadh sí ar ais ag obair arís. B'in é an leigheas ar chuile rud aici, tú féin a bhá i do chuid oibre. Bhí a cloigeann lán cheana féin le smaointe agus pleananna nua le cur i bhfeidhm nuair d'athosclódh an oifig tar éis saoire fada na Nollag. B'fhéidir gur mhaith an rud é saoire ina dhiaidh sin, a cheap sí. Thug sé seans don mheabhair cinn scíth a ligean agus do smaointe nua teacht isteach inti. Bhí sí ar bís chun oibre chomh mór sin go raibh sí ag brath ar ghlaonna teileafóin a chur láithreach chuig feidhmeannaigh an Údaráis. Ach chaithfeadh sí foighid a bheith aici. Nár ghearr go mbeidís ar oscailt arís.

Rug sí ar chóipleabhar agus peann a bhí le taobh na leapa aici i gcónaí agus thosaigh sí ag breacadh síos nótaí ar na rudaí a bhí ar intinn aici a dhéanamh nuair a thosnódh an obair arís. Thart ar a dó a chlog ar maidin ghlaoigh an teileafóin.

'Hello,' a dúirt sí, agus nuair nár dúradh tada ar an taobh eile, thug sí a huimhir. Ní raibh le cloisteáil ón taobh eile den líne ach duine ag tarraingt a anála go trom.

'Cé atá ansin?' Bhí sí ag crith. Leanadh den análú.

'Imigh den fón,'a bhagair sí. 'Táim ag cur fios ar na gardaí.' Dá mba duine eicínt ar meisce a bhí ann, shíl sí go scanródh sé sin é.

'A chunt bhradach,' a dúirt an té a bhí ar an taobh eile den líne i nguth srónach, agus leag sé síos an teileafón.

Ghlaoigh Therese ar an stáisiún áitiúil den Gharda Síochána. Ba léir go raibh an sáirsint dúisithe aici, agus nach raibh fonn rómhór air éirí amach as a leaba.

'Is beag atáimid in ann a dhéanamh,' ar sé. 'D'fhéadfaimís breathnú thart ar an mbosca teileafóin sa sráidbhaile ceart go leor. Rug muid ar dhaoine ag pleidhcíocht ansin cheana cúpla bliain ó shin.'

'Déan sin sciobtha, mar sin, a Thomáis.'

'Ach b'fhéidir nach as sin a ghlaoigh sé chor ar bith.' Bhí níos mó fonn cainte ná gnímh ar an sáirsint. 'Ná bíodh aon imní ort. Tiocfaimid suas leis luath ná mall. Cuirfidh mé fios ar *squad* Uachtair Aird.'

'D'fhéadfaimís a bheith maraithe inár gcuid leapacha agus tusa ag cur fios ar *squad* Uachtair Aird. Táim ag iarraidh cosaint an dlí láithreach.'

'Tóg t-am, a dheirfiúr, Foighid, foighid... Tá a fhios agam go bhfuil tú corraithe, ach bíonn pátrún leis na rudaí seo, ní amháin sa tír seo, ach chuile áit. Léigh mé túairisc ...'

'Is fearr dom glaoch a chur ar an gCeannfort.'

'Tóg go réidh anois é, a chailín. Foighid ort, nóiméad go mbreacfaidh mé síos cúpla nóta. Chuir sé air a thuin oifigiúil. 'Bhfuil duine ar bith a leagadh as a chuid oibre a bheadh ag iarraidh díoltas a bhaint amach, an gceapann tú?'

Faoin am a raibh an t-agallamh thart ní raibh a fhios ag Therese cé is feargaí a bhí sí leis an sáirsint nó leis an té a rinne an glaoch. B'é an chomhairle a chuir sé uirthi ar deireadh ná an fón a leagan síos láithreach dá nglaofadh sé arís agus glaoch airsean sa mbeairic. D'fhéadfadh sí cur isteach ar uimhir nua lá arna mhárach. Idir an dá linn d'iarrfadh sé ar ghluaisteán na ngardaí in Uachtar Ard ruathar a thabhairt chomh fada lena teach nuair a thiocfaidís thart ar ball.

'Cén saghas duine a dhéanann glaoch mar sin go hiondúil?' a d'fhiafraigh sí de. 'An mbíonn siad as a meabhair? *Maniac?*'

'Uaigneach is mó a bhíonn siad,' ar sé. 'Tar éis dóibh braon a ól briseann an frustrachas amach. Ina n-intinn féin tá siad i ngrá le duine dathúil mar tú féin, duine nach bhfuil aon seans acu uirthi, má thuigeann tú mé'

'Seans orm nó gan seans orm, níor cheap mé go dtabharfaí 'A chunt' ar dhuine a bhfuil tú i ngrá léi.'

'Is cuid den fhrustrachas é sin i ndáiríre.' Lean an sáirsint lena shíceolaíocht bhaile 'Léigh mé leabhar ...'

'Feictear dom, a Tom,' ghearr Therese isteach ar a chuid cainte 'go bhfuil tú thar a bheith réidh faoin rud ar fad.'

'Inis dom céard is féidir liom a dhéanamh. Tá mé anseo liom féin, an bhean agus na gasúir imithe chuig muintir na mná sa gcarr s'againn féin. Uachtar Ard atá ar diúité.'

'B'fhéidir gur *paranoid* atá mé, ach nuair atá mná ag fanacht in áit iargúlta. ..'

'Coinnigh do mhisneach. Tá a fhios agam ón méid atá léite agam gur cladhaire gan aon mhisneach a dhéanann sin. Sin é an fáth ar leag sé síos an fón nuair a bhagair tú na gardaí air. Ná bíodh faitíos ar bith oraibh.'

Fuarchúiseach go maith a ghlac sí buíochas leis agus leag uaithi an teileafón. Is beag sásamh a bheadh aici uaidhsean. Bheadh sé chomh maith aici glaoch ar an gclochar le glaoch ar na gardaí. Ar a laghad ar bith, thuigfeadh na mná rialta cúrsaí na mban. Bheadh neart gardaí timpeall ceart go leor nuair a bheadh duine éignithe, maraithe.

Bhí an-fhaitíos ar Therese. Chraith sí nuair a chorraigh an ghaoth rud éigin taobh amuigh. Baineadh geit eile aisti nuair a lig Caomhán osna ina chodladh, go dtí gur thuig sí céard a tharla. Análú mo dhuine ar an bhfón a chuir sé i gcuimhne di. Bhí sí ró-eaglach siúl timpeall agus boltaí na ndoirse a sheiceáil, fiú amháin. Ar deireadh dhúisigh sí Bridie, agus d'inis fáth

162

a heagla di.

Chuir misneach Bhridie iontas uirthi. D'éirigh sí. Chuaigh sí timpeall le cinntiú go raibh na doirse faoi ghlas, na fuinneogaí dúnta i gceart. Thug sí léi an tlú ó thaobh na tine isteach sa seomra codlata. 'Má thagann aon duine isteach anseo beidh troid le déanamh aige theacht in aice ceachtar againn. Fáigh piocóid nó rud eicint duit féin. Beimid chomh maith le Maedbh agus Gráinne Mhaol lá ar bith. Nach mó cáil a bhí ar chrógacht mhná an Iarthair ariamh ná na fir?'

B'éigean do Therese gáire a dhéanamh fúithi, bhí Bridie chomh láidir, cróga sin, í féin ar nós duilleog séidte. 'Is beag a cheap mé,' ar sí, ' go bhféadfadh rud chomh fánach le glaoch teileafóin an mothú a bhaint asam.'

'Táimse i mo ghaiscíoch anois,' arsa Bridie, 'ach nuair a bhí mé pósta le John is beag troid a bhí mé in ann a dhéanamh. Lagadh na glúine orm nuair a theastaigh misneach uaim.'

'Is dóigh nach bhfuil duine ar bith ar an saol nach féidir a bhriseadh,' arsa Therese, 'glóthach a dhéanamh dóibh in imeacht cúpla soicind, ach tabhairt faoi i gceart. Sin é is mó a chruthaigh na campaí géibhinn aimsir na Naitseach, is dóigh.'

'Nuair a bhídís ag caint ar na campaí sin sna ranganna teagaisc Chríostaí ar scoil, bhínnse ag déanamh iontais díobh nár éirigh siad amach agus na gardaí a ionsaí in éindí. Bhí a fhios acu nach raibh tada le cailleadh acu, go raibh siad le bású ar aon chaoi. Bhí a ndóthain acu le lucht na ngunnaí a cheansú dá n-ionsaídís iad. Ach d'fhoghlaim mé céard é faitíos ina dhiaidh sin, nach mbíonn duine in ann cosaint ar bith a chur suas.'

'Tuigimse go maith.' D'aontaigh Therese léi. 'Agus puiteach déanta díom ag an nglaoch teileafóin sin. Ní iontas ar bith é go mbíonn sé chomh deacair sin éignú a chruthú sna cúirteanna, ceaptar go mbíonn na mná ag iarraidh gnéas a bheith acu nuair nach dtroideann siad ina choinne.'

'Throidfinnse an domhan anocht,' arsa Bridie. 'Amárach b'fhéidir nach mbeinn in ann mo lámh a chrochadh le mé féin a chosaint.'

'Caithfidh mé aláram a fháil don teach.' Bhí Therese bán san éadan fós.

'Nach bhfuil an fón againn?'

'Tá sé éasca sreanganna teileafóin a ghearradh. Gheobaidh mé alaram ann chomh luath in Éirinn agus is féidir. Is é an rud is measa faoi na tithe seo atá tógtha ar mhaithe leis an radharc, nach bhfuil na comharsana sách cóngarach, ní hionann is na tithe síos ar an mbóthar mór.'

'Ach cén mhaith a dhéanfadh alaram nuair nach bhfuil tithe sách gar dúinn?'

'Ar a laghad ar bith scanródh sé duine. Thiocfadh duine eicínt as áit eicínt le cúnamh a thabhairt, agus ceann acu ag clingireacht.'

Arsa Bridie 'Meas tú cé a bhí ann?'

'Níor aithin mé a ghuth, ach ba léir go raibh athrú curtha aige ar a ghlór. Ní raibh mé in ann ainm ná aghaidh a chur ar an namhaid sin amuigh sa dorchadas.'

'An namhaid leatsa nó liomsa a bhí ann, meas tú?'

'Ní bhíonn duine ag plé le cúrsaí gnó gan naimhde a dhéanamh.'

'Ní cúrsaí gnaithe a tharraingníonn glaoch mar sin, a Therese, ach cúrsaí gnéis nó grá.'

'John, meas tú?'

'D'fhéadfadh sé tarlú, dá mbeadh sé sách ólta.'

'Ach níl sé ag ól?'

'Go bhfios domsa. Ach nach liomsa a labhródh seisean, ní leatsa.'

'Tá faitíos sách dona,' arsa Therese, nuair atá tú in ann ainm agus éadan a chur ar dhuine. Bheifeá in ann é a throid, dá mbeadh a fhios agat cé hé féin. Ach duine anaithnid. Is ionann é agus a bheith ag troid le taibhse.' Shiúil sí thart ar fud an tseomra, go corrabhuaiseach. 'An gceapann tú go bhfuil John athraithe i ndáiríre?' a d'fhiafraigh sí de Bhridie.

'Nuair atá an foréigean istigh sa duine ... níl a fhios agam. Suigh síos agus tóg go réidh é. Tá an síorshiúl seo ag cur na néaróg orm.'

'Is cosúil é le bheith ag troid le taibhse.' Shuigh Therese síos.

'Nó leis an seandiabhal féin.' Thosaigh Bridie ag gáire.

'Bhfuil tú ag iarraidh mé a scanrú ar fad?'

'Nach bhfuil a fhios agam go maith nach gcreideann tusa i nDia ná i ndiabhal?'

'Ní chreidim iontu sa lá, ach creidim iontu san oíche. Creidim iontu, go háirid nuair atá siad i mo dhiaidh. Is ar a leithéid sin ar an bhfón a thabharfainnse diabhal.'

Réitigh Bridie tae. 'Tá rud níos láidre ná sin ag teastáil,' arsa Therese, ag caitheamh fuisce síos sna cupáin, a lámh fós ag creathadh. Thit an cupán uaithi nuair a ghlaoigh an teileafón arís. Rug Bridie ar an bhfón agus labhair sí go borb 'Focáil leat, a bhastard.'

'Gabh mo leithscéal ...' An sáirsint a bhí ar an líne, ag fiafraí an raibh rudaí ceart go leor. Bhí na mná sna trithí ag gáire de bharr an rud a dúirt Bridie.

'Tá súil agam nach pleidhcíocht de chineál eicínt atá ar siúl ansin agaibh.'

'Ní hea, a Sháirsint, ach bhí mé cinnte gurb é an t-amadán a ghlaoigh cheana a bhí ann.'

'Hello Tom.' Bhí an fón tógtha ag Therese, agus labhair sí sa nguth is deise fóin a bhí aici. 'Go raibh míle maith agat as glaoch ar ais arís orainn. Ar rug sibh ar an scabhaitéir fós?'

'Ní bhfuair muid duine ar bith. Tháinig an *squad* ar ball, agus thiomáin muid thart chuile áit. Níl duine ná deoraí le feiceáil in aon áit.'

'Bhuel, go raibh míle maith agat as glaoch ar ais. Gheobhaimid alaram curtha isteach chomh luath agus is féidir, ceann a bhfuil ceangal aige leis an mbeairic.'

'Tá tú in ann a bheith chomh milis.' Bhí Bridie ag gáire fuithi nuair a leag sí síos an fón.

'Ní hé Tom is measa, ach go bhfuil sé chomh leisciúil sin.'

Is beag a chodail ceachtar acu an chuid eile den oíche. Nuair a dhúisigh toirneach Therese thart ar a cúig a chlog bhí an solas múchta, lasracha sa múráil thoirní. Scanraigh na clocha sneachta a bhuail an fhuinneog í. Chraith sí Bridie go dtí gur dhúisigh sí. D'iarr sí uirthi a

166

lámha a chur timpeall uirthi. Bhí sí beagnach ina codladh nuair a d'éirigh sí de gheit.

'Tá duine eicínt sa seomra,' a dúirt sí. 'Duine ag siúl go han-réidh.'

Rug Bridie ar an tlú ar thaobh na leapa. 'Cé atá ansin?' a d'fhiafraigh sí, faitíos ag cur méaracha fuara ar chnámh a droma.

'Mamaí,' a dúirt Caomhán, tagtha amach as a chliabhán ag cuartú a mháthar nuair a dhúisigh torann na toirní é. Chuaigh sé isteach sa leaba idir an bheirt acu, áit ar thit sé ina chodladh láithreach i dteas na mban. D'fhan Therese agus Bridie ina ndúiseacht agus iad ag comhrá go dtí gur shoilsigh solas an lae isteach sa seomra.

* * * * *

Bhí súile John greamaithe le chéile nuair a dhúisigh sé maidin Dé Luain. Bhí a chloigeann mar a bheadh ord ag briseadh cloch istigh ann. Bhí a bhéal tirim agus blas gránna ar a theanga. Shíl sé gur sa bpríosún a bhí sé go dtí gur chuala sé a mháthair sa chistineach. Bhí sé ina leaba féin, ina sheomra féin sa mbaile. Chonaic sé an buidéal le taobh na leapan, cupla orlach poitín fanta ar an íochtar. 'Ó *Christ* ...' Bhí sé ar an ól an lá roimhe.

'Tá slaghdán orm, a mham,' a d'fhreagair sé nuair a d'fhiafraigh a mháthair de tríd an doras an raibh sé le héirí. 'Tá slócht orm. Tá mo mhuineál tinn. Airíonn tú féin an chaoi a bhfuil mo ghlór.' Thit sé ina chodladh arís. Bhí sé tar éis a haon a chlog nuair a dhúisigh sé. Boladh an phoitín an chéad rud a thug sé faoi deara.

Is ar éigean ba chuimhneach leis rud ar bith a tharla tar éis dó imeacht ó Bhridie agus an páiste. De réir a chéile tháinig imeachtaí an lae sin ar ais. Thug Micil, an leaid a bhailigh é ó thigh Bhridie siar Conamara é. Chuimhnigh sé gur pionta Cidona a bhí aige sa teach ósta i nDoire Né. Bhíodar ar cuairt ina dhiaidh sin i dteach níos faide siar a raibh cailíní ann a raibh súil ag Micil ar dhuine acu. Athair na gcailíní sin a thug an buidéal anuas as an seomra. 'Déanfaidh sé maith do do shlaghdán,' a dúirt sé le John, nuair a d'airigh sé é ag casacht. Cé gur dhúirt sé go raibh an t-ól tugtha suas aige agus nár theastaigh deoch ar bith uaidh, cuireadh fuisce te isteach ina lámh. Dúradh leis gur togha an stuif a bhí ann, tús an phota. B'fhíor dóibh. Shíl sé nach ndéanfadh ceann amháin aon dochar, agus bhí slaghdán air dáiríre.

Chuimhnigh sé go raibh siad in óstán sa gCeathrú Rua ina dhiaidh sin, agus i dteach ósta eile nach raibh i bhfad ón Halla. Chuadar chuig an damhsa ag deireadh na hoíche, ach níor fhan siad i bhfad ann. Bhí an áit plódaithe, Joe Dolan ag casadh, chomh maith is a bhí sé ariamh, cé nach in aois na hóige a bhí sé ag dul, cuid de na leaids ag rá nach raibh sé i bhfad ó aois phinsin.

Shuigh siad tamall sa gcarr, ag ól as buidéal agus ag éisteacht leis an gceol ón damhsa. Bhí cailíní ar a nglúine acu, iad ag cogarnaíl agus ag sciotaíl gáire. B'fhada roimhe sin ó d'fhág sé lámh ar bhean ar bith. Níor chuimhneach leis cén t-ainm a bhí ar an gcailín a bhí suite ar ghlúin aige, ach is í a bhí géimiúil, póga deasa boga á dtabhairt aici dó, a theanga á 'slogadh' aici tar éis píosa. D'éirigh leis a lámh a chur faoina cíochbheart, ach stop sí é nuair a thriall sé sip a *jeans* a oscailt, cé gur lig sí dó í a chuimilt tríd an mbríste. Bhí tuairim mhaith aige go raibh an ceann sa suíochán tosaigh ag tarraingt ar bhod Mhicil, agus bhí súil aige go ndéanfadh a stumpa féin an rud céanna dó. Ach d'imigh na cailíní in aon léim amháin amach as an gcarr nuair a thosaigh Joe ag casadh 'Jailhouse Rock,' agus isteach leo sa Halla. Chuaigh Micil amach ina ndiaidh. Chaith sé gur chodail sé ina dhiaidh sin sa suíochán deiridh mar deamhan rud eile a chuimhnigh sé air go dtí gur dhúisigh sé ina leaba féin ar maidin.

Theastódh puins eile anois uaidh lena chloigeann a ghlanadh. Staonadh sé ón ól go deo na ndeor ina dhiaidh sin. Bhí sórt aiféala air gur bhris sé amach, ach nárbh í an Nollaig í, agus nach raibh slaghdán air i ndáiríre? Ní gá go mbeadh a fhios ag Bridie tada faoi. Cibé seans a bhí aige í féin agus an gasúr a fháil ar ais, ní chuideodh an t-ól puinn leis. Bhí an ceart ar fad aici freisin. Ba é an t-ól a rinne an diabhal uilig orthu nuair a bhíodar posta. Ach oíche bheag amháin tar éis dhá bhliain, ní tada é sin.

D'ól sé braon as an mbuidéal ach bhí blas lofa air. Cén chaoi a ndéanfadh sé braon te i ngan fhios dá mháthair? 'Tae, d'fhéadfainn é a chur tríd an tae,' a chuimhnigh sé. D'éirigh sé amach as an leaba. Tharraing sé air a léine agus a bhríste, agus cosnochta, chuaigh sé amach chuig an gcistin. Bhí an t-ádh leis. Ní raibh sí istigh. Chonaic sé í amach tríd an bhfuinneog, í ag tabhairt féar tirim do na beithígh. Rinne sé tae láidir le trí spúnóg siúcra agus thug sé leis isteach sa seomra é.

Líon sé an muigín suas le fuisce agus chuir sé an buidéal leis an mbraon a bhí fágtha i bpóca a chulaithe nua, muinchille an tseaicéid timpeall ar bharr an bhuidéil, ar fhaitíos na bhfaitíos go dteastódh sé arís, cé go raibh rún daingean aige gan aon ól a dhéanamh níos mó. Tar éis chomh fuar is a bhí an lá d'oscail sé an fhuinneog agus chaith sé toitín, le nach mbeadh boladh an óil le tabhairt faoi deara sa seomra.

Shuigh sé ar an leaba, an muigín ina lámh. Bhí drochbhlas an phoitín múchta ag an tae agus an siúcra. D'airigh sé an teas ag éirí ina chuislí. Thógfadh sé tamall ar an gcloigeann glanadh i gceart, ach nuair a bheadh sé amuigh faoin aer ní aireodh sé chomh dona. Ar feadh soicind amháin shíl sé go raibh sé i mbosca teileafóin, ag cur glaoch ar Bhridie, ach gurb í an bhean fhionn a d'fhreagair. B'iontach na cleasa a d'oibrigh an t-ól ar dhuine, a cheap sé. 'Caithfidh mé obair an tráthnóna ar fad a dhéanamh,' a dúirt sé leis féin, scíth a thabhairt don tseanlady. Bhí sí go maith dó, thar a bheith go maith, ó tháinig sé abhaile.

'Ó holy foc,' a chuimhnigh sé. 'Nach inniu a bhí mé ceaptha tosú ag obair?' Chuardaigh sé go dtí go bhfuair sé an litir a tháinig ón ionad oibre. Chuaigh sé amach go dtí an áit a raibh an fón crochta taobh istigh den doras, agus ghlaoigh sé ar an oifig. Rinne cailín na hoifige gáire nuair a dúirt sé cé hé féin.

'Ní iontas ar bith tú a bheith tinn,' ar sí go haerach. 'Nach bhfaca mé sa gCeathrú Rua aréir thú agus tú chomh *steam*áilte le gadhar.'

'Ssssh. Cloisfear thú.'

'Cén dochar é braon a ól?'

'Beidh mé ann amárach, cinnte.'

'Teastóidh teastas dochtúra uait.'

'Ar lá amháin?'

'Tá príomhfheidhmeannach an Údaráis thar a bheith géar faoi seo. Bíonn orainn tuairisc a chur ar fáil gach maidin Luain ar cé tá ag obair, agus cé nach bhfuil. Agus bíonn sí ina diabhal uilig an chéad lá i ndiaidh saoire. Ní ligeann sí d'aon duine teacht ar ais nach bhfuil teastas dochtúra aige ná aici.'

'Arb 'in í an *bhlonde* sin a dtugann siad Thatch uirthi?'

'An bhean chéanna.'

'An chunt. Tá a fhios agamsa céard a theastaíonn uaithi sin.' Leag sé síos an fón. Bhí deireadh leis an jab sin, is dóigh, a cheap sé, agus chuile phost eile faoi chúram an Údaráis. Cén dochtúir a thabharfadh teastas d'fhear a raibh póit poitín air? Bhí John ar buile. Cén fáth a raibh an oiread cumhachta tugtha do bhean amháin, nár de bhunú na Gaeltachta ar chor ar bith í? Bhí an chunt sin ag teacht roimhe chuile threo a chasfadh sé. Chaithfeadh sé a bhean agus a mhac a fháil amach as an teach sin, a cheap sé. Bhí drochthionchar aici sin ar Bhridie, a cloigeann líonta suas aici le neamhspleáchas agus le saoirse na mban. Ní raibh Bridie mar sin nuair a bhí aithne aige uirthi i dtosach.

D'airigh sé daoine ag rá le tamall gur leispiach a bhí sa Thatch sin, gurb in é an fáth a raibh sí chomh mór sin in aghaidh na bhfear. Ach ní chuirfeadh Bridie suas le healaín mar sin. Thaitin bod fir rómhór léi ina lá. Ní fhéadfadh sí bheith iompaithe ina duine acu sin, nó an bhféadfadh? B'fhéidir gurb 'in é an fáth a raibh sí chomh fuar leis ó tháinig sé ar ais.

Theastódh bean uaidh gan mórán achair, a d'airigh sé. Mhúscáil na cailíní sin aréir rud ann, rud a bhí sé ag aireachtáil uaidh le fada. '*Ride*áilfí í sin éasca go maith,' ar sé leis féin ag cuimhneamh ar an gcailín a bhí ar a ghlúin sa gcarr. Dúirt siad 'stopa tú,' i gcónaí, ar ndóigh, ach thógfadh sé níos mó ná caint le John a stopadh an chéad uair eile. Muna bhfaighfeadh sé ó Bhridie é, gheobhadh sé in áit eile é.

Ach cén fáth a mbeadh air bean eile a chuardach nuair a bhí bean dá chuid féin aige, pósta i séipéal, 'más fearr sin, más measa.' Os comhair Dé agus na heaglaise. Nach raibh sé i ngrá léi? Céard eile a bhí uaithi? Bhí sé dlite dó go rialta, agus bhí sí á eiteachtáil air.

'*Put up or shut up*,' ar sé os ard. 'Muna dtiocfaidh sí ar ais chugam, bainfidh mé an páiste di. Tabharfaidh mo mháthair aire dó chomh maith le bean ar bith.' Bheadh an-seans aige Caomhán a fháil a cheap sé dá mbeadh an ráfla thart, más fíor bréagach é, go raibh sí féin agus Thatch ag codladh in éindí. Cén breitheamh a d'fhágfadh páiste ag a leithéid de bheirt? Dhéanfaidís *nancyboy* ceart de.

Padraig Standún

Ní dhéanfadh sé aon obair fheilme an lá sin.
Ní fhéadfadh sé. Bheadh a mháthair ceart go leor.
Thaitin obair den chineál sin léi, cé go raibh sí ag
casaoid faoin aois a bheith ag teacht uirthi. Baol
uirthi. Bhí sí chomh folláin le breac. Chaillfí í
muna mbeadh sí ag obair. Ach dáiríre píre
chaithfeadh sé níos mó suime a chur sa talamh.
Ní theastódh jab ar bith uaidh dá bhfanfadh sé ar
an talamh agus an dól a tharraingt. Is beag nach
mbeadh sé chomh maith céanna as. Ar aon chaoi,
gheobhadh sé jab i nGaillimh dá dtogródh sé.
Bíodh an diabhal ar an mbitseach *bhlonde* sin.
Gheobhadh sé obair dá huireasa.

Nigh sé agus bhearr sé é féin agus bhí sé ag
dul amach an doras nuair a bhí a mháthair ag
teacht isteach. Ní mó ná sásta leis a bhí sí ag
breathnú ach an oiread. 'Shíl mé,' a dúirt sí, 'go
raibh tusa ceaptha gabháil ag obair inniu?'

'Nár dhúirt mé leat aréir ...? Níor dhúirt, mar
go raibh tú imithe a chodladh nuair a tháinig mé
isteach,' Chum sé bréag di. 'Casadh an fear atá os
cionn na hoibre orm, agus dúirt sé nach
bhféadfadh sé mé a chur ag obair go ceann cúpla
seachtain. Níl na meaisíní ar fad faighte acu fós.
Tá siad coinnithe i Learpholl de bharr stailc ar na
dugaí. Cuirfidh sé scéala chugam nuair a bheas
siad faighte.'

'Leisce, agus leithscéal, muna bhfuil dul amú
orm.' Ní raibh sé in ann bréag a inseacht i gceart
dá mháthair ariamh.

'Ní hea, a mham. Is fíor dom é. Níl a fhios
agam an mbacfaidh mé leis an jab sin anois ar
chor ar bith. Bhí mé ag breathnú amach ort ar

173

ball agus tú ag tabhairt aire do na beithígh. Bhí mé ag rá liom féin gur mise ba cheart a bheith i mbun na hoibre sin in áit a bheith imithe chuile lá ag obair.'

'Ná bíodh trua ar bith agat domsa.'

'D'fhéadfá cúnamh a thabhairt dom corrlá,' ar sé.

'Níl aon bhrabach as a bheith ag plé leis an talamh sin.'

'Bheadh an dól ag duine. Bheinn chomh maith céanna as.'

'Ní bheifeá, muis. Bheadh chuile lá ar nós an lá inniu, chuile Luan ar aon chaoi.'

'Á, a mham ...'

'Ní fhanann beithígh le bleán go mbíonn an phóit imithe den duine. B'fhearr do dhuine jab a bheith aige lá ar bith ná a bheith ag brath ar ghiota beag talún. Tá mise in ann an méid atá le déanamh thart anseo a dhéanamh mé féin. Sách fada atá mé á dhéanamh.'

'Bhí mé ag cuimhneamh, dá mbeinn sa mbaile, go dtiocfadh Bridie agus an leaid óg ar ais.'

'Cén chaoi a bhfuil Caomhán?' a d'fhiafraigh a mháthair. 'Caithfidh tú é a thabhairt abhaile lá eicínt, má thugann sí féin cead.'

'Tabharfaidh sí. Táimid ag tarraingt go maith lena chéile anois. An chéad Domhnach eile b'fhéidir.'

'An bhfuil caint ar bith aici ar theacht chun cónaithe leat?'

'Nílim ag cur brú rómhór uirthi, ach taitníonn sé go mór léi go bhfuil Caomhán ag cur aithne ar a athair. Agus tá sé an-mhór liom. John deaide a thugann sé orm.'

'Abair léi nach mbeidh uirthi cur suas liomsa má tá fonn uirthi teacht anseo.'

'Cén saghas cainte í sin? Níl tusa ag dul amach as do theach.'

'Gheobhfainn *mobile*, nó *caravan*. Nó d'fhéadfá *granny flat*, teachín beag maimeó a thógáil dom.'

'Smaoineamh maith. Thógfainn teach beag tirim duit ar an méid a d'íocfá ar *charavan*. B'fhéidir go mbeadh sí sásta a theacht dá mbeadh ár n-áit féin againn.'

'Níor cheart do bheirt bhan ar bith a bheith in aon teach amháin, in aon chistin amháin go háirid. Throidfimís ar nós na gcat.'

'Déanfaidh mé amach liosta den stuif a theastódh le haghaidh teachín a thógáil, sealla beag compoirteach. B'fhéidir, le cúnamh Dé ...'

'Céard a dhéanfas tú muna bhfuil sí sásta, muna dtiocfaidh sí ar ais?'

'Muna dtagann táim ag cuimhneamh ar an bpáiste a thógáil uaithi, más féidir.'

'Cén chaoi a dtógfása páiste?'

'Shíl mé go mbeadh tusa sásta cúnamh a thabhairt dom.'

'Sách fada a bhí mise ag plé le *nappies*.'

'Níor mhaith leat do ghaolta fola féin a fheiceáil á dtógáil ag duine eile?'

'Nach bhfuil an chuid is mó de chlann mo chlainne i bhfad ó bhaile, á dtógáil in áiteacha strainséartha? Ní thógfainn gasúr ar bith óna mháthair muna bhfuil sí ina *bitch* ceart cruthaithe.'

'Tá Bridie togha, ach tá mé amhrasach faoin

mbean sin a bhfuil sí ag obair aici.'

'Thatch?   Nach bhfuil sí sin molta ag chuile dhuine?   Nach í a chuir an tÚdarás ar a chosa? Bhí an Ghaeltacht buailte go dtí gur tháinig sí sin thart.'

'Ní maith liom mo mhac a bheith in aon teach léi,' a dúirt John.

'Tuige?'

'Cloisim rudaí faoina saol pearsanta.'

'Níor cheap mé gur thaobhaigh sí sin le fear ar bith.'

'Sin í an fhadhb.'

'Céard atá tú ag rá ...?   Tá sé sin in aghaidh an nádúir.'

'Sin é atá daoine ag rá.'

'Sin iad an dream atá ag iarraidh í a dhíbirt as a post.   Déarfaidís rud ar bith le fáil réidh léi. Togha mná atá inti sin.'

'Ach más fíor a ndeir tú?'

'Ach níl tú ag rá go bhfuil sí féin agus Bridie ...?'

'Níl mé ag rá tada, ach feictear dom go bhfuil an-drogall uirthi teacht ar ais chuig a fear céile.'

'Dá gceapfainn ar feadh soicind go raibh obair ghránna mar sin ar siúl, thiocfainn leat cinnte gur cheart duit do mhac a thógáil amach as an teach sin láithreach.'

'Theastódh aturnae maith, dlíodóir maith uaim.'

'Má theastaíonn cúnamh ar bith mar sin uait, beidh mise leat. Ach déan chuile iarracht Bridie a fháil ar ais i dtosach. Seans maith nach bhfuil sa gcaint ach ráflaí.'

'Muna dtiocfaidh sí ar ais, beidh mé ag

ceapadh go bhfuil an rud atá ráite fíor. Ach tabharfaidh mé seans di i dtosach.'

'Abair léi go bhfuil tú ag tosú ar theachín beag maimeó.'

'Chomh luath is a bheidh an teachín tógtha ...' Shiúil sé leis, siar go dtí an sráidbhaile. Ní dhéanfadh sé aon dochar cúpla deoch a bheith aige lá mar seo. Theastaigh an branda agus an port nuair a bhí póit ar dhuine. Cúpla pionta pórtair ina dhiaidh sin ar mhaithe le codladh na hoíche agus bheadh duine togha ar maidin. D'éireodh sé as an ól cinnte amárach.

Bhí fáilte agus fíche roimhe sa teach ósta nuair a tugadh faoi deara go raibh sé ar an ól arís. Bhí slua maith istigh, cuid acu fós sa mbaile ó Shasana tar éis saoire na Nollag, daoine eile ar an mbealach abhaile óna gcuid oibre. Thug sé Thatch faoi deara, suite in aice leis an tine mhór. Chuaigh sé síos go dtí an taobh eile den bheár ar fad. Is ar éigean a bhí a phionta blasta aige go raibh ceann eile ina sheasamh lena thaobh.

Seáinín Pháidín, rúnaí Chumann Lúthchleas Gael san áit leis na blianta a cheannaigh an deoch. Tháinig sé anall, ag fiafraí ca'id go mbeadh sé in ann tosú ag imirt dóibh arís. Bhí sé cloiste aige go raibh John ag fanacht sa mbaile, go raibh jab faighte aige. 'Comhghairdeas.' Chroith sé lámh leis. Muna raibh jab aige is gearr go mbeadh seisean ag fáil ceann dó, a dúirt sé. Bhí siad le tréaniarracht a dhéanamh i gComórtas Peile na Gaeltachta na bliana sin, gan caint ar Chraobh Shinsear an Chontae.

'Táimid i measc na sinsear i mbliana, agus idir

mise agus tusa, ní mór dúinn an fhoireann a
neartú,' a dúirt sé le John. 'Tá an bhróg agus an
ghualainn sách maith sa ngrád idirmheánach.
Sna sinsir, teastaíonn scil. *Class*, a mhac, an rud
atá agatsa.' Bhuail sé lámh ar a dhroim. '*Class*
agus cleasaíocht, nach bhfuil an ceann sin go
maith.' Bhí meangadh gáire ó chluas go cluas air,
smugairle chúr phórtair ag séideadh in éadan
John. Bhí an chosúlacht air go raibh sé ag ól ó
mhaidin.

'*Class* agus na cleasa. Tá sé ar fad agatsa, bail
ó Dhia ort, an peileadóir is fearr a tógadh taobh
thiar den Choirib ó aimsir Pheait na Máistreása.
An mbeidh tú in ann imirt Dé Domhnaigh?'

'Deamhan traenáil a rinne mé le fada an lá.'

'Níl traenáil níos fearr ann ná cluiche a imirt.
Tá an scil agatsa, agus an té a bhfuil an scil aige,
ní chaillfidh sé go deo í. Is ionann é agus
marcaíocht ar rothar.' Bhuail sé John sna
heasnacha lena uillinn. 'Nó *ride*áil de chineál ar
bith eile. Tá sé ionat, nó níl sé ionat.'

'Drochthraenáil atá sa stuif seo.' Shín John a
lámh i dtreo a ghloine, 'ach tá mé len é a thabhairt
suas don bhliain nua.'

'Níl dochar ar bith i gcúpla deoch. 'An
cuimhneach leat cluiche ceannais Chonnacht na
bliana ...?' Bhí sé imithe leis ar bhóithrín na
smaointe, ag inseacht faoi chluiche a d'imir sé
féin, blianta sular rugadh John. 'Níor inis mé é
seo do dhuine ar bith ariamh cheana.'
Thabharfadh John an leabhar gurb é an scéal
céanna a hinsíodh dó go minic cheana, ach go
raibh na sé phionta a bhí ólta ag Seáinín roimh an

gcluiche méadaithe go hocht bpionta faoin am seo. Bhí a fhios aige go mbeadh sé in ann chuile scéal eile a bhí ag mo dhuine a aithris focal ar fhocal chomh maith céanna. An gcaithfeadh sé cur suas leis seo an chuid eile den oíche?

B'fhiú a chur suas leis tamall, a cheap John, ar mhaithe le bheith ar fhoireann an Domhnaigh. Thiocfadh sé ar ais i gcleachtadh na peile sula dtosódh an séasúr i gceart. Bhí Seáinín ina roghnóir chomh maith le bheith ina rúnaí, agus go bhfóire Dia ar an té nach raibh am aige dó i dteach an óil. Chuimhnigh John gur ar an Domhnach a bhí sé le Caomhán a fheiceáil, ach nach raibh sé lá eile na seachtaine len é sin a dhéanamh.

B'fhearr leis féin dul ar cuairt ar lá den tseachtain, nuair a bheadh Thatch ag obair. Bhí an ghráin aige anois uirthi de bharr an jab, agus b'fhéidir go mbeadh seans aige ar Bhridie nuair a bheadh sí léi féin. Ní fhéadfá mórán a dhéanamh, ar ndóigh agus an leaid óg ag breathnú, ach dhéanfadh an bharróg féin maith do dhuine. Thaitin an pheil le Bridie, nach ag cluiche a chonaic sí don chéad uair ariamh é? Nach ag cluiche peile a thit sí i ngrá leis? Smaoinigh sé ar ghlaoch teileafóin a chur uirthi, le socrú a dhéanamh faoi Chaomhán a fheiceáil lá eile seachas an Domhnach. Cá raibh an uimhir sin a bhí aige ina phóca? Fágtha ina sheaicéad eile. Iarrfadh sé ar Thatch é.

Ghabh sé leithscéal le Seáinín, agus chuaigh sé anonn chuici. Níor thaitin leis an chaoi a bhreathnaigh sí air, leathfháinne dorcha tuirse faoina dhá súil.

'Shíl mé go raibh a fhios agat an uimhir sin cheana.'

'Bhí sé agam, ach d'fhág mé i bpóca mo sheaicéid eile é.'

'An seaicéad a bhí ort aréir?' Céard a bhí i gceist aici?

'Cén chaoi aréir?'

'Nuair a ghlaoigh tú ar an teach s'againne.'

'Mise?'

'Thart ar a dó a chlog?' Bhí sí ag breathnú go géar isteach ina shúile.

'Ar ghlaoigh mise aréir?' An rud ba mheasa faoi ná nach raibh cuimhne ar bith aige ar an gcuid dheireannach den oíche.

'Mise atá ag fiafraí díotsa?'

'Arb in é an fáth ar sheaiceáil tú inniu mé?'

'Níor sheaiceáil mise aoinneach.'

'Séard a dúradh liomsa gur dhúirt tusa gan mé a ligean isteach amárach muna raibh mé istigh inniu.'

'Inseacht na fírinne, ní raibh a fhios agamsa tada fút. Ní raibh a fhios agam go raibh post ar bith agat.'

'Bhí mé le tosú sa chomhlacht nua adhmadóireachta sin inniu, ach bhí mé tinn, agus sin é a dúradh liom, gan a theacht amárach, gur tusa a dúirt é.'

'Tuigim anois céard atá i gceist,' arsa Therese. 'Sin é an prionsabal atá agam, an riail ghinearálta do chuile dhuine. Tá droch cháil ar oibrithe na tíre seo ag na comhlachtaí idirnáisiúnta as bheith ag cailleadh laethanta de bharr óil. Cuirim síos

mo chos faoin bpointe sin, cinnte. Ní mheallfaidh
muid na postanna an fhad is atá sé sin amhlaidh.
Sin é an fáth a bhfuil mé chomh géar sin faoi.' Ar
éigean a d'éist John lena caint. Ag cuimhneamh
ar an éagóir a d'airigh sé a bheith déanta air féin a
bhí sé.

'An féidir liom tosú ar maidin mar sin?'

'Ní bhaineann sé liomsa níos mó. Fiafraigh
den té ar leis an comhlacht! Má tá teastas
dochtúra agat ní fheicim fáth ar bith nach ligfear
ar ais thú. Ní féidir linn riail amháin a bheith
againn do dhuine amháin, agus riail eile do
dhuine eile.'

'Níl tú ag iarraidh go mbeidh aon jab agam.'
Bhí cuma troda ar John. Bhí a fhios aige ina chroí
istigh nár cheart dó leanacht leis an argóint, ach
'seo í an *bhitch*,' a cheap sé, 'atá ag milleadh mo
mhaicín.'

'Ba mhaith liomsa go mbeadh an jab is fearr ar
domhan agat. Ach ní choinneoidh tú post muna
dtagann tú isteach ar maidin, maidin Luain tar éis
saoire go háirithe.'

'Níl ansin ach lá amháin, agus bhí mé tinn i
ndáiríre. Fiafraigh de mo mháthair é.'

'Tabhair leat teastas an dochtúra mar sin.'
Níor thaitin sé le Therese gnaithe oibre a phlé go
poiblí i dteach an óil. Bhí a fhios aici nár cheart di
aon rud eile a rá, ach bhí cathú rómhór uirthi é a
shaigheadadh. 'D'fheabhsaigh tú go míorúilteach,
feictear dom, duine a bhí chomh tinn sin ar
maidin, ní raibh sé in ann dul ag obair.'

'Nach bhfuil tusa ar an ól chomh maith liom
féin?'

'Táim, ach beidh mise ag obair ar maidin. Níor chodail mise néal aréir, de bharr go raibh scabhaitéir eicínt ag pleidhcíocht ar an bhfón, ach bhí mé ag mo deasc ag a naoi a chlog ar maidin inniu.'

'Tá tú thar cionn uilig,' arsa John go searbhasach. 'Ach tá a fhios agam go maith nach bhfuil tú ag iarraidh go mbeadh jab ar bith agam, agus cén fáth.'

'Tá an t-ól ag éirí sa gcloigeann ort.'

'Tá tú ag iarraidh go mbeidh mise díomhaoin, ar fhaitíos go dtiocfaidh Bridie ar ais chugam.'

'Seafóid. Deargsheafóid. Tháinig tú ag iarraidh uimhir teileafóin do Bhridie. Seo dhuit í.' Scríobh sí síos an uimhir ar bhosca folamh toitíní. 'Más uait gnaithe an Údaráis nó fostaíocht a phlé, cuir glaoch orm san oifig amárach.'

Bhraith John ar a rá léi cén áit ar cheart di a jab a chur. Ach chuimhnigh sé go n-inseodh sí do Bhridie é, agus ní bheadh a fhios agat cén trioblóid a tharraingeodh sé sin faoi Chaomhán, agus cead a bheith aige é a fheiceáil. Thóg sé an uimhir, agus d'imigh sé chuig an teileafón poiblí i gcoirnéal an ósta.

'An raibh tú ag glaoch anseo aréir?' an chéad rud a dúirt Bridie nuair a ghlaoigh sé.

'Is tú an dara duine a chuir an cheist sin orm le cúig nóiméad. Caithfidh sé gurb aisteach an glaoch a bhí ann.'

'Tá na gardaí ag fiosrú an scéil,' a dúirt Bridie.

'Glaoch graosta, nó cén sórt glaoch a bhí ann?'

'Rud eicínt mar sin.'

'Má bheireann mise ar an gcunt a rinne é.'

'Bhfuil tú ar an ól arís?'

'Mise?' Chuimhnigh sé nach raibh aon mhaith é a shéanadh. Scaoilfeadh Thatch an cat as an mála. 'Bhí mé maraithe le slaghdán. Thug mo mhamaí fuisce te dom. Ansin tháinig na *lads* ag iarraidh mé a chur ag imirt peile arís. Tá a fhios agat féin Seáinín Pháidín. Muna n-ólann tú deoch leis tá tú sna *bad books*. Beidh mé ar an bhfoireann Dé Domhnaigh.'

'Shíl mé go raibh tú ag teacht ag breathnú ar Chaomhán Dé Domhnaigh.'

'Nach 'in é an fáth ar ghlaoigh mé, fiafraí an mbeidh mé in ann é a fheiceáil ar lá eicínt seachas Dé Domhnaigh.'

'Nach mbeidh tú ag obair cúig lá na seachtaine?' D'inis sé an bhréag chéanna a d'inis sé dá mháthair, é ag cuimhneamh ag an am céanna. 'Is dóigh go sceithfidh an *bhitch* bhuí orm, go n-inseoidh sí nach raibh mé in ann dul ag obair na maidine,' ar sé ina aigne féin.

'Is cuma liom faoi Caomhán a fheiceáil lá eicínt eile. Ach tá mé ag rá anois leat. Má leanann tú leis an ól ní bheidh cead agat é a fheiceáil.'

'Tá an ceart ar fad agat. Aontaím go hiomlán leat. Is í an oíche anocht an oíche dheireanach i mo shaol a ólfas mé.'

'Chuala mé é sin míle uair cheana.'

'Tá tú róchrua orm, a Bhridie.'

'An raibh tú ag ól aréir?'

'Céard é seo? Stáisiún na bpóilíní?'

'Gheall tú.' Bhraith sé ar é a shéanadh, ach b'fhéidir go raibh sí ag caint le duine eicínt ...

'Bhí cúpla ceann beag agam. Cúpla ceann

maith i ndáiríre.'

'I bhfocail eile chaill tú do mheabhair le hól.'

'Níor dhúirt mé é sin. Is í an Nollaig í. An gcaithfidh mé cead a fháil le chuile rud a dhéanamh? Beidh sé chomh dona leis an scoil bheag ar ball, an bhfuil cead agam dul chuig an leithreas?'

'Ní call duit cead ar bith a fháil uaimse. Déan do rogha rud. Ach má theastaíonn uait Caomhán a fheiceáil ag fás suas éireoidh tú as an ól uilig.'

'Nár dhúirt mé go bhfuil mé len é a thabhairt suas?'

'Ach ní dhearna tú fós é.'

'Tá an deoch dheireanach ólta agam.'

'Muna bhfuil ...'

'An mbeidh an Satharn ceart go leor le Caomhán a fheiceáil mar sin?'

'Ceart go leor, agus is maith liom go bhfuil tú ag dul ag imirt arís. Tá a fhios agam cé chomh mór is a thaitin sé leat, agus chomh maith is atá tú.' Bhí Bridie ag iarraidh a thaispeáint nach ina aghaidh féin a bhí sí, ach in aghaidh an óil.

'Ar mhiste leat dá dtabharfainn ar cuairt chuig mo mháthair é?'

'Cinnte. Nach í a mhamó í.'

'Cailleach an airgid.' Gháir siad in éindí ar an bhfón. 'Ar mhaith leat a theacht linn?'

'B'fhearr dá dtabharfá leat féin é, an chéad uair ar aon chaoi. B'fhéidir go mbeadh sí neirbhíseach agus mise thart uirthi.'

'Cibé rud a cheapann tú féin.'

'De Sathairn mar sin?'

'Ná dearmad an rud a dúirt mé.'

184

'Tá sé tugtha suas cheana agam. Ní chríochnoidh mé mo dheoch fiú amháin.'

'Oíche mhaith mar sin.'

'Abair le Caomhán go raibh John Deaidí ag cur a thuairisce.'

'Déarfaidh. Bíonn sé ag caint ort i gcónaí.'

'*I love you, Bridie.*'

'Tá tú ar meisce, i ndáiríre.' Bhí sí ag gáire agus an fón á leagan uaithi aici.

Shiúil John amach díreach as an mbeár gan breathnú ar an bpionta go leith a bhí fágtha ina dhiaidh aige. Bhí sé ina bháisteach. D'aithin sé Porsche Thatch ag dul thairis agus chuir sé cúpla foc ina diaidh, ag imeacht ina carr galánta agus daoine eile fliuch báite. 'Theastódh cúpla orlach maith uaithi sin,' a dúirt sé ina intinn féin, le beagán nádúir a mhúscailt inti.'

'Fair plé dhuit,' arsa Therese le Bridie nuair a bhíodar suite chun boird ag ithe dinnéir. 'Chuaigh sé abhaile díreach tar éis an íde béil a thug tú dó ar an bhfón.'

'Níor thug mise aon íde béil dó.'

'Bhí tú le cloisteáil ar fud an bheáir.'

'Ó, a Mhaighdean.' Ansin thug sí faoi deara go raibh Therese ag gáire. 'Ní mór do dhuine eicínt a bheith ag máistreacht air, agus é ar ais ar an ól arís.'

'Meas tú arb é a bhí ar an bhfón aréir?' a d'fhiafraigh Therese.

'Tá tuairim mhaith agam gurb é, ach nach bhfuil aon chuimhne aige air i ndáiríre. Ní hé an chéad uair dó dearmad a dhéanamh ar céard a rinne sé de bharr óil.'

'Beidh muide ar an gcaoi chéanna má leanann muid orainn ag ól fíona leis an dinnéar.' Líon Therese na gloineacha arís. 'Nach í an Nollaig í.'

'Sin é a bheimid ag rá go Cáisc. Dúirt mise go n-íocfainn as an gcéad bhuidéal eile.'

'Ní cúrsaí airgid atá i gceist agam. Rud ar bith a deirim faoi bhia nó faoi chúrsaí dí ceapann tú gur ag casaoid faoin airgead a bhím.'

'Ní mhaith liom a bheith faoi chomaoin ag aoinneach,' arsa Bridie. 'Nuair a bheas airgead agamsa, ní bheidh mé gortach.'

'Bhfuil tú ag rá go bhfuil mise gortach? Nach ndéanaim mo dhícheall duit féin agus do Chaomhán?'

'Sin é arís é. Cén mhaith duit é a dhéanamh agus é a chaitheamh i mo bhéal arís?'

'Níl mé ag caitheamh rud ar bith i do bhéal. Ag caint ar ól agus ar alcólachas atá mé.'

'Ní ólaim leath an oiread leatsa,' arsa Bridie. 'Níor chaith mise an tráthnóna sa teach ósta. Má tá fadhb agat leis an ól, déan rud eicínt faoi.'

'D'ól mise cúpla deoch ar mo bhealach ón obair. Bhí lá crua oibre agam agus bhí mé traochta tuirseach ceal codlata na hoíche aréir. Ní gá dom leithscéal ar bith a dhéanamh faoi, nó má ólaim gloine fíona le mo dhinnéar ach an oiread. Déanann leath na cruinne é sin, agus déanann sé maith dóibh.'

'Tá a fhios ag chuile dhuine cé chomh crua agus a oibríonn tusa. Tá a fhios againn mar go mbíonn tú go minic ag caint ar an raidió faoin méid a dhéanann tú do mhuintir Chonamara. Bhuel, bhí muintir Chonamara in ann aire a thabhairt dá ngnaithe féin sular tháinig duine ar bith chucu ó Mhaigh Eo. Céard a tháinig ariamh as Maigh Eo, ach tincéirí agus sagairt agus gardaí?'

'Ní bhímse ag déanamh gaisce ar céard a dhéanaim do mhuintir Chonamara, mar go bhfuil i bhfad níos mó ná Conamara sa Ghaeltacht, cé go gceapann siad féin nach bhfuil ann ach iad. Ach tugaim oiread aird agus aire do Ghaeltacht Thír Chonaill agus Corca Dhuibhne, agus Ráth Cairn ...'

'Nach bhfuil tú thar cionn amach is amach?'

'Céard tá ort ar chor ar bith tráthnóna? Shíl mé go raibh gach rud ceart ag tús an bhéile?'

'Níl rud ar bith ag cur as domsa.' D'éirigh Bridie ón mbord. Thóg sí a pláta féin agus pláta Chaomháin agus thosaigh sí ar iad a níochán.

'Fág na soithí,' arsa Therese. 'Nífidh mise iad.'

'Nífidh mé féin iad.'

'Triomóidh mé iad mar sin.'

'Triomóidh mé féin iad. Fág faoi do chailín aimsire iad.'

'Níl aon mhaith a bheith ag caint leat inniu.'

Nuair a bhí na soithí nite agus triomaithe ag Bridie, thug sí Caomhán isteach sa seomra leapa agus dhún sí an doras de phreab. D'athraigh sí faicín air, agus réitigh sí é lena chur a chodladh. Ach dhiúltaigh sé dul a chodladh gan 'póigín Teetie' a fháil i dtosach. B'éigean do Bhridie é a scaoileadh amach as an seomra arís. Chuaigh sé suas ar ghlúin Therese. Thug sí póg dó, ach ní raibh sé sásta leis an méid sin. Theastaigh cuid dá dhinnéar a bhí fanta uaidh freisin. Ghearr sí an fheoil ina píosaí le tabhairt dó.

'Déan deifir, a Chaomháin,' a bhéic Bridie ón seomra codlata.

'Abair le mamaí teacht aníos le haghaidh a póigín féin.' Dúirt Therese sách ard é le go gcloisfeadh Bridie sa seomra í.

'Foc thú féin agus do phóigín.' Bhí cuthach fós ar Bhridie.

'Foc.' Bhreathnaigh Caomhán suas in éadan Therese. Bhí a fhios aige gur bhain an focal sin gáire amach chuile uair a dúirt sé é i ndiaidh duine eile. 'Foc ú.'

'Gabh i leith.' Tháinig Bridie aníos chuig an doras, an cantal imithe di lena gáire. 'Na rudaí atáimid ag múineadh duit,' ar sí le Caomhán agus é ag léim isteach sa leaba.

'Cuirfear an milleán ormsa mar gheall air sin freisin is dóigh,' arsa Therese. Chuir Bridie dhá mhéar suas taobh thiar de dhroim Chaomháin.

'Agus leat féin,' arsa Therese. An teannas briste, chaith an triúr acu leathuair an chloig ag iomrascáil agus ag cur dinglis ina chéile, ag déanamh spraoi ar an leaba. Bhí Caomhán ag béiceach in ard a chinn, agus é á chaitheamh féin anuas de léim ar an mbeirt eile a bhí sínte ar an leaba. Bhí nóiméad imní nuair a d'imigh a chosa uaidh agus thit sé amach as an leaba. An cairpéad bog a shábháil é.

'*When fun is best, it's time to rest.*' Sin é a dúirt mo mháthair i gcónaí,' arsa Therese.

'Níor airigh mé thú ag caint ar do mháthair mórán ariamh.' Bhí Bridie ag iarraidh breith ar Chaomhán, agus é ag rith timpeall na leapa ag scréachaíl. Rug sí air ar deireadh, agus luigh sí isteach sa leaba, Caomhán ina gabháil aici. 'Caithfidh tú a bheith suaimhneach tamall.' ar sí leis, 'nó ní chodlóidh tú dúinn ar chor ar bith.' Dúirt sí ansin le Therese. 'Tá brón orm. Bhí tú ag caint ar do mháthair.'

'Tusa a bhí ag caint uirthi.'

'An gcuimhníonn tú uirthi go minic?'

'Rómhinic, b'fhéidir, go háirithe faoi Nollaig, nuair atá chuile dhuine ag tabhairt cuairt ar a mhuintir féin.'

'Tuige nach dtéann tú go dtí iad?'

'Tá a fhios agat go maith cén fáth.'

'Tá a fhios agam, ach nach dtagann an t-am le dearmad a dhéanamh ar an am a caitheadh?'

'An ndéanann tusa dearmad ar na rudaí a rinne John?'

'Ar a laghad ar bith labhraim leis. Agus níl dhá bhliain imithe fós ó bhuail sé a dhóthain orm. Tá sé scór blianta nó os a cionn ó bhí t-athair ag plé leatsa. Nach dtagann an t-am le maithiúnas a thabhairt do sheanfhear? Nach 'in é atá sa gcreideamh?'

'Sin é atá i do chreideamhsa. Níl baint ná páirt agamsa leis sin níos mó.'

'Ach nach bhfuil ciall leis fiú agus gan creideamh a bheith agat? Ní dhéanann sé maith ar bith olc agus droch-chroí a choinneáil taobh istigh ionat. D'airigh mé misinéir ag rá gur mó dochar a dhéanann olc mar sin don té a choinníonn rud mar sin ina chroí ná don té a bhfuil sé agat ina aghaidh.'

'Spáráil mé ón seanmóir.'

'Ag caint ar John.' Lean Bridie uirthi. 'Tá sé

189

maite agam agus tá mé sásta a bheith sibhialta leis. Ní fhaca tusa do thuismitheoirí le cén fhad?'

'Ar mhaithe le Caomhán a fheiceann tusa John.'

'Ar mhaithe leat féin ceapaim gur cheart duitse t'athair agus do mháthair a fheiceáil.'

'Ar mhaithe leis an *legacy*?'

'Ag magadh fúm atá tú anois, agus as ucht Dé fág cúrsaí airgid amach as.'

'Níl aon droch-chroí agamsa do m'athair ag an bpointe seo,' a dúirt Therese, ag labhairt go cúramach, mar a bheadh sí ag oibriú amach céard go díreach a cheap sí, agus í ag caint. 'Agus níl droch-chroí agam do mo mháthair ach an oiread, cé nach ndearna sí rud ar bith faoin méid a bhí ag tarlú. Ní bheinn ag iarraidh go dtitfeadh mallacht orthu, nó go dtarlódh aon drochrud dóibh. Má théann sé go dtí sin tá súil agam go mairfidh siad níos faide ná mé féin. Bhainfeadh sochraid ceachtar acu an iomarca ar fad asam. Bhí mé ag cuimhneamh air sin nuair a bhásaigh t'athair. Cén chuma a bheadh orm dá mba rud é gurb é m'athair a bhí ag dul síos i gcré na cille? Réabfadh sé mo chroí. Níl mé ag iarraidh tada dóibh, olc, maith ná dona. Ní theastaíonn uaim ach fanacht uathu agus gan cuimhneamh orthu ná ar ar tharla ar chor ar bith.'

'Tá cion agat orthu ina dhiaidh sin?'

'Níl a fhios agam céard atá agam orthu. Siad a thug ar an saol mé. Siad a thóg mé. Siad a mhill mo shaol, m'athair go háirithe, mo mháthair, mar go raibh sí rólag le cur ina choinne. Tá an dochar déanta anois, agus ní chuirfeadh rud ar bith an dubh ina bhán arís.'

'Ní airíonn tú uait iad?'

'Airím tuismitheoirí uaim, ach ní airím na tuismitheoirí sin uaim, má thuigeann tú céard atá mé ag rá. D'fhéadfainn dul ar cuairt acu chuile dheireadh seachtaine, ach céard a bheadh ann ach cur-i-gcéill? Nach raibh mé trí mo dhóthain gan dul tríd arís agus arís eile?'

'An mar gheall ar na rudaí a tharla ...? Bhí Bridie ag iarraidh ceist a chur ach gan Therese a ghortú ag an am céanna. Arb 'in é an fáth gur fearr leat mná ...?'

'Gur leispiach mé.' Chríochnaigh Therese a ceist. 'Ní dóigh liom é. Deir na síceolaithe ar chaoi ar bith nach bhfuil ceangal ar bith idir an dá rud, go gcríochnaíonn cailíní a gcaitear leo mar a caitheadh liomsa le fir a thugann drochíde dóibh. Mar gheall air sin is maith liom gur leispiach mé, go bhfuil tusa liom in áit fear garbh eicínt.'

'Níl a fhios agam céard atá ionam féin,' arsa Bridie, 'agus ag an nóiméad seo is cuma liom.'

Bhí Caomhán tite ina chodladh faoin am seo ar bhrollach a mháthar. Thug sí chuig a chliabhán é agus shín sí arís le taobh Therese. 'Is minic a chuimhním,' ar sí, 'nach raibh an milleán ar fad ar John sa bpósadh s'againne. Ba cheart go mbeadh níos mó céille agam ná pósadh gan aithne cheart ar a chéile, gan aithne cheart orm féin fiú, ná tuiscint ar an saol pósta, ná an dochar a dhéanann an t-alcól.'

'An é an t-alcól a dhéanann an dochar?' a d'fhiafraigh Therese. Nó an dtugann sé chun solais na drochrudaí atá istigh ionainn ar aon chaoi?'

'Bhíodh an ceart ag na seanmhisinéirí a deireadh go bhfuil an diabhal sna buidéil.'

'Á, cacamas,' arsa Therese.

'Nuair a d'oscail tusa an buidéal sin anocht, nár tháinig an diabhal aníos as agus isteach ionamsa? Níl a fhios agam céard a bhí orm ach bhí olc orm, olc an diabhail. D'airigh mé in ísle brí inniu, bhí mé ag cuimhneamh ar mo dheaide ar feadh an lae, agus nuair a chuala mé go raibh John ar ais ar an ól arís, ghoill sé orm, cé go raibh mé sách deas nuair a bhí mé ag caint leis. Ar aon chaoi tá brón orm faoin méid a tharla.' Leag sí lámh ar lámh Therese.

'Ní thógann sé mórán le duine ar bith againn a chur as a riocht. Ach dáiríre, ní ag casaoid faoi chúrsaí airgid a bhí mé.'

'Tá a fhios agam sin, agus bhí a fhios sin agam ag an am, ach chuaigh rud eicínt isteach ionam, muna b'é an diabhal é, níl a fhios agam céard é. Ach throidfinn le méaracha mo choise ag an nóiméad sin.'

'Fan glan ar an diabhal agus ar na pisreogaí ar aon chaoi.'

'Bhí ciall le cuid mhaith acu,' a dúirt Bridie.

'An diabhal a scanraíonn mé. Ní chreidim ann, ach scanraíonn sé mé.'

'Is minic a thug mé é sin faoi deara.' D'éirigh Bridie suas ar a huillinn. 'Is mó faitíos a bhíonn ar na daoine a deir nach gcreideann siad i rudaí osnádurtha ná mar a bhíonn sna daoine a chreideann, feictear dom. Chuirfeadh sé iontas ort na daoine a scanraíonn taibhsí agus síógaí agus deamhain iad.'

'Scanraíonn rudaí nach dtuigeann siad chuile dhuine, déarfainn.' Bhreathnaigh Therese ar bhealach eile ar an gceist: 'B'fhéidir gur ceist samhlaíochta atá ann. An té a chreideann i nDia, tá sé, nó sí, in ann creideamh i seafóid ar bith.'

'Ní cheapaim gur seafóid atá sa gcreideamh.'

'Ag magadh a bhí mé. Rud ar bith ach a bheith ag caint ar airgead.'

'Deir siad go mbíonn cúrsaí airgid ina cnámh spairne sna póstaí is fearr.'

'An bhfuil tú ag rá go bhfuil sé seo ar cheann de na póstaí is fearr?'

'Is tú an chéad bhean a d'iarr le pósadh mé,' arsa Bridie. 'Ca'id go ngabhfaimid ag an sagart? Tá sé sin chomh cráifeach agus chomh dall nach mbeadh a fhios aige an fear nó bean thú.'

'Ná bíodh imní ar bith ort faoi sin. Cibé áit a thabharfas mé thú, ní chuig an altóir é.'

'Léim thar an mealbhóg, mar a dhéanfadh an lucht siúl fadó.'

Rug Therese ar lámh Bhridie. 'Is maith liom nach bhfuil muid ag troid feasta.'

'Glacaim le do leithscéal. Maithim duit.'

'Foc thú féin agus do phardún.' Bhrúigh Therese uaithi go spraíúil í. 'Níor mhaith le Caomhán nuair a bhíonn muid ag argóint ach an oiread. Céard é sin atá ráite sa mBíobla faoi gan ligean don ghrian dul síos agus fearg ort?'

'Tá an-eolas agat ar an mBíobla don té nach gcreideann ann.'

'Ní hin le rá nach bhfuil ciall eicínt ag baint leis. Is cuid de litríocht an domhain agus tradisiún an tsaoil é. Ní ghlacaim leis an tseafóid faoi Dhia mar dhuine nó faoi mhaighdean ag breith linbh. Ach tá go leor le foghlaim as faoin saol.'

Luigh siad le taobh a chéile ar feadh i bhfad, ciúin cuid den am, ag cur agus ag cúiteamh ó am go ham. Dúirt Therese go raibh sé ar intinn aici dul go Londain ag lorg infheistíochta i dtograí an Údaráis, ach go mbeadh faitíos uirthi Bridie agus Caomhán a fhágáil leo féin, mar gheall ar an nglaoch teileafóin a tháinig an oíche roimhe sin.

'Sna blianta atá romhainn is ormsa a bheas an milleán 'gur theip ar obair an Údaráis,' arsa Bridie. 'Ná coinneodh mise ó do chuid dualgaisí thú. Nach féidir liom dul siar chuig Maim an fhad a bheas tu imithe?'

'Is fíor duit. Táim ag fáil *paranóid* faoin nglaoch sin.'

Chuir Bridie ceist ar ball: 'An raibh tú mór le bean ar bith faoi leith i Londain?'

'Éilís Windsor.'

'Inis dom fúithi.'

'Bean phósta atá inti, teach mór aici, Teach Buck.' D'aithin Bridie céard a bhí i gceist aici:

'An Bhanríon Eilís. Cac. Ach, dáiríre, an raibh tú mór le bean ar bith, an raibh tú ag dul amach le bean?'

'Ní raibh mé ag fanacht le haon duine, i mo chónaí le haon duine, más air sin atá tú ag cuimhneamh,'

'Ní gá go mbeadh daoine ag fanacht in éindí'

'Ceapaim gur fearr gan rudaí mar sin a inseacht. Tagann éad i gceist i gcónaí. Éad, agus comparáidí.'

'Bhí, mar sin?'

'Bhí céard?'

'Bhí tú mór le bean eicínt?'

'Aturnae ba cheart a bheith ionatsa. Bheifeá thar cionn ag an gcroscheistniú.'

'Inis dom.' Bhí Bridie fiosrach. 'Tá a fhios agatsa faoi John agus mé féin.'

'Nach mar gheall go bhfuil a fhios sin agam go bhfuil mé san iomaíocht leis?'

'Níl tú. Inis dom.'

'Tá tú i bhfad rófhiosrach.'

'Tuige nach mbeinn, agus tú ag caint ar dhul go Londain?'

'Cúrsaí oibre atá i gceist.'

'Go huile agus go hiomlán?'

'Ná habair gur éad atá ort.'

'Inis fúithi.' Bhí Bridie ar bís. 'Beidh a fhios agam ansin an bhfuil údar le m'éad.'

'B'fhearr nach mbeadh a fhios agat tada.'

'Céard atá tú ag iarraidh a cheilt?'

'Tada. Ach ní raibh aithne agam ortsa ag an am. Dá mbeadh, ní bhreathnóinn ar bhean ar bith eile.'

'Tarraing an chos eile.'

'*The defence rests*,' arsa Therese. 'Teastaíonn scíth ón gcosantóir, nó cibé cén chaoi a chuireann siad sna cúirteanna é.'

'Ach níl an cúisitheoir sásta scíth a ligean. Ní bheidh mé sásta go dtí go n-insíonn tú dom é.' Bhreathnaigh sí isteach i súile Therese. 'Caithfidh tú é a inseacht dom.'

'Ní chaithimse rud ar bith a dhéanamh.'

'Bhuel níor mhaith liom tú a bheith ag dul go

Londain, muna mbeadh a fhios agam faoin mbean
úd. Cá bhfios domsa nach chuici atá tú ag dul ar
cuairt ?'

'Creid uaim é.'

'Níl sé sin sách maith.'

'An bhfuil tú ag rá nach bhfuil mé le trust?'

'An bhfuil tú le castáil léi?'

'Níl, ná le duine ar bith acu. Náire nach
ligeann dom labhairt air. Bhínn uaigneach.'

'Tuigim.' Rug Bridie ar lámh uirthi.

'Níl a fhios agam cén chaoi len é a chur.
Bhíonn ar dhuine a colainn a shásamh amanta. Ní
grá ná tada mar sin a bhíonn i gceist an chuid is
mó den am, ach rud fisiciúil, nádúrtha.'

'Tuigim sin. Bím féin ag dul *up the wall*
uaireanta, go háirithe roimh mo dhaonnacht. Ach
níl a fhios agam an bhfuil sé nádúrtha sásamh a
bhaint amach mar sin.'

'Níl rud ar bith ar domhan níos nádúrtha.'

'Cén fáth a gcuireann an eaglais ina aghaidh
mar sin? Na heaglaisí uilig, beagnach, má théann
sé go dtí sin.'

'Ca'id ó thosaigh na heaglaisí ar a bheith
nádúrtha?'

'Nuair a bhí mise ar scoil, agus níl sé sin ach
thart ar trí bliana ó shin, bhíodh an-bhéim sa
teagasc Críostaí ar an dlí nádúrtha. Dúradh linn
go mion agus go minic gur lean dlí na heaglaise an
dlí nádúrtha.'

'Cé a rinne an dlí nádúrtha sin ach iad féin?
Tógadh mise mar Chaitliceach chomh maith
céanna leatsa. Is mé an peata is mó a bhíodh ag
na mná rialta ar scoil. Ach fuaireas léamh ar na

rudaí sin níos deireanaí.'

'Meas tú céard a dhéanann na mná rialta iad féin nuair a bhíonn ...' Chrom Bridie a cloigeann, mar a bheadh comhcheilg ar siúl, 'nuair a bhíonn dáir orthu, nó an dtagann a leithéid de chathú ar mhná beannaithe?'

'Nach bhfuil méaracha orthu chomh maith leis an gcéad duine eile?'

'Tá tú brocach.'

'Fírinneach atá mé. Ag freagairt do cheist atá mé. Níl a fhios agam céard a dhéanann siad agus is cuma liom. Mná atá iontu, mná atá chomh nádúrtha leis an gcéad bhean eile. Dá mbeadh creideamh agamsa ba mhaith liom a bheith i mo bhean rialta. Déanann siad togha na hoibre, go háirid ó chuadar amach níos mó i measc na ndaoine.'

'Cén chaoi a mbeadh sé sa gclochar dá mbeadh *period* acu ar fad in éindí?'

'Mála easóg, is dóigh. Ar a laghad bheadh sé curtha díobh ar fad in éineacht. Nach bhfuil an fhadhb chéanna againn in oifigí an Údaráis?'

'An dtabharfá faoi deara PMT ag cur as do chúrsaí oibre?'

'Thuigfinn níos fearr ná fear é. Ní bheinn chomh géar faoi lá oibre a chailleadh is a bheinn faoi leithéide John inniu. Sin leithscéal amháin nach raibh aigesean.' Dúirt Therese agus í ag magadh: 'Níl ach corrbhean ar nós mé féin nach gcuireann na rudaí sin as di.'

'Bíonn a fhios ag Caomhán féin an t-am le fanacht glan ortsa.'

'Níl mé chomh dona sin.'

'Is dóigh go bhfuil muid ar fad mórán mar a chéile. Ach níor inis tú fós faoi bhean London.'

'Cá bhfios duit nach raibh duine difriúil chuile oíche agam?'

'Agus an raibh? Níl mé le thú a ligean a chodladh go dtí go n-inseoidh tú.'

'Ní raibh mé mór le duine ar bith mar atá mé leatsa. Ní raibh aon chara croí agam. Shíl mé nár theastaigh cara uaim, bhí faitíos orm aon duine a ligean i ngar dom, do mo chroí. D'fhan mé glan ar dhaoine ar an gcaoi sin, mná go háirithe. Ní hé nach raibh caidreamh maith agam le chuile dhuine sa jab. Ach ó d'fhág mé an scoil ní raibh aon chara ceart agam go dtí gur tháinig tusa agus Caomhán isteach i mo shaol.'

'Cén chaoi a maireann duine gan chairde?'

'Is é an t-aon bhealach é atá daoine áirid in ann maireachtáil. An gceapann tusa go bhfuil mórán cairde cearta agat?'

'Nuair a chuireann tú mar sin é ... Tá aithne agam ar go leor, ach ... Tá a fhios agam go bhfuil mé in ann brath ar mo mhuintir, nach ligfidís sin síos ar ór na cruinne mé. Cheapfainn go mbeinn in ann rud ar bith a rá le Susan.'

'An labhrófá léi mar a labhrófá liomsa?' a d'fhiafraigh Therese.

'Tá rudaí áirid a bhaineann leis an gcaoi a maireann muide faoi láthair nach n-inseoinn di, rudaí príobháideacha idir mise agus tusa. Ach dá mbeinn i dtrioblóid, d'fhéadfainn é a inseacht di, agus do mo mháthair freisin.'

'Sin an difríocht atá eadrainn. Tá do mhuintir agatsa. Níl agamsa.'

198

'Tú féin atá á gcoinneáil amach uait.'

'Chuamar tríd sin cheana anocht. Ceapaim go minic, de réir mar a bhíonn duine ag dul in aois nach dteastaíonn cairde chomh mór sin uaithi. Bíonn sí féin mar an cara is fearr atá aici.'

'Tá tú níos mó leat féin nó mar atá tú liomsa?'

'Tuige nach mbeinn?' arsa Therese. 'B'fhéidir gurb 'in a bhí i gceist ag Íosa Críost faoin gcomharsa a ghráú mar thú féin. Caithfidh tú féinghrá agus féinmheas agus féinmhuinín a bheith agat, nó is beag an mhaith grá do dhuine eile. Gráim tusa mar a ghráim mé féin. Ní fhéadfainn thú a ghráú níos mó ná sin.'

'Meas tú an mbíonn cinniúint i gceist, nó an de thimpist a d'fhreagair mise d'fhógra ar an bpáipéar? Nó b'fhéidir go mbeifeá mar a chéile le bean eile.'

'Nó d'fhéadfadh rudaí a bheith níos fearr.'

Bhí a fhios ag Bridie gur ag magadh a bhí Therese. 'Ní bhfaighfeá níos fearr ná mise.'

Thosaigh siad ag iomrascáil ar an leaba, neart a carad ag cur iontais ar Bhridie nuair a d'iompaigh Therese siar ar a droim ar an leaba í. Phóg sí ar an mbéal ansin í.

* * * * *

Thug Therese athrú faoi deara ar Bhord an Údaráis ag an gcéad chruinniú tar éis na Nollag. Bhí na baill tofa ó pháirtithe an Rialtais chomh maith le formhór na mball ainmnithe ag cur in aghaidh chuile scéim a bhí sí ag iarraidh a chur chun cinn. Bhí athrú meoin orthu ar leibhéal pearsanta freisin. Is ar éigean a bhreathnaigh an chuid is mó acu go díreach uirthi. Bhí an t-aon bhall neamhspleách as Conamara ag troid a chás aonaránach féin. Ba léir go raibh sé ag súil le tacaíocht ó na baill áitiúla eile, agus bhí sé ar buile nuair nach raibh sin le fáil.

Nuair a tháinig siad chomh fada le mír a trí ar an gclár, Teilifís na Gaeltachta, d'éirigh rudaí níos nimhní. Bhí sé soiléir nár theastaigh ón Aire ná a chomhghleacaithe ar an mBord teilifís neamhspleách a bhunú. 'Ní bheadh ann,' a duirt príomhaoire an pháirtí, 'ach bealach urlabhartha saor in aisce do Shinn Féin agus don IRA.'

'Ní bheadh sé saor in aisce,' arsa neamhspleách Chonamara. 'Bheadh orthu íoc as a bhfógraíocht.'

'Tuilleadh bancanna á robáil,' arsa Fine Gaelach Thír Chonaill.

'An faitíos atá oraibh,' a dúirt ball ainmnithe Ráth Chairn agus Ghaeltacht na Mí, 'nach mbeidh sibh féin i gceannas, nach stáisiún dá gcuid féin a bheas ag an Rialtas agus a lucht tacaíochta.'

'Cén chaoi a mbreathnódh sé?' a d'fhiafraigh Fine Gaelach Thír Chonaill, 'd'aontachtaithe an Tuaiscirt, dá mbeadh stáisiún neamhspleách dá gcuid féin ag lucht na Gaeilge? Ceapann siad sin gur le Sinn Féin an Ghaeilge, go mbeadh an Rialtas ag cur stáisiún isteach ina lámha lena rogha bolscaireacht a dhéanamh don IRA.'

Fianna Fáileach Chiarraí a labhair ina dhiaidh. 'Is cuma liomsa céard a cheapann aontachtaí ar bith ó Phaisley anuas, ach bheinn amhrasach faoi stáisiún nach mbeadh Roinn Airgeadais na tíre taobh thiar de. Cén fhad a sheasfadh sé? Ceapaim gurb é dualgas an Stáit seirbhís mar seo a chur ar fáil do phobal na Gaeilge agus na Gaeltachta.'

'Ach muna bhfuil an Rialtas sásta é sin a chur ar fáil?' Labhair Therese don chéaduair.

As an bPáirtí Daonlathach an t-aon bhean ar an mBord. Dúirt sise gur thaitin an leagan amach don seirbhís a bhí os a gcomhair léi, ach go raibh imní uirthi faoi chúrsaí airgid.

'Breathnaíonn na figiúirí go maith ar pháipéar,' ar sí, 'ach ní fheicim go leanadh fógraíocht den chineál atá geallta ag siopaí agus comhlachtaí i bhfad. Is saoire i bhfad dóibh fógraíocht a dhéanamh ar na stáisiúin raidió, agus sna nuachtáin.'

'Cén fáth ar gheall siad an fhógraíocht mar sin?' a d'fhiafraigh neamhspleách Chonamara.

'Mar bhean a dhéanann siopadóireacht seachtainiúil tá a fhios agam gur mó aird a thabharfainn ar fhógraí raidió ná teilifíse.'

'Mar an t-aon bhean eile i láthair, ní aontaím leat,' arsa Therese.

'An ndéanann tú mórán siopadóireachta?' a d'fhiafraigh Fianna Fáileach Thír Chonaill.

'Ar a laghad an méid a dhéanann tusa.' Bhí am ann a tharraingeodh sé sin gleo agus gáire. Is ar éigean a bhris an tost.

'Dúirt an bhean óna PD's gur aontaigh sí le cinneadh an rialtais gan airgead a chur isteach sa tseirbhís teilifíse. A páirtí féin a thug réalachas isteach i gcúrsaí airgid na tíre, dar léi, agus níor aontaigh sí go gcuirfí airgead cánach isteach i dtogra nach n-íocfadh as féin.

'Séard a chuireann iontas ormsa,' arsa neamhspleách Chonamara, 'ná nach bhfuair mórán agaibh locht ar bith ar na moltaí seo roimh Nollaig. An é an turcaí a d'éirigh sa gcloigeann oraibh? Nó an ordú ó bhur mbossana i mBaile Átha Cliath is cúis leis?'

'Bhí am againn machnamh a dhéanamh air,' arsa Fianna Fáileach Chiarraí.'

Bhí ceist eile ag neamhspleách an Iarthair: 'Bhfuil seans ar bith ann gurb iad na ráflaí brocacha atá á gcur thart faoin bpríomhfheidhmeannach atá taobh thiar de, nó an é atá iontu sin ná bealach le fáil réidh léi? B'fhearr libh *hack* de bhur gcuid féin a bheith ina háit.'

'Ag plé cúrsaí teilifíse atáimid anseo,' a dúirt an cathaoirleach. 'Ba mhaith liom go gcloífeadh sibh leis an bpointe sin.'

'Céard iad na ráflaí?' a d'fhiafraigh bean na nDaonlathaithe.

'Muna bhfuil siad cloiste agat, tá do chloigeann sa ngaineamh ar fad agat,' arsa an neamhspleách. 'Ní chreidimse ráflaí, ach dá mbeidís fíor féin, cén bhaint atá ag saol príobháideach an duine lena jab?'

'Caitheann muid cuimhneamh ar íomhá an Údaráis,' arsa Fine Gaelach na Mumhan.

'Céard faoi a bhfuilimid ag caint anseo?' a dúirt Therese go feargach. 'An bhfuilimid ag plé cúrsaí teilifíse, nó an bhfuil mise ar mo thriail mar gheall ar ráflaí atá ag dul thart sna tithe ósta?'

Bhí tost ar feadh tamaill. Dúirt an

cathaoirleach go raibh sé leis an gcruinniú a chur ar athlá.

'Ní dhéanfar tada go deo má chuirtear chuile chruinniú ar athlá,' arsa Therese.

'Ní fheicim go ndéanfar dul chun chinn ar bith anseo inniu,' a d'fhreagair an cathaoirleach. 'Chuideodh sé,' a dúirt sé 'dá mbeadh ráiteas ón bpríomhfheidhmeannach roimh an gcéad chruinniú eile ag séanadh na ráflaí a bhí ag dul thart ina taobh. Caitheann an tÚdarás cuimhneamh ar a íomhá i measc an phobail.'

'Dá dtógfá scíth sé mhí,' a mhol Fianna Fáileach Chiarraí, 'bheadh dearmad déanta ar seo nuair a thiocfá ar ais.'

'Ní fheicim íomhá ar bith ag an Údarás,' arsa ball ainmnithe na Mí, 'ach go bhfuil ag éirí go han-mhaith leis. Táimse i bhfabhar an teilifís neamhspleách seo, agus tá lánmhuinín agam as an mbean a chuir an plean ar aghaidh.'

'Go raibh maith agat,' a dúirt Therese leis. 'Silim gur uafásach an masla dom go n-iarrfaí orm ráflaí na dtithe ósta a shéanadh go poiblí. Sin é a chuirfeadh gaoth ina gcuid seolta i ndáiríre. Bheadh sé ar nós Uachtarán Johnson Mheiriceá ag rá lena lucht tacaíochta cáil an homaighnéasaigh a chur ar namhaid pholaitiúil leis. Nuair a dúradh leis nach raibh bunús ar bith leis na ráflaí, ba é a fhreagra seisean: Fan go gcloisimid é dhá shéanadh. Tarraingneodh ráiteas mar sin aird ar rud nach bhfuil ach ina chúlchaint sráide.'

'Nár cheart é a shéanadh muna bhfuil sé fíor,' arsa bean na bPDs.'

'Muna bhfuil céard fíor?' Bhí tost timpeall an bhoird, tost a bhris Therese tar éis tamaill: 'Tá an-chathú go deo orm éirí as dá bharr seo,' a dúirt sí. 'Ach ní duine mé a ghéilleann go héasca do chleasaíocht pholaitiúil. Más uaibh fáil réidh liom, caithfear mé a bhriseadh, agus na fáthanna a thabhairt go poiblí sna páipéir agus sna cúirteanna.'

An cathaoirleach a d'fhreagair. 'Nílimid agus níl an tAire ag iarraidh d'ainm a tharraingt tríd an bpuiteach. Tá togha na hoibre déanta agat ó tháinig tú ag obair don Údarás. Ní bheifeá bánaithe ag imeacht uainn. Chraithfí lámh órga leat, agus bheadh dea-cháil ort ag dul ar ais san éarnáil phríobháideach.'

'Bhfuil a fhios agat cén áit a chuirfidh tú do lámh órga.' D'éirigh Therese ina seasamh.

'Tuigim,' a dúirt an cathaoirleach, 'gur tháinig sé seo aniar aduaidh ort, ach mholfainnse duit cuimhneamh ar ár dtairiscint. Bheadh do dhóthain agat san airgead iomarcaíochta seo chun do chomhlacht féin a bhunú, faoi scáth an Údaráis, más maith leat.'

Níor fhreagair Therese. In áit an cruinniú a chur ar athlá scair siad i gcomhair an lóin. In áit dul le dinnéar leis an mBord, chuaigh Therese abhaile.

'Jesus,'arsa Bridie, nuair a chonaic sí ag teacht í. 'An tinn atá tú, nó céard tá ort? Tá dath an bháis ort.' Rith Therese isteach ina gabháil, ar ballchrith. D'inis sí faoin méid a tharla ag an gcruinniú.

'Cén fáth nach bhfuil siad in ann ligean do

dhaoine a saol féin a bheith acu?' Chuimil Bridie a gruaig lena lámh. 'Tar éis an mhéid atá déanta agat don taobh seo tíre.'

'Is mó le rá acu céard a dhéanann duine ina leaba san oíche, ná saol na ndaoine a chur chun cinn.'

'Ach cá bhfios dóibh?' Sin é a bhí ag cur iontais ar Bhridie. 'Níor dhúirt mise tada, agus táim cinnte nár dhúirt tusa.'

'Thóg siad ina n-intinn bhrocach féin é. Tá a n-aird chomh dírithe sin acu ar a magairlí gur bagairt dóibh mná a bheith ag fanacht in éindí.'

'Muna bhfuil *peeping Tom* eicínt ag breathnú tríd an bhfuinneog san oíche, cá bhfios dóibh rud ar bith?' arsa Bridie. 'Cén fhianaise atá acu?'

'Theastódh muineál an-fhada ó *pheeping Tom* ar bith a thiocfadh thart, muna mbeadh dréimire aige. Tá an garáiste faoi fhuinneog an tseomra codlata. Ní fheicfí rud ar bith trí na cuirtíní troma sin ar aon chaoi. Ní theastaíonn fianaise ar bith uathu sin le duine a dhamnú. Dhéanfaidís d'aonturas é.' Chraith Therese a cloigeann. 'Níl a fhios agam céard ba cheart dom a dhéanamh.'

'Seas an fód.'

'Ar mhaithe le m'*ego* féin? Tá an scéal níos leithne ná sin. Tá tusa agus Caomhán i gceist freisin. Tá do mhuintir ina gcónaí thart san áit.'

'Cén fáth nach gcuireann tú an dlí orthu?'

'Níl tada ráite go poiblí.'

'Ach nach bhfuil clúmhilleadh déanta ort? Nach bhfuil tuairisc an chruinnithe le fáil?'

'Tá rúndacht i gceist. Tá a fhios agam gur féidir an dlí a chuir ar bhall a scaoileann rún, de

réir Acht bunaithe an Údaráis. Scaoilfear an rún,
ar ndóigh i chuile bheár sa nGaeltacht anocht, ach
ní féidir breith ar an gcaint sin, breith ar rud
eicínt a d'fhéadfaí a chur faoi bhráid na cúirte.
Agus tá rud eile ann.'

'Céard é féin' a d'fhiafraigh Bridie.

'Tá na ráflaí fíor.'

'Níl aon ghá é sin a rá.'

'Ach sin é a chaithfí a rá dá mbeadh cás
clúmhillte sa gcúirt.'

'Ní ligfinn leo ina dhiaidh sin.'

'Níl a fhios agam an fiú an tairbhe an trioblóid.
Tá cathú orm glacadh leis an síneadh láimhe, leis
an gcraitheadh lámh órga, mar a chuir an
cathaoirleach é. D'fhéadfaimís a bheith
compoirteach go maith an chuid eile dár saol.
D'fhéadfaí tionscal bheag a chur ar bun. B'fhéidir
gur fearr sin ná an *hassle* uilig.'

'Ach tá prionsabail i gceist.'

'Ní chuireann prionsabail feoil ar an bpláta.'
Chuaigh Therese anonn chuig an gcófra ina raibh
an t-ól. 'Beidh ceann agat?'

'Ní leigheas ar bith é an t-ól ar na rudaí seo.'

'Ceann leis na néarógaí a shuaimhniú, leis an
gcreathadh a bhaint díom.' Líon sí branda an
duine dóibh.

'Nach aisteach an ceann mise,' arsa Bridie, 'ag
cur m'fhear den ól, agus mé féin tosaithe air i lár
an lae.' Smaoinigh sí ar feadh nóiméid. 'Cén fáth
nach dtarraingníonn muid amach, agus bailiú linn
go Londain arís? Bheinnse i bhfad ó John, agus
bheifeása glan ar obair bhrocach sin an Údaráis.'

'Sin é an chéad smaoineamh a tháinig isteach i

m'intinn inniu, nuair a thosaigh an rud seo. Is smaoineamh maith é, cinnte. Bheadh suaimhneas againn, suaimhneas de chineál éigin, cé nár thaitin sé chomh mór sin le ceachtar againn cheana.'

'Bheadh sé difriúil nuair a bheimís le chéile.'

'B'fhéidir. Níl a fhios agam an mbeifeá socair chomh fada sin ó do mhuintir, agus táim cinnte nár mhaith le do mháthair tú a fheiceáil ag imeacht.'

'Caithfimid cuimhneamh orainn féin freisin.'

'Agus an bhfuil tú ag iarraidh Caomhán a thógáil ansin?'

'B'fhearr é ná a bheith anseo agus gasúir eile na scoile a bheith ag déanamh ceap magaidh de sna blianta atá romhainn.'

'Tá a fhios agam sin, ach ar bhealach ní muide amháin atá i gceist anseo, ach mná uile na hÉireann, má théann sé go dtí sin. Dá ndíbreofaí mise mar gheall ar seo, bheadh mná uile na tíre thíos leis. Ní bheadh cos le seasamh uirthi ag bean ar bith a gcuirfí rud ina leith, fíor nó bréagach.'

'Cén fáth gur tusa a chaithfeas cás a throid do mhná na hÉireann? Nach féidir é a fhágáil faoi dhuine eicínt eile an fód sin a sheasamh?'

'Sin é a dhéanann an iomarca daoine. Sin é an fáth a shiúltar orthu, mná go háirithe. Nach tú féin a dúirt liom ar ball an fód a sheasamh?'

'An gcríochnóidh an bheirt againn i dteach na ngealt mar gheall ar seo?'

'Má chríochnaíonn féin, cén dochar?' Bhí Therese ag fáil a misneach ar ais. 'Níl aon fhonn ormsa imeacht as an áit seo. Tháinig mé ar ais go hÉirinn le mo chroí agus m'anam a chur isteach sa nGaeltacht.'

'Agus níl faighte agat dá bharr ach cic sa tóin.'

'Casann an roth. Má throideann muid an cás seo beidh an pobal ar ár dtaobh sa deireadh. Iontas naoi lá a bhíonn sna rudaí sin, ar nós imeacht an easpaig Uí Chathasaigh fadó.'

'Beimid inár n-údair magaidh agus gáire os comhair an tsaoil,' arsa Bridie.

'Nár dhúirt tú liom go minic gur cuma leat céard a cheapann aoinneach?'

'Dúras. Deir chuile dhuine é sin go dtí go dtagann rudaí gar dá dhoras féin.'

'Déantar dearmad ar na rudaí sin i gceann scaithimh. Bíonn rud eile le déanamh ag lucht an bhéadáin an chéad sheachtain eile, duine eile faighte acu le piocadh air ná uirthi. Nár cuireadh drochcháil ar Íosa as Nasair é féin?'

'Cuireadh,' a dúirt Bridie, 'agus céasadh é mar gheall air.'

'An fhad is a bhí sé sásta ina intinn agus ina choinsias féin, ní dóigh liom gur chuir sé a dhath as dó céard a bhí daoine ag rá.'

'Níl creideamh ar bith agat, ach tugann tú Íosa nó an Bíobla isteach i chuile argóint.'

'Tá a fhios agamsa go bhfuil meas agatsa ar na rudaí sin.'

'Níl aon fhianaise acu, nuair a chuimhníonn tú air.' Bhí Bridie ag siúl timpeall an tseomra, ag cuimhneamh os ard. 'B'fhéidir go mbeadh ciall leis an ráiteas sin a raibh caint acu air ag an gcruinniú?'

'Bheinn ag inseacht bréag go poiblí. Má tá mé gan chreideamh, níl mé gan choinsias. B'fhearr liom i bhfad inseacht don saol go bhfuil mé i ngrá leat, gur fíor chuile rud atá siad ag rá, ach nach mbaineann sé le duine ar bith ach muid féin.'

'Go bhfóire Dia orainn,' arsa Bridie. 'Lasfaí an teach os ár gcionn dá ndéarfaí rud mar sin go poiblí. Mharófaí muid amach is amach. Ní bheimís in ann ár n-aghaigh a thaispeáint go deo arís.'

'Bhainfeadh ráiteas mar sin oiread creathadh astu go ndúnfadh sé a gcuid béal brocach.'

'D'fhéadfadh sé go mbeadh athrú intinne orthu faoin am a dtéann tú ar ais ag an gcruinniú.' Bhí sé mar a bheadh Bridie ag súil le míorúilt.

'Tá cuid acu sin ar nós na mbeithíoch.' Bhí fearg mhór ar Therese i gcónaí leis na polaiteoirí. 'Cibé rud a deir an tAire nó ceannaire an pháirtí leanfaidh siad é, fiú amháin má chaitheann siad an rud a bhí ina dhubh inniu a bheith ina bhán don chéad chruinniú eile.'

'Is beag meas atá agat orthu.'

'Níl mé ag rá gur drochdhaoine iad nó nach dtugann siad seirbhís don phobal. Ach is é an trua é go ndeachaigh an tÚdarás isteach i lámha na bpáirtithe ariamh. Tá sé soiléir amanta go mbíonn siad ag caint in aghaidh a dtola, ag cur argóintí nach gcreideann siad iontu chun cinn, mar gur polasaí an pháirtí naisiúnta é. Ach tá corrdhuine ann nach bhfuil sa bpáirtí dó ach uirlís lena chuid oibre féin ar son na ndaoine a chur chun críche.'

'Meas tú an bhfuil na ráflaí sin i bhfad ag dul

thart?' Bhí intinn Bhridie ag dul i dtreo eile.
'Nuair a chuimhním anois ar rudaí áirid a dúirt
John, b'fhéidir go raibh rud eicínt cloiste aige.'

'Céard a dúirt sé?'

'Rudaí ar nós nach mbeinn ag dul ar ais
aigesean, mar go bhfuil tusa agam.'

D'éirigh Therese ón áit ina raibh sí ina suí ag
an mbord le tamall. 'Foc iad. Foc an *lot* acu. Ní
bhaineann sé le duine ar bith ach linn féin.'

'Caithfidh sé go mbaineann sé leo, nó ní
bheadh an rud atá á rá acu ag goilliúint chomh
mór sin orainn.'

'Tá an tírín seo chomh coimeádach,
mailíseach, míchríostúil.'

'Is tusa atá ag iarraidh fanacht inti.'

'Caolaigeantacht, cúngintinneacht. Ní iontas
ar bith go bhfuil oiread imirce ann.'

'Ní hí sa tír seo amháin a gcuirtear spéis sna
rudaí seo,' arsa Bridie. 'Cé mhéad de pholaiteoirí
Shasana agus Mheiriceá arbh éigean dóibh éirí as
de bharr cúrsaí craicinn?'

'Tá tú tar éis smaoineamh iontach a chuir
isteach i m'intinn.' Bhí meangadh gáire ar bhéal
Therese don chéad uair ó mhaidin. 'Imreoidh mé
a gcluiche chomh brocach leo féin. Más sceanadh
atá uathu, gheobhaidh siad é. Cuirfidh mise
scaipeadh ar na bastardaí.'

Athghairmeadh cruinniú an Údaráis ag
leathuair tar éis a dó. D'iarr Therese cead cainte
láithreach, agus nuair a tugadh an cead sin di,
sheas sí suas agus labhair sí go ciúin, stuama:

'Feicim ón gcéad chuid den chruinniú go bhfuil
triail curtha agaibh orm, agus mé damnaithe,

damnaithe i séasúr beannaithe na Nollag,
damnaithe ag bhur ráflaí.' Stop sí lena hanáil a
tharraingt, agus bhreathnaigh sí ó dhuine go
duine acu. Lean sí uirthi:

'Thug mise suas post maith i Londain le
filleadh ar an jab seo. Tháinig mé ar ais mar go
raibh mo chroí sa nGaeilge agus sa nGaeltacht.
Deirim gan aon bhród bréagach go bhfuil togha na
hoibre curtha i gcrích ó tháinig mé ar ais dhá
bhliain ó shin. Ní ligfidh mé d'aon ráfla, fíor ná
bréagach, mé a dhíbirt as an bpost seo. Má tá
sibh ag iarraidh imirt go brocach, imreoidh mise
chomh brocach céanna le duine ar bith agaibh. Ní
m'ainmse amháin a bheas tarraingnthe tríd an
bpuiteach, ach ainm an Aire, agus ainm chuile
dhuine eile agaibh.'

D'oscail Therese bosca a bhí os a comhair. 'Tá
comhad agam anseo ar chuile dhuine agaibh. Is
beag duine nach bhfuil creatlach aige ina chófra.
Tá cur síos anseo ar bhreabanna a glacadh le
ceadúnais phleanála mí dhleathacha a chur trí
Chomhairlí Contae éagsúla. Tá a fhios agam cé a
bhaineann úsáid as costaisí na gcruinnithe le
oíche a chaitheamh le leannáin. Tá rudaí ar eolas
agam faoin Aire a chuirfeadh de dhroim seoil é
láithreach, ach iad a scaoileadh leis na nuachtáin.'

'Tá tú ag dul rófhada anois,' a dúirt an
cathaoirleach.

'Chuaigh daoine ró-fhada ag cruinniú na
maidine, agus ar cuireadh stop leo? Tairneálfaidh
mise bhur n-intinn bhrocacha caolaigeantacha
don chrois, más gá. Ní mise amháin a bheas i
mbéal an phobail má leantar leis seo. Is féidir libh

an scéal a thabhairt ar ais do bhur máistrí, má bhristear mise, brisfear an tAire mar aon liom.' Shiúil sí amach as an gcruinniú.

Ní raibh Therese i bhfad ar ais ina hoifig nuair a tháinig glaoch ón Aire. Bhí sé chomh milis le mil. Chuala sé go raibh míthuiscint ag cruinniú an Bhoird, a dúirt sé, agus bhí sé ag iarraidh cúpla rud a shoiléiriú. 'Níl an Rialtas in aghaidh an sóirt teilifíse atá molta agat a bheag nó a mhór,' a dúirt sé. 'Ach caithfimid a chinntiú nach gcaillfidh sé airgead. Cén fáth nach suíonn an bheirt againn síos le chéile le breathnú ar na féidearthachtaí?'

'I gcead duit, a Aire, ní cúrsaí teilifíse a bhí á bplé ag an gcruinniú sin ar chor ar bith, ach ráflaí.' Thosaigh an tAire ag gáire ar an taobh eile den líne.

'Ráflaí. Ná habair go dtugann tú aird ar bith ar ráflaí. Nach bhfuil oiread ráflaí curtha thart i mo thaobh féin. Marach go bhfuil bean fhoighdeach agam, bean nach dtugann aird ná suntas ar a leithéidí, bheadh an pósadh s'againne tite óna chéile fadó.'

'Bheadh íoróin ag baint leis sin, throid tú chomh láidir in aghaidh an cholscartha.'

'Níl náire ar bith ar chuid de na daoine, na ráflaí bréagacha a scaipeann siad.'

'Táim ag brath ar éirí as an bpost seo,' a dúirt Therese. 'Cén chaoi a bhféadfainn obair leis an mBord sin tar éis a bhfuil tarlaithe?'

'Ná cuireadh sé sin aon imní ort. Ní fada go mbeidh toghchán do na baill tofa, agus ainmneoidh mé baill nua ar fad le cuidiú leo.

Beidh Bord nua agat taobh istigh de leathbhliain. Is tábhachtaí domsa agus don Rialtas tusa ná Bord an Údaráis. Ní bheidh ort cur suas leis an bpaca amadán sin i bhfad eile.'

'Glacfaidh mé le d'fhocal, mar go bhfuil an comhrá seo ar téip agam.'

'Ní chuirfinn tharat é. Dhéanfá an-pholaiteoir. Ar chuimhnigh tú ariamh ar sheasamh le haghaidh Dáil Éireann?'

'Is dóigh go mbeifeá in ann é sin a shocrú, freisin.'

'Gan dabht. Cén fáth nach gcasfaidh tú orm ag an deireadh seachtaine? D'fhéadfaimís na míthuiscintí a bhaineann leis an Údarás a phlé le linn an dinnéir. Cén saghas béile a thaitníonn leat?'

'An ag iarraidh a fháil amach duit féin an fíor iad na ráflaí?' Ní fhéadfadh Therese gan gáire a dhéanamh.

'Cé na ráflaí iad seo? Is bean dhathúil tharraingteach thú. Bheadh bród ar fhear ar bith a bheith ar aon bhord leat.'

'Mar a dúirt tú, tá bean fhoighdeach agat.'

'Cuir glaoch orm nuair a bheas t'intinn déanta suas agat.'

* * * * *

Tháinig John ar an Satharn agus rug sé Caomhán leis mar a bhí socraithe. Ní raibh ag Bridie ach cúpla nóiméad cainte leis mar go raibh deifir ar an bhfear a bhí á tiomáint. Bhí sé soiléir tráthnóna go raibh lá maith acu, focal nua ag

Caomhán, 'mamó John.' Bhí sé traochta tuirseach i ndiaidh an lae agus chuir Bridie a chodladh go luath é. D'fhan Bridie agus Therese ag breathnú ar theilifís go dtí beagnach meán oíche. Ní raibh in imeachtaí na seachtaine roimhe ach mar a bheidis dúisithe as tromluí.

Bhí an cluiche ag a dó a chlog Dé Domhnaigh mar gheall ar chomh gairid is a bhí an lá ag an am sin bliana. Domhnach fuar Eanáir a bhí ann agus ceo ar na cnocáin. Bhí culaith dhearg ar Chaomhán a bhí déanta in aon phíosa amháin ó bharr a chloiginn go bun a chos. Ní raibh le feiceáil ach an t-éadan beag ramhar, mar go raibh miotógaí beaga ar a lámha. Tar éis go raibh geansaithe troma orthu bhí Bridie agus Therese préachta leis an bhfuacht. Sular thosaigh an cluiche, tháinig John anall chucu, bród ar a aghaidh go raibh a mhac beag ansin le breathnú air.

'Ná bí ag súil leis an iomarca uaim inniu,' a dúirt sé. 'Níor imir mé aon chluiche ceart le dhá bhliain. Níl sa gceann seo ach cluiche dúshlánach ar aon chaoi.'

Cé nach cluiche tábhachtach a bhí ann bhí cúpla céad duine i láthair do chéad chluiche an tséasúir. Anoir ón achréidh a tháinig an fhoireann a bhí ina n-aghaidh, foireann eile a fuair ardú ón ngrád idirmheánach an bhliain roimhe sin. Chomh maith le John bhí beirt eile ar an bhfoireann áitiúil a raibh súil acu cur le neart na foirne, duine acu tagtha ar ais ó Mheiriceá, a d'imir ar fhoireann faoi fiche haon an chontae sula ndeachaigh sé ar imirce, múinteor nua meánscoile an fear eile.

Rug an lánchúl a tháinig anoir ar an gcéad chúpla liathróid a thit idir é féin agus John. Bhí John ag teacht amach i dtreo na peile rósciobtha, fear a mharcála ag breith uirthi taobh thiar de.

'Togha an pheileadóra a bhíodh ansin,' a d'airigh Bridie seanfhear ag rá, 'ach tá sé réidh.'

Bhí an imirt sa leath eile den pháirc ar feadh deich nóiméad, ceithre chúilín i ndiaidh a chéile aimsithe ag foireann na hachréidhe. Ansin tháinig an múinteoir nua thar lár páirce ar ruathar aonair, thug sé pas do John agus chuir seisean thar an trasnán í. Cúilín éasca, ach cúilín ina dhiaidh sin.

Go gairid ina dhiaidh sin scaoil lár-páirceach cic an-ard isteach. 'Íseal, a amadáin,' a dúirt an seanfhear. 'Íseal go John. Ní foicin faoileán é.'

Scaoil sé cúpla eascaine eile nuair a chonaic sé an lánchúl ag éirí go gleoite i dtreo na peile. Lámh amháin a chuir John suas, ach is é an dorn sin a chuir an liathróid thar an cúlbáire isteach san eangach. Comhscór.

'Níor chaill tú ariamh é,' a bhéic an seanfhear. Bhí muintir na háite uile ag léimnigh le háthas agus le ríméad. Níor thúisce an liathróid ciceáilte amach ná go raibh sí scaoilte isteach arís. D'aimsigh John an ceann sin san aer, tar éis do an lánchúl a bhrú sa droim i ngan fhios don réiteoir. Scaoil sé urchar chomh maith is a bhí sé in ann lena chos dheas. D'éirigh leis an gcúlbáire é a chur thar an trasnán le lámh amháin, cúl cinnte sábháilte aige. Chuir an dream anoir an duine ab fhearr a bhí acu, imreoir Chontae, siar le

215

John a cheansú.

Am ar bith eile a dtagadh an liathróid go lár na páirce ina dhiaidh sin, screadadh an seanfhear 'Scaoil isteach chuig John í.' Ach bhí an marcálaí seo níos fearr, agus cés móite de chiceanna saora ní bhfuair John aon scór eile as sin go leath-am. Cúilín amháin a bhí an fhoireann anoir chun tosaigh orthu.

Ní raibh an darna leath ach trí nóiméad ar siúl go raibh cúl eile ag John. Chuaigh sé amach chomh fada leis an gcoirnéal leis an lánchúl nua a tharraingt amach as a áit féin. Cuireadh an liathróid amach chuige ansin. Thug sé lena dhorna chuig an bhfear cúinne í, agus rith sé isteach le pas a fháil ar ais. Ní raibh roimhe ach an cúlbáire nuair a fuair sé í, agus chuir sé cic beag gleoite isteach thar a cheann siúd i gcoirnéal an eangaigh. Thug lucht féachana an fhreasúra fiú amháin bualadh bos dó, as an scil a bhí léirithe aige.

Chuimhnigh John agus é ag rith amach lena áit a thógáil don chic amach gur sa bpríosún ag imirt sacair a d'fhoghlaim sé leis an dul amú a chur ar an gcúlbáire ar an gcaoi sin. Níor éirigh leis scór ar bith eile a fháil, ach bhí oiread aird á tabhairt ag an dream eile air as sin go deireadh an chluiche, go raibh níos mó spáis ag a chomhghleacaithe, agus bhuaigh siad éasca go maith. Bhí sé an-tuirseach roimh a dheireadh, ach fíorshásta ag an am céanna. Bhí lucht tacaíochta agus féachana den mhuintir anoir fiú amháin ag rá gur theastaigh a leithéid ar fhoireann an chontae.

Sa teach ósta a bhí an chraic nuair a bhí an cluiche thart, foireann agus lucht leanúna ón achréidh istigh in éineacht le dream na Gaeltachta, ól, ceol, Gaeilge agus Béarla, gáire agus gleo. Thaitin an ruaille buaille ar fad le Caomhán. Bhí sé ag damhsa i lár an urláir nuair a tugadh John isteach ar ghuailne a chomhimreoirí. Ardaíodh Caomhán ar ghualainn a athar agus é féin fós crochta ag an gcuid eile. Scaoileadh síos ansin é mar go raibh an tábhairneoir ag bronnadh a chorn féin ar chaptaen na foirne.

Líonadh an corn ansin le fuisce agus *cider* tríd, agus cuireadh thart ó dhuine go duine é. Dhubhaigh ar chroí Bhridie nuair a chonaic sí John ag ól as an gcorn. Mhaithfeadh sí an méid sin féin dó marach go raibh gloine fuisce i bhfolach aige taobh thiar dá phionta *cider*. Shiúil sí suas ag an gcabhantar agus bhlas sí an deoch. Rinne John gáire. 'Níl sé éasca an dalladh mullóg a chur ortsa.'

'Ní ormsa atá an dallóg, ach ortsa.' Rug sí ar Chaomhán i lár an urláir agus thug sí síos chuig Therese é. 'Ar mhiste leat muid a thabhairt abhaile?'

'Céard atá ort? Níl an chraic ach ag tosú.'

'Tá John ar an ól arís.' Ní dhearna Therese ach breith ar a heochracha agus éirí. Lean John amach an doras iad. 'Cén deabhadh atá oraibh?'

'Muna bhfuil a fhios agat,' arsa Bridie.

'*For fuck's sake.* Níor imir mé chomh maith ariamh is a d'imir mé inniu. Muna bhfuil deoch tuillte agam.'

Dhún Bridie doras an chairr de phlimp. Bhain Therese torann toirní as an bPorche agus í ag imeacht ón bpub. 'Múinfidh mise ceacht duit, a chunt,' arsa John ina ndiaidh. Chuaigh sé ar ais sa mbeár, agus d'ordaigh sé fuisce dúbailte.

'Sin é a dheireadh,' a dúirt Bridie nuair a shroich siad an baile. 'Ní fheicfidh sé Caomhán níos mó.'

'Nach bhfuil sé sin beagáinín róchrua air?'

'Shíl mé gur tú an duine deireanach a thógfadh a pháirt.'

'Is é athair Chaomháin ina dhiaidh sin é.'

'Ghlac sé leis an gcoinníoll an lá cheana go gcaithfeadh sé an t-ól a thabhairt suas le cead a fháil Caomhán a fheiceáil. Tá an geall céanna tugtha agus briste míle uair aige.' Shuigh Bridie síos ar aghaidh na teilifíse amach. 'Cén fáth nach dtéann tu féin ar ais chuig an teach ósta? Ní call duit fanacht sa mbaile mar gheall ormsa. Ní dea-chomhluadar a bheas ionam anocht.'

'Níor mhaith liom tú a fhágáil agus tú trína chéile mar seo.'

'Dhéanfadh sé maith duit briseadh a fháil uaim. Agus bhí seachtain chrua agat le lucht an Údaráis sin. Aon scéal ón Aire faoin dinnéar ó shin, dála an scéil?'

'Deamhan scéal. Ach ón gcaoi a raibh sé ag caint ar an bhfón is beag nach mbeidh mé in ann an Bord nua a roghnú mé féin.' Thóg Therese eochracha an chairr ón mbord 'An bhfuil tú cinnte nach dtiocfaidh tú?'

'Nach gearr go mbeidh sé in am Caomhán a chur a chodladh.'

Ní mórán suaimhnis intinne a thug cláracha teilifíse an Domhnaigh do Bhridie, nuair a shuigh sí síos tar éis do Chaomhán a bheith curtha a chodladh aici. Mhúch sí an teilifís go luath, réitigh sí bainne te di féin agus thug sí isteach chuig an leaba é. 'B'fhéidir go gcuirfidh na páipéir Domhnaigh codladh orm,' a dúirt sí léi féin.

Nuair a dhúisigh sí de gheit chonaic sí John ag bun na leapa, a chuid éadaigh caite de aige, a bhod ina sheasamh, cuma an óil air agus fiántas ina shúile. D'éirigh Bridie suas ar na bpillúr, ag tarraingt na n-éadaí leapa suas ar a brollach mar chineál cosanta.

'Cá bhfuil Therese?' a d'fhiafraigh sí.

'Tá an *bhitch* bhuí sa teach ósta i gconaí. Ná bíodh imní ort. Tá glas curtha agam ar an doras. Fanfaidh sí taobh amuigh go dtí go mbeimid réidh.'

'Má leagann tú lámh orm ...'

'Ní dhéanfaidh me dochar dá laghad, fear agus a bhean chéile, ní bhfaighfeá rud níos naofa. Bíonn siad ag caint ar an mbeirt agaibhse, ach tá a fhios agamsa nach bhfuil tada cearr leatsa nach gcuirfidh sé seo ina cheart. Ní dhéanfadh cúpla orlach aon dochar do bhlondie bhán ach an oiread.'

'Cuirfidh mé na gardaí i do dhiaidh.'

'Muna bhfuil cead ag fear an jab a dhéanamh ar a bhean féin.'

'Níl mise dhod' iarraidh. Éigniú a bheadh ann.'

'Cén chúirt sa tír a chiontós fear as a bhean féin a rideáil?'

'Bheadh sé difriúil, fear a cuireadh sa bpríosún as a bhean a bhascadh.'

'Agus cé a rinne spiodóireacht orm?'

'Ní mise a rinne cheana é, ach déanfaidh mé an uair seo é.' Bhí sé cloiste ag Bridie in áit eicínt gur cheart coinneáil ag caint.

'Ní dhéanfaidh tú tada má tá tú ag iarraidh an páiste a bheith ceart.'

'Ní leagfá lámh air sin.'

'Beidh chuile shórt ceart má ligeann tú d'fhear céile an rud atá dlite sa bpósadh dó a dhéanamh.'

Bhí an iomarca faitís ar Bhridie mar gheall ar Chaomhán go háirithe le cur ina aghaidh. Luigh sí siar ar nós an chorpáin, na deora ina sruth óna súile nuair a bhí sé á bhrú féin idir a cosa. Ghortaigh sé í mar go raibh sí tirim, ach ba bheag an gortú sin i gcomparáid leis an ngortú intinne agus anama a bhain lena héigniú. Chaith sé smugairle san aghaidh uirthi sular imigh sé, nuair nach ndéarfadh sí '*I love you*' leis.

Bhí Bridie fós ina luí ar an leaba, a cosa scartha nuair a tháinig Therese ar ais. Is ar an *Rape Crisis Centre* a ghlaoigh sise nuair nach ligfeadh Bridie di glaoch ar na gardaí, nach raibh sí ag iarraidh fear ar bith i ngar di. Oíche fhada a bhí inti, comhairle agus tae go dtí gur ghlac Bridie ar deireadh lena comhairle bean dochtúra agus bangharda a fheiceáil.

Bhíodar fós ag an teach tar éis breacadh an lae nuair a tháinig an sáirsint leis an scéal a bhriseadh gur fritheadh corp John le taobh na céibhe níos luaithe. Fear a bhí ag dul ag iascach ...